懷鄉

里慕伊・阿紀　Rimuy Aki

U0020368

目 次

說「懷湘」

孫大川

　　情節不複雜，也沒有太深的意義指涉，卻仍讓人心痛，因為里慕伊筆下的懷湘和她的遭遇，「真切地」彷彿就像昨日發生在自己部落裡的故事一樣。尤其如果將時間推回到一九九〇年代以前，里慕伊的小說，簡直就是部落的現場直播：早婚、酗酒、暴力、離婚、特種行業和家的崩解⋯⋯，一幕幕連續劇，是難以自拔的命運深淵。里慕伊給懷湘的任務，就是努力不懈地嘗試去終止這樣的惡性循環，以一個女孩、女人和母親的身分行動。這一直是里慕伊文學創作切入的角度。

　　循環從懷湘的母親哈娜（Hana）開始，失敗的婚姻，緣於丈夫酒後的暴力和哈娜對自己青春生命的期待，而付出最大代價的卻是懷湘。她被迫稱自己的母親為「阿姨」，直到 Hana 斷氣之前，她一直無法確定母親到底愛不愛自己。不過，懷湘顯然原諒了母親，因為 Hana 追求、保護的是她難得擁有的家庭幸福和生活安定。相較於母親，懷湘不但重蹈覆轍而且似乎比 Hana 更慘。不願意卻還是早婚了，丈夫馬賴酗酒、懶惰且更暴力。懷湘比 Hana 堅忍，獨立操持家務，掌握自己生活的自主性，但最後還是以失敗收場。第二段都市的婚姻，雖有短暫的浪漫，並沒有改變懷湘命運的基本走向。婚姻二度失敗之後懷湘返回家鄉，一切歸零。她的孩子們，除了小女兒小竹比較

平順，其他和馬賴生的孩子，同樣墜入另一個循環。

　　懷湘的人生當然不能算成功，晚年在基督信仰中找到一些平靜，但整體說來她是單薄的，像一副殘局。和她的母親Hana最大的不同是，懷湘負責盡職，不屈服且全力以赴，無論遭到怎樣的冷落、糟蹋，她都一體承受，並永遠心存善念和溫暖；她這樣對待自己的父母、兄弟姊妹，也這樣對待自己的丈夫和子女，毫不動搖，這或許是她最終得以獲致個人救贖的憑藉吧。

　　我還注意到里慕伊這部小說，一個隱而未發的心情。做為現代泰雅族女性，里慕伊當然是泰雅族傳統文化的擁護者；不過，她對泰雅族社會變遷中種種扭曲現象的揭露和批判，卻毫不手軟。人性敗壞的因子，作用在部落內、也氾濫在家族裡、甚至侵蝕到族人全幅的人格世界。對這些正發生在部落的事，里慕伊筆下既不隱瞞也不找藉口，她直接讓我們面對醜陋的自己。因此，和一般原住民作品不同，里慕伊這部小說賦予了漢人某種關鍵性的正面評價。最凸顯的，當然是一直支持懷湘的秀芳，甚至基隆酒店裡的趙媽，都是懷湘苦難一生中少數伸出援手的人。而部落、族人和親人，卻是她痛苦、哀傷的來源。

　　小說一開頭，略微提到「懷湘」命名的由來。原來是軍職的父親磊幸請他的營長為自己漂亮的女娃取的。營長是湖南人，「懷湘」當然是他的寄託。有趣的是這整部小說，僅輕輕這麼一提，便被晾在那裡了；名字和後來故事情節的發展，幾乎毫無瓜葛。或許，就像秀芳、趙媽一樣，「懷湘」這個名字乃是里慕伊壓抑心境的投射，反映出她對自己民族和部落既

愛又恨的複雜情緒。做為一個女人，安定的家、一段浪漫的愛情，比任何民族大義更真實、更令人渴望……。而書名叫「懷鄉」，里慕伊似乎想藉著聲音的聯想來表達她對原鄉部落的思慕。只是一如「湘」之不相干一樣，不得其所的原「鄉」，徒然加深懷念的傷感。

（孫大川，監察院副院長，政治大學台灣文學研究所副教授）

原‧緣

蔡辰洋

　　說到與原住民朋友的緣分，是十二、三歲時我與同窗好友胡德夫的相識。除了對原民文化的喜愛，近年對泰雅族語言也有濃厚的興趣，也因如此，再度的與胡德夫同窗，一同成為原民台台長馬紹‧阿紀的姊姊——Rimuy 的學生。

　　平時的 Rimuy 是位很會唱歌、溫暖及開朗的女性；但上課時的 Rimuy，卻是位不苟言笑、非常嚴謹的老師。我們泰雅族語的學習從基本的羅馬拼音、辭彙及泰雅族語歌曲的詞句開始，而接下來更多的學習，是透過 Rimuy 帶我們實際到訪泰雅部落，確切的運用泰雅族語與族人對談。

　　這些年，我們到訪了秀巒部落、馬里光部落、尖石水田部落等等……。其中令我印象最深刻之一的是在尖石後山的宇老；還記得那天經過了一個生意很好的咖啡店，便走進去瞧瞧，沒想到咖啡店的年輕老闆一見到我便說認得我是喜來登的老闆；原來，這位年輕人是當初透過原民會，在喜來登參加一系列原民餐飲技藝培訓計畫的學員之一，並結業領到喜來登所頒發的受證證書。如今，他將在喜來登所學的技藝帶回到這遙遠的山區，成功的經營了一家咖啡店，我內心真的覺得特別的感動。

　　這麼多年來，結交了無數來自不同部落並在不同的領域皆

有很好發展的原民朋友，如同 Rimuy，原住民文學家，透過她
細緻婉約的書寫文字讓大家更加了解原民文化。期望在這些傑
出原民同胞的人生故事表現下，能帶給我們下一代更多的鼓勵
成長及學習，走出屬於自己的成功人生。

（蔡辰洋，寒舍集團創辦人）

因爲「不好」，才很美
——致里慕伊‧阿紀《懷鄉》

董恕明

　　二〇一四年的夏天沒打聲招呼，便啓程度假去了，秋天因此來得有點跟跟蹌蹌措手不及，不過，她還是把田野中的花果都一一照料好，等待收成，就像在微涼的秋夜裡讀里慕伊‧阿紀《懷鄉》，那少年少女在「祕密基地」中的繾綣，因爲來得太濃也太早，頓時令青春宛若秋陽，至純絕美，卻不免帶著傷。

　　小說的女主角懷湘有個疼愛她的父親，但爸爸再婚後，阿姨對她是百般「鍛鍊」；至於媽媽另覓良人之後，則是直接「隱瞞」她這個女兒的存在。父母離異的懷湘，便流轉徘徊在親友之間，學習在困境中讓「不好的自己」獨立長大。結果卻在「還不怎麼大」的十五歲，從十七歲學長馬賴懷裡得到了溫存、呵護和擁抱，同時也換來他們「奉子成婚」的窘境。大孩子帶小孩子的生活，終究不是浪漫小說裡的情節，懷湘必須迅速從天真的少女轉而成爲妻子、母親和媳婦。如果馬賴是懷湘的「眞命天子」，故事也許立時便進入「從此懷湘和馬賴過著幸福快樂的生活……」，偏偏馬賴是個生性懶散，自尊心又特別強的丈夫，懷湘要在貧困的夫家創造「生機」，只得自立自強勤勉奮進，不放棄任何工作的機會，使「家」能成其家……。

在全書中可看到作者里慕伊對於懷湘一角的理解、同情與悲憫。她寫懷湘的善良、體貼、自重和堅韌，也寫她的無奈、沮喪、挫折與悲憤。懷湘在里慕伊筆下是一個有血有肉有生命力的女性：從少女的純情，到面對丈夫的無理、羞辱與暴力，公公的偏袒和不尊重，都沒有使她「放棄」盡一個母親的責任。而她努力要維持住家的心願，就僅是為了讓孩子生長在一個「健全的家庭」，不要重蹈她的覆轍。所以，當懷湘再怎麼「遇人不淑」也要勉力和馬賴生活著，直到這位失控的丈夫，終要危及到她的性命，她才不得不離開搖搖欲墜的「家」……。

里慕伊在二○一○年出版長篇小說《山櫻花的故鄉》，睽違四年，完成她的第二部長篇《懷鄉》，這其中定有里慕伊自身對於寫作的一種堅持和期許：在《山野笛聲》中她寫慧黠靈巧、幽默風趣的生活記事；於《山櫻花的故鄉》她戮力寫泰雅族人移民拓墾的篳路藍縷、堅忍自持；到了《懷鄉》，她則是在原住民當代漢語文學的書寫中，首次以長篇小說的形式，透過女主角懷湘的生命際遇，鋪陳她如何在破碎的親情和兩段失敗的婚姻中，重獲愛的救贖。單單就懷湘一角「感情世界」的起伏周折，就足以為原住民文學中的「生活素材」添加許多「人性」的養料。里慕伊在一派歷史記憶、文化傳承和社會控訴的議題中，善用她的「巧婦之手」讓生活以「一般人」的方式，長成它自己的面貌。

從夏末到深秋，時光飛逝，《懷鄉》的稿子天天讓我背來背去，彷彿背得久一些，便有可能多少分擔一點懷湘生命裡的

負重和憂傷？假使什麼都做不到，做為讀者的我，最後，還是希望里慕伊可以始終優雅的坐在落地窗前喝咖啡，畢竟只要還有人能「美美的活著」，借一句馬庫色（Herbert Marcuse）的話：「美，當它對抗社會的醜惡時，它便會成為一種顛覆的力量！」里慕伊沒有說過這麼「不溫柔」的話，她只是用生命和文字實踐了它。

（董恕明，台東大學華語文學系副教授）

推薦序
哪是「女人」的故事？

馬紹·阿紀

《懷鄉》是一個女人的一生，從少女到白頭，從早婚生子到晚婚生女⋯⋯

里慕伊寄來完稿電子檔的當晚，我幾乎沒有闔眼，當夜就把一個女人的一生讀完了。因為，我無法停下來，像爬上一個極安全而可以清楚俯視的高台上，就像回到小時候，因為害怕那頭掉進父親陷阱裡的龐然大物而爬到樹上目睹父親與野獸搏鬥的現場。現在我知道我很安全了，而且有足夠的生命經驗去檢視這些自我懵懂無知以來就歷歷在目的家族記憶。那些模糊的印象、場景與辛酸血淚，藉著里慕伊的文字創作和細膩的鋪陳，我已經可以一一把破碎的臉孔、傾圮的田園，以及小孩「不懂」的事慢慢縫補和連結起來了。因為知道，大人的事再也無法像黑夜中的野獸虛張聲勢的發出嘶吼的攻擊聲而威脅到一個已經長大的小孩了。天亮了，我也看清楚了這一幅女人的生命地圖竟然是千縫萬紉之後的滿布疤痕。但是意外地，這一篇小說也展現出像是以現代最新發明的視覺科技 —— 裸視3D，不需佩戴 3D 眼鏡而可以直接閱讀出一群努力掙扎生活在社會底層的立體生命經驗。

與其說《懷鄉》是一幅女人的生命地圖，它卻也是一幅由男人（父親、丈夫、情人、再嫁的丈夫⋯⋯）從不同角度切割

出的命運地圖。看過羅賓・威廉斯主演的電影《野蠻遊戲》，大概可以想像一下：里慕伊小說裡的懷湘在十五歲那一年，參與了一場「亡命遊戲」（她在當年卻是毫不知情的），就這樣被遊戲攝進了魔幻世界裡，再回首來時路，已經是四十多年之後了（而《野蠻遊戲》電影裡的十二歲男孩也不過被囚禁在魔幻世界裡，經過了二十六年才被釋放出來⋯⋯）。在里慕伊的字裡行間描繪出那種雕鑿生命的真槍實彈，時而輕巧樸拙的刨琢、時而冷酷無情的重擊，但一切都不能任由書裡的人物選擇。我也許曾經參與了部分故事的片段，但此時從安全的高處望下看，才知道這些歷歷在目的生活，竟是以如此殘酷和卑微的方式迂迴前進才走到了現在的地步。

關於《懷鄉》我不打算說太多閒話了，她們（我那些姊姊們⋯⋯包括書裡被她編派掉進原始部落生活，後來亡命天涯的懷湘）總會說：「唉唉，你太小了，你哪會懂？你又還沒生出來⋯⋯」等到我長大了，可以為里慕伊的小說寫序時，她又極為客氣而不得不承認說：「弟弟，你就看看吧！反正⋯⋯寫的就是一些女人的故事！」，這哪是「女人」的故事？明明寫的就是家族史，而且寫的她就不得不承認編派或虛構的角色其實寫的是誰？誰拋夫棄女、誰尖酸刻薄、誰無情無義？到時書本印刷成冊，我看她還得花心思去解釋「小說人物、情節純屬虛構，如有雷同純屬巧合」以防將來有人（或鬼）找她伸冤來。

總之，寫就寫了。至於那些挑戰「泰雅 gaga」的情慾尺度，就當是原住民文學的大躍進吧！反正也沒看過誰先寫了在溪間叢林、竹床灶炕、港邊羅馬浴缸的情慾戲。也難怪她起初

還是會怯懦懦地說：「呃……你就看看吧！寫的都是一些女人的事……」看來，里慕伊還是太「小看」我了。因為，她寫情慾，寫得真好。看官爺兒們，您們就看看吧！

（馬紹・阿紀，世新大學數位多媒體設計學系助理教授，
　前原住民族電視台台長）

序
稜線上的冷杉

里慕伊・阿紀

　　在台灣海拔三千公尺以上的高山上，有著美麗的台灣冷杉森林。冷杉純林總是透著神祕又高貴的氣息，有「台灣黑森林」之稱。然而，有些冷杉種子不幸落在山稜衝風的地段，自幼株便要接受惡劣地形與強勁風勢的雕鑿，在極端不利的環境中長成各種變體相，完全迥異於一般通直挺拔的冷杉，總要讓在山稜上驀然相遇的登山客驚歎不已。列夫・托爾斯泰（Tolstoy, Leo Nikolayevich）在《安娜・卡列尼娜》中說「幸福的家庭都有著同樣的幸福，而不幸的家庭則各有各的不幸」，懷湘……彷彿山稜上的冷杉，夢想中的美滿家園，就如那綿延不絕氣勢昂揚而美麗的黑森林，是她此生遙不可及的鄉愁。

　　《懷鄉》是我的第二本長篇小說，她是我八千字的短篇小說〈懷湘〉的完整版。〈懷湘〉發表之後，這故事在我心中默默沉澱了十餘年，始終想要把她說完，獻給在我生命中遇見的各位「懷湘」姐妹，她們或許也在你的身邊，或許就是妳自己，我以這本書向生長在山稜上的冷杉──「懷湘姐妹們」致敬。

　　現在，我的《懷鄉》終於要出版了，感謝天主賜予我寫作的恩典，藉著書寫，能與讀者分享我們泰雅族人的文化風習與生命故事。

感謝甫上任監察院副院長的孫大川老師在百忙中為我的《懷鄉》寫序文，明知道老師在公務和教學兩頭忙，但作品完成還是忍不住要賴皮的去跟老師討一篇序文。大川老師常自喻為「原住民文學舞台的搭建工人」，事實上，老師以及他所創立的山海文化雜誌社團隊，也是許多原住民作家非常重要的催生者與推手，謝謝大川老師的付出，您頭上的白髮算我一份。

　　感謝寒舍集團創辦人蔡辰洋先生在事業繁忙之餘，願意寫下他與原住民的情誼以及對我文學創作的期望；蔡先生和我一同學習泰雅族語言，卻很客氣的稱我為老師，實在愧不敢當，因為我反而常被這位認真「學生」的問題考倒。蔡先生經常默默幫助原住民貧病及學童，為善不欲人知，顯然他自己也不太知道到底幫助了多少人，這樣的互助分享精神就是我們泰雅族人的核心價值——Tayal balay（真正的人）的精神，rawil Siyung, mhway su balay（喜勇大哥，非常感謝您）。

　　感謝親愛的董恕明老師願意為我的《懷鄉》寫序文，詩人恕明的形象在我心目中有時像伸張正義的俠女，有時又像是徜徉在山水花草間的小精靈，其實她是台東大學華語文學系的副教授，記得恕明讀完我的初稿時，我很想知道她的意見，請她給我指導，我說：「恕明，這本我生了很久啊！」她笑著跟我說：「很好啊！好手、好腳、好健康。」當我收到恕明的序文，光看到題目：〈因為「不好」，才很美〉，一種完全被理解的感動溢滿心胸，糊著淚眼閱讀她的文字，彷彿回到初稿完成時的情緒，為懷湘的生命故事心力交瘁而落淚不已，謝謝恕明。

感謝弟弟馬紹在我的逼迫下再度寫了推薦序，為什麼每次都要找馬紹寫序呢？因為很多讀者朋友跟我說最喜歡看他寫的序文（甚至有朋友說序文比內文還好看，這就有點過分了），馬紹雖從未拒絕我的「請託」，但他每次都會在序文中偷偷的修理我一下，畢竟馬紹人緣好人氣旺，何況他是我親愛的弟弟，出賣一下姊姊，我是不會跟他計較的。這次，他看完文稿後，我們一同到尖石後山去拍照並順道拜訪過去的老朋友。我一路上大驚小怪的要他停車拍照，被他公開在臉書上嘲笑：明明是尖石的泰雅族人卻像個遊客一樣；而他則是找到機會便要來問我《懷鄉》裡寫的人物到底是誰？他也會把認識的人對號入座問我是不是她／他？我說這不是傳記也不是報導文學，這是創作「小說人物、情節純屬虛構，如有雷同純屬巧合」，顯然他不太滿意這個答案，但我尊重他的看法。關於比較尷尬的話題，我有點擔心調皮的弟弟會故意提出來糗我，還好他都沒有提，我就放心了。沒想到，在他的序文中還是提了出來。我，真的是小看了馬紹。

　　特別要感謝我亦師亦友的教會音樂家姜震老師提供我聖歌的資料，並且還因為「看到錯字會很痛苦」而「順便」幫我做了最後的校對工作，謝謝姜震老師。

　　感謝國家文化藝術基金會的寫作補助，以及原住民族文化事業基金會的出版補助，讓《懷鄉》得以順利的完成出版。最後，要感謝所有鼓勵支持我、愛護我的讀者朋友，有你的閱讀，我的創作分享才有意義，無限感恩。

懐郷

祕密基地

　　深秋，向晚的夕陽，溫柔的暈染在一彎彎弧形的菅芒花穗上，涼風習習吹拂著，芒花穗便一閃一閃的，跳起了浪漫的夕陽之舞……。依著河床溼地，長了一排高高的蘆葦林，像座綠色的天然屏風，將這隱祕在河床一角的芒草叢遮蓋成一個安全隱蔽的角落；這裡，就是懷湘和馬賴（Maray）稱為「祕密基地」的所在。

　　懷湘雙眼輕闔，躺在芒草叢底下厚厚柔軟的乾葉堆上，芒花穗的影子和著細碎的陽光，輕輕灑在她花瓣一般細緻的臉頰，仰起的面容白皙粉嫩，恰似一朵初開的百合，散發迷人的清香。半晌，懷湘將雙眼微微張開，眼光穿過上方的馬賴和芒花穗，瞧見蘆葦叢之外碧空如洗的藍天。白雲，悠悠橫臥天際……。

　　「嗯……」馬賴發出滿足的低吟，一顆汗珠滴落在懷湘早已溼透的頸子上。馬賴身子放軟，整個人趴在懷湘身上，她雙手環抱著馬賴捨不得放開，故意把一雙眼睛開開闔闔，讓濃密捲翹的睫毛去給馬賴緊貼著自己的臉頰搔癢。其實，她並不是很喜歡這種汗流浹背的事情，總是偷偷瞄一下盤旋在天空的大冠鷲，再看一下忙碌的馬賴；草中的蟲鳴、樹上的鳥叫，很容易就讓她分心。事實上，心底深處那渴望被人緊緊擁抱、呵護的渴望，才是她無法抗拒馬賴三天兩頭邀約的原因，使她不由

自主的就來到「祕密基地」與學長激情幽會。

　　「呵呵！好囉！妳也該回家了。」馬賴翻身坐起，懷湘失落的放開了雙手，他一邊拾起散落一旁的衣褲慢慢穿好，一邊瞅著身旁這位清秀標緻的小學妹，傻傻的笑著。十七歲的馬賴身形高瘦，是學校田徑隊選手，全身結實的肌肉有著明顯而漂亮的線條，黝黑健美的皮膚，跟小學妹的白皙粉嫩恰成對比。

　　「沒關係！我亞大（yata，阿姨）比黛回娘家去了，我可以搭晚一點的巴士回去。」懷湘把白色制服的釦子一顆一顆扣好，下襬塞進深藍色的百褶裙內；她慢條斯理的從書包摸出一把小梳子，梳了梳凌亂的頭髮，雖然只是國中三年級的女生，卻早已亭亭玉立，出落得清新可人。

　　「是喔？那，妳今天不要回去，嗯……到我那裡去睡，好嗎？」馬賴在山下的鎮上念高職二年級，家住後山的葛拉亞（Kraya）部落，葛拉亞地處偏遠，交通不便，於是在前山租了一間小房子，每天通車到山下小鎮上學。租金便宜的小房子是早年在這裡開採煤礦的工人們所住的木造屋，木屋一律漆著黑色厚厚的柏油，矮矮黑黑的一整排木屋搭建在靠河岸的路邊。

　　「嗯……不行耶！我怕亞大米內（Mine）知道了會罵我，我雖然已經沒有跟她住了，她還是很會管我。」懷湘眉頭皺起搖了搖頭把小梳子擺進書包，雙手托腮若有所思的望著在微風中輕輕搖擺的芒花穗。

　　父母離異的懷湘，因為父親職業軍人的身分，自有記憶以

來，她就像游牧民族一樣，在外婆、大伯、叔叔、表叔家搬過來遷過去，在親友家輪流居住。她遺傳了媽媽哈娜（Hana）討喜而美麗的面貌，長輩對懷湘總是更多一分的疼惜，即使她脾氣任性也多半容忍她。平日與堂兄弟姊妹有了爭執，被教訓的一定不是她，而是跟她爭執的人。

「你們就讓她一下嘛……懷湘很可憐，沒有媽媽，爸爸又不在身邊……」這是長輩們最常說的理由。小懷湘似乎知道這個身分帶給她的保護傘，也因為內心對父母離異後，必須承受不斷變動的環境和關係而產生許多負面情緒，她總是非常任性，對旁人既不信任防衛心也非常強，一點點不順心就大發脾氣。

「誰要住在你家，我要去 yata 黑慕依（Hemuy）家去住了啦！」跟這一家孩子一言不合，她就會立刻收拾衣物，往另一家親友「投靠」，反正這座山的鄰居全都是親人，走到哪裡都可以住下來。長輩知道她的狀況，都會隨她的意讓她住下來，生活簡單的年代，多一個孩子住在家裡只不過多個人睡在大通鋪上，多了一雙碗筷在餐桌上而已。對一個小孩子來說，這種任性自由、不受拘束的生活，有著隨心所欲的快意。雖是如此，在懷湘內心深處卻存在著說不上來是什麼滋味的、一口深不見底的黑洞，總會在某些時刻電波似的發送無聲卻清晰的信息；寄住家庭的父母與子女間最平常的互動，她在一邊靜靜看著時，內心的電波便悄悄的發送那似有若無的訊息──為什麼？我，就不能有一個……像他們這樣的家呢？每當這樣的心情來了，她便容易情緒化，一點點不順心就要大發脾氣。

後來，父親幾次休假回來，看出親友對懷湘特別縱容以及女兒的任性，便決定把她交給弟弟瓦旦（Watan）照顧，「妳以後不可以亂跑，要乖乖住在亞大米內這裡了。」父親嚴格規定女兒不可以隨便搬離叔叔家。住在叔叔家之後，米內嬸嬸把她與堂姊妹一視同仁的對待，不管是家事的分配、課業的要求，都和三位堂姊妹一樣。當然，姊妹們有什麼吃的、用的，懷湘一定有一份。對於她任性的脾氣，米內嬸嬸是不吃這一套的，她跟大家一樣有好就賞，有錯必罰。懷湘起先還常常挑戰米內嬸嬸的原則，要賴、發脾氣，米內總是很有耐心，溫和的勸說，卻堅持的讓她乖乖按照規定做。

　　有一次，懷湘被分配和兩個堂姊妹一起到竹林撿拾起火用的細竹枝，三人在竹林裡邊玩邊撿拾竹林底下的細竹枝，大家原本有說有笑的工作著，不知誰說了一句讓她不中聽的話，她氣得把手上的竹枝扔出來，用力踢翻背簍，把剛剛整理好的竹枝全數踢出散在地上，「誰要幫妳們工作？誰要住在這裡？我要回去我的烏來……」她氣得大哭起來，「誰要跟妳們玩？我要去找我的 yaki（外婆）……」，她愈哭愈生氣，聽起來已經是嘶吼的程度，「誰要穿妳們買的衣服？討厭……」說著，把穿在身上的紅色毛衣從肚子上抓起來，張開口咬下去，她不斷用力的撕咬著毛衣，紅色的毛線一根根垂掛在嘴邊，吐掉再咬……兩位堂姊妹看了這種情景，驚嚇得目瞪口呆。雖然大家都一樣是不懂事的孩子，但再小的孩子都知道物資的可貴，衣服舊了沒關係，至少要保持完整以便留給下一個姊妹穿，沒有人敢拿來這樣糟蹋的。後來，她氣到丟下她們自己跑回去了；兩

姊妹只好留在竹林收拾殘局，一起把懷湘的工作分擔了回家。

「好了，以後妳們要好好相處，不要再吵架了。」亞大米內把三人都叫來訓了一頓之後，罰她們跪在耶穌聖像面前懺悔，「大家要相親相愛，每個人都是天主的好兒女啊！」她說，「懷湘也是妳們的姊妹，要好好對待她，知道嗎？」她看了看兩個女兒，「知道了！」她們同聲答應。

「這件毛衣花了很多錢買的，妳爸爸很辛苦的賺錢；瓦旦叔叔幫妳去竹東買的，不可以這樣浪費。我把它補好，以後不要亂破壞有用的東西了。」米內嬸嬸把懷湘的破毛衣拿起來，找來以前拆下舊毛衣的紅色毛線，仔仔細細、小心翼翼的把被咬下來的破洞一針一針的補了起來，雖然也是紅色的毛線，但新舊和色差還是看得出來，那是個像是台灣圖形的補丁。懷湘因為任性而失控的行為，讓她在不得已的情形之下，還是穿了很長一段時間的「台灣圖毛衣」。這件事，讓懷湘受到了一些教訓，也體會到嬸嬸那種無聲的堅持而有所警惕。

因為叔叔嬸嬸把她當成親生女兒一樣的對待，懷湘雖然像是被收服的小野獸，不能隨心所欲在各個親友家來來去去，卻能夠在這裡感受到前所未有的歸屬感。所以，對於這位教養她恩威並施，極有原則的米內嬸嬸，懷湘是又敬又愛的。

雖然父母都是泰雅族，但是懷湘並沒有泰雅族的名字。在軍中當上尉連長的父親，有一位祖籍湖南的中校長官，「懷湘」就是那位長官幫她取的名字。直到上了國中她才知道「湘」就是湖南省的簡稱；只是，台灣泰雅族原住民的她，被「賜名」──懷湘，實在是莫名其妙的荒謬，有點像她支離破碎、搬來

遷去的童年，萬般無奈卻只能接受。在她這樣無奈而孤單的童年歲月，能夠讓她感覺有點踏實的親人，除了烏來的外婆之外，就是瓦旦叔叔和米內嬸嬸了。

「呃……跟你說……」不知是激情初退還是秋陽的照拂，懷湘兩邊臉頰像是刷上了薄薄的腮紅一樣白裡透紅，「我那個……呃……就那個啊……還是沒來……」她坐在草地上，把書包緊緊抱在懷裡，眉眼掠過一抹憂慮，她垂下雙眼皺起眉頭望著腳下貼地長的雜草。

「啊……什麼？不會吧……」馬賴驚訝得睜大眼睛搔了搔腦袋瓜子，「喔……那，怎麼辦？」他傻住了一點主意都沒有，這健壯的田徑隊長聽見這消息，竟瞬間變成什麼事都不懂的小鬼似的。

「颯──」一陣秋風掃過的蘆葦林梢，「咻……咻……」展翅盤旋在空中的大冠鷲在遠遠的天邊呼嘯了幾聲，懷湘心頭掠過一絲異樣的情緒……霎時，某種說不出的厭惡的感覺油然而生……眼前的馬賴變得令人沮喪。想起這段日子兩人在祕密基地的幽會，想起馬賴那些總是滴在她臉上的汗水……突然，懷湘有一種惡心想吐的感覺。馬賴靠過來，伸出雙手想要抱她卻被她嫌惡的揮開，「噢！走開，不要碰我……走了啦！」懷湘瞪了他一眼又皺了皺眉，站起來背起書包轉身就走，馬賴不知道哪裡得罪了學妹，搞不清楚女生怎麼這麼容易翻臉。

斜陽很快便要滑落山脊，原先雪白的菅芒花穗在晚風中搖曳，夕陽照拂下呈現淡淡橙黃而柔和的浪漫。然而，懷湘和馬

賴兩人都沉默下來，空氣瀰漫著令人不安的氣氛，在漸漸轉暗的河床地，照例保持距離一前一後小心地涉溪，繞過河床無數的大小石頭離開了「祕密基地」。

清流園之花

　　懷湘的母親哈娜（Hana）是台北烏來人。她是一位非常漂亮的女人，能歌善舞，年輕時就在烏來「清流山地文化村」的「清流園」表演山地舞（原住民舞蹈）。活潑熱情，長相甜美的哈娜在眾舞蹈的女子裡顯得特別亮眼，舞碼中美麗的新娘角色非她莫屬，她總是能吸引許多觀光客的青睞。每次在跳完舞之後的拍照時間，競相邀請她合照留念，觀光客喜歡她，小費也非常大方的一把一把塞給哈娜。在「清流園」跳舞期間，有不少來自日本和美國的觀光客對她一見鍾情，送花、送金戒指、金項鍊、貴重禮物……熱情的追求她，甚至很多人都想娶她回去。在當時，有許多一起跳舞的好姊妹們都遠嫁日本、美國，可是哈娜並沒有遇到自己真正心儀的對象，她沒有走上與其他姊妹同樣的路而嫁到外國。

　　二十二歲那年，她終於遇到了心儀的男人讓她眼睛為之一亮，他就是懷湘的爸爸，一位英挺高壯的軍官。那人在她跳舞的時候，遠遠坐在觀眾席一端，目不轉睛的凝視她每個舞姿。節目結束的拍照時間，他並沒有和一般觀光客一樣邀請跳舞的女孩拍照，卻站在遠遠的一旁，抽著菸默默欣賞哈娜被眾人包圍著，搶著找她合照的盛況。他出眾的外形和異於旁人的反應吸引了哈娜的注意。拍照的人群慢慢散去時，哈娜主動走過去上前跟他打招呼。

「你好，喜歡我們的節目嗎？」從事觀光地區表演工作的哈娜很大方，「很好，你們很會跳舞啊！」看到他注意已久的美人直接走近自己還對自己說話，男人差點手足無措，但也立刻回復正常，他深深吸了一口手上的香菸，瞇著眼慢慢吐出煙霧，把整張臉暫時蒙在輕煙中，調整將要雀躍的心情。「咦？你是也 Tayal（泰雅族）嗎？」哈娜一聽他的口音就知道他應該是泰雅族人，這種敏感是大多數泰雅族人都有的，即使男人的咬字口音帶著軍中影響的外省腔，但那音質就是屬於泰雅族特有的密碼。「對，我是 Nahuy（尖石鄉）的 Tayal。」他說。哈娜知道了他原來是自己的族人，立刻把對觀光客應對的那套交際應酬態度和語言收起來，很自然的與他聊了起來。

　泰雅族在台灣原住民族群當中，是傳統的生活領域分布最廣的一支，但即使如此，因著傳統歷史上同一個發源地，只要談一談確認一下，兩個不同部落的泰雅族人總能在進一步的討論中，牽出或遠或近的關係來。

　他們倆互相介紹之後，哈娜知道這位帥氣的軍官是泰雅族人來自尖石，同族的親切感很快拉近彼此距離，當天就帶男子回家介紹給家人認識。原來他是職業軍人，叫做磊幸（Lesing），住在新竹尖石鄉的拉號（Rahaw）部落，哈娜的家人對磊幸就像是對待親戚一樣的親切，請他喝自釀的小米酒，還留他在家過夜。

　有了女方家人的熱情支持，磊幸每次放假就一定往烏來跑，哈娜更是常常想著磊幸，每天期待他的來到；不能見面的日子，兩人勤於書寫相思，魚雁往返傾訴思念與祝福，他們很

快的陷入難以分離的熱戀，半年後就閃電結婚了。

　　或許是雙方從結識、熱戀到結婚實在太過匆促，彼此來不及真正了解對方，「清流園之花」的哈娜嫁到拉號部落，相對於她的家鄉，拉號實在是偏遠的不毛之地，她完全無法適應這裡的環境。畢竟，烏來鄉是距離首善之都台北市最近的一個山地鄉，山水美景、瀑布、溫泉、台車、纜車、風味小吃，以及台灣原住民歌舞，吸引許多國內外觀光遊客前來，加上政府大力提倡觀光事業，為了提升國際間對台灣的認識，在國際媒體大力宣傳，引來大批華僑及歐、美、日本觀光客。所以烏來鄉很早就開發得很現代化。交通、建設、人文景觀、生活水準是原住民最先進的部落。相較於封閉偏遠、窮鄉僻壤的拉號部落，兩者的落差實在判若雲泥。

　　於是先生不在身邊的哈娜，總是待不住拉號，喜歡往娘家跑，往往一住就是大半個月。娶到了天之驕女的磊幸對於自己不能常常陪伴新婚妻子，其實心中有小小的愧疚，也是有點壓力的。他微薄的薪水，根本不能和當初哈娜在觀光歌舞場跳舞的收入相比，這件事也被哈娜抱怨過很多次：

　　"ungat pila... ungat pila...."「沒錢……沒錢……」變成他最常從哈娜口中聽到的話。好幾次放假，他滿懷著與新婚妻子甜蜜相聚的希望回家，卻看不到嬌妻，原來她又跑回娘家去了。失望、內疚、無力感充滿他原本自信滿滿的心。想到哈娜在「清流園」的風光，和許多圍繞在她身邊的追求者，內心油然而生的猜疑、嫉妒、自卑……漸漸滋長，這些情緒慢慢交織在

一起轉化成無名的憤怒。於是，常常在回家找不到妻子時，便立刻衝往烏來岳家把哈娜「抓」回來。

「女人，就是要嫁雞隨雞，嫁狗隨狗，」磊幸總是喝了酒之後控制不住脾氣，對妻子大吼，「媽的！整天往娘家跑，成什麼體統？妳他媽是去看舊情人，是嗎？」「砰！唰……唰……」他憤怒的一腳往牆上踹下去，裹著泥漿的薄竹牆立刻凹了一個坑，乾泥屑「唰唰」的紛紛落下。職業軍人的習氣使他開口閉口都是軍營裡學來的國罵，連長的官威回到家也很難調整過來，生起氣來就更難控制了。

「我是瞎了眼睛才嫁給你，」哈娜有著強悍的個性，加上長年在娛樂場合打滾的經驗，她什麼場面沒見過，當然也不是被嚇大的，「我哈娜就是嫁雞、嫁狗，也比嫁給你這個窮光蛋好。」她挺起胸，雙手往腰上一扠，也大聲罵回去。於是，夫妻爭吵的戲碼不斷重演，最後總以丈夫從牆上抓起獵刀要追殺妻子，妻子只得奪門逃往小叔瓦旦家狂奔求救做為結束。

三兄弟排行第二的磊幸父母早逝，弟弟瓦旦個性溫和，在鄉公所擔任公職，娶了能幹的弟媳米內，兩夫妻勤勞認真，家庭和樂，弟媳把孩子都教養得很好，磊幸很敬重這個弟媳。身強體壯、脾氣剛烈的他喝了酒就是霸王，把身邊的人都當成軍隊裡的小兵來吆喝，幾杯黃湯下肚，天王老子都不放在眼裡。在部落，看到他喝醉了，誰也不敢惹他。唯獨弟媳米內，不管磊幸喝得多醉，醉酒的場面鬧得有多僵，只要米內出現，都可以把他收服得乖乖順順的。

哈娜遠嫁到拉號部落，最照顧她的人就是米內了，妯娌兩人一見如故，總是相約到河邊洗衣服、一起上山工作，無話不談，情同姊妹。所以，只要兩夫妻吵起架來，擦槍走火的危機時刻，她就會逃到小叔家避難。哈娜兩夫妻都是同樣強烈的性格，脾氣總是爆發得又快又狠，卻也可以消失得直接又乾脆。每次哈娜來求救，磊幸都可以被米內勸得冷靜下來，一場戰爭很快就消弭於無形。只是，這樣的爭吵在哈娜頻頻回娘家長住，磊幸三番兩次回家撲空之後便愈演愈烈、愈來愈難以收拾了。

　　有一次，又是磊幸到烏來要接妻子回拉號的時候，他才下了客運車，遠遠就看見哈娜在橋頭藝品店前和幾名男性遊客說笑，其中一名遊客正搭了她的肩一起拍照，拍完照遊客還塞了鈔票在她手裡。磊幸雙眼瞪得大大的站在原地一動也不動的看著他們，五、六個人邊走邊開心的談笑往搭台車的方向走去。距離雖是那麼遠，聽不到他們在說什麼，但妻子臉上那樣嬌媚的笑容，豐富的肢體語言，是他婚後半年已經很久沒有看見過的，那是「清流園之花」時期才有的丰姿。想起這段時間妻子老往烏來跑，難道就是為了回到這裡生張熟李的陪男人拍照嗎？一股難以控制的無名火頓時從胃部衝向喉頭，「哈——娜！妳給我過來！」中氣十足的怒吼聲劃過熙來攘往的遊客大街，精準投射進哈娜耳中。雙眼冒火的磊幸快步往她的方向去，哈娜驚見盛怒的丈夫衝了過來，立刻轉身就往後跑，兩人便在街上追逐起來，引起了藝品大街遊客的騷動，原本在哈娜身邊的五、六位男性遊客還來不及反應，哈娜早已跑進人群

中，消失得無影無蹤了。她從小在這裡長大，對於街道巷弄非常清楚，跑過來、鑽出去，一下子就找不到人影了。

　　憤怒的磊幸跑到岳母家興師問罪，要他們把哈娜交出來，可是沒有人知道她跑哪裡去，天黑了哈娜也沒有回來。於是，岳母殺了雞，準備一頓豐盛的晚餐招待他，兩位小舅子和一位鄰居陪他吃飯。磊幸悶得猛灌酒，吃不下任何東西，在街上看到的那幕景象，使他愈想愈憤怒，哈娜則始終沒有回來。

　　「碰！」他終於忍不住重重捶了一下餐桌，「太過分了，你們都跟她一起欺騙我，是嗎？」磊幸忍了很久的怒火還是爆發開來，手上的杯子往牆上砸去，「砰！」玻璃杯頓時四分五裂，「yanay（妹夫），你講話要憑良心喔！」大哥口氣顯然很不爽快，跟遊客說說話、拍拍照，對住在觀光勝地的烏來人來說是很普通的一件事，沒什麼值得大驚小怪的，大哥只是看在yanay 來者是客，他又那麼生氣的份上，忍讓他罷了。他整晚小心的陪著盛怒的妹夫喝酒，磊幸喝了酒的霸王氣勢又開始發作，他自己也喝了不少酒，已經快要沒有耐性了。

　　「有什麼誤會，可以等哈娜回來解釋啊！」他用力的把酒杯「放」在桌上，杯子裡的酒濺了出來，「你在我家捶桌子、摔杯子，這算什麼？」大哥皺起眉頭站了起來。

　　"yasa la... yasa la...."

　　「好了……好了……」鄰居和岳母一人一邊把大哥架了開去，大哥扭動身體掙脫著要往磊幸衝去，二哥兩邊看看，也準備加入戰局。

　　「這算什麼？」磊幸也站起來，「自己的妹妹不守婦道，

全家幫她隱瞞⋯⋯這才算什麼啊？啊！」滿臉通紅的磊幸咆哮著，血絲布滿了憤怒的雙眼，「碰！嘩啦啦⋯⋯」他雙手一舉，把整張餐桌掀了過去，滿桌的菜肴杯盤撒落一地。

"ay ay yama, laxiy balay gusa sqani ki... yama yama...."

「啊呀⋯⋯啊呀⋯⋯女婿，千萬不要這樣子啊！女婿⋯⋯女婿⋯⋯」岳母不敢過來攔阻他，嚇得眼淚掉了下來。

「誰敢在我家撒野！」大哥掙脫母親，衝過去抓住妹夫，磊幸悶了整天正缺個洩憤的對象，他迎了上去，「喝！喝！」「啊⋯⋯」兩人扭打起來，二哥看了也加入戰局，岳母哭著、尖叫著大聲阻止他們，卻一點都沒用。門窗桌椅「乒乒乓乓」撞來撞去，碎玻璃、斷木頭到處亂飛，三人扭打的聲音、岳母哭著阻止他們的叫聲，驚動了隔壁鄰居，有幾個站在屋外議論，還有幾個好奇的便直接走近門邊、窗邊探頭探腦的往屋裡觀看，整間屋子頓時變成格鬥的擂台⋯⋯。

「嗶、嗶、嗶！」突然聽見一連串緊急的哨音，「住手！住手⋯⋯」「不要打了⋯⋯」「警察來了⋯⋯」三名警察衝進屋裡，他們抱住發狂似的磊幸，架開了兩兄弟，把三個打成一團的醉漢用力扯開。原來，剛才一起喝酒的鄰居看情勢不妙，趕緊跑到派出所報警。

「走開，我要他們給個交代⋯⋯」

「不要動⋯⋯」「喀！」警察瞬間將磊幸的手銬上手銬，兩兄弟看了這情形便不再掙扎，三人只好乖乖被帶到派出所去做筆錄。

磊幸知道自己是軍人身分打架鬧事，如果讓軍方知道的

話，這事情可就大條了，即使是喝醉，他也很清楚這個嚴重性。再說，磊幸雖是剛烈的性格，但暴怒的脾氣卻像是夏日午後的雷陣雨，來得快去得也快。往往被他惹毛的人還在氣頭上，沒來得及恢復平常心的時候，他自己就以為歧見已經在爭吵中處理完了，是個非常自我中心的人。

磊幸對於妻子行為的不滿，透過剛剛跟小舅子激烈的扭打，那一肚子的火氣也消了大半，他在岳母家大發雷霆，把岳母的門窗桌椅都打壞了，後來想想還是自知理虧多一點的，雖是萬般困難，但他終究試著主動釋出善意。

"a! kun balay yaqih la anay."

「啊！真的是我不好了，舅子。」磊幸這輩子絕少跟人道歉認錯，這句話是折騰了好久才勉強吐出來的。當然，打鬧了大半夜，三人此時疲憊已極酒醉也醒了，兩兄弟想想都是自己人，沒什麼不能好好溝通的，於是雙方便握手言和返家去。

磊幸等天一亮，就帶著歉疚和失落的心情，獨自搭上第一班客運車下山回拉號部落的家。原來那天哈娜閃過了磊幸的追逐，躲在一個鄰居姊妹淘家，第二天知道先生回新竹去了，才敢回媽媽家。

"iyat saku nbah musa Rahaw la."

「我是再也不會回到拉號去了。」哈娜雖在啜泣，口氣卻是強硬的，她斬釘截鐵的告訴媽媽再也不回拉號去了。

果真，自從那天起，不管家人怎麼勸說，都無法改變哈娜的心意。可是，一個已經嫁出去的女兒突然回娘家長住，面對鄰居質疑的眼光，家人還是很難接受的。特別在泰雅族傳統的

觀念裡，已經把女兒「送給人」了，女兒沒有經過對方的允許私自「逃」回娘家住，就好像是把答應送人的東西又給「搶回來」，那是非常沒有道理的事情。

　　"iyat balay ini su usa ngasal su nanak hya la."

　　「實在不可以這樣，妳怎麼可以不回自己的家呢？」媽媽常常會這樣念她。

　　"phswa kmal kwara ggluw ru qqalang nha qasa lpi? "

　　「他們部落的親友和鄰居要怎麼議論啊？」媽媽希望女兒回心轉意，以免被人批評。

　　"iyat saku, iyat saku nbah musa la."

　　「我不要，我再也不回去了。」女兒搖頭哭著說。

　　「我要跟他離婚，」哈娜告訴媽媽。

　　「我可以賺錢養活我自己，我不要跟一個 tbusuk（酒鬼）窮光蛋過一生。」她態度那麼堅決，整天不吃不喝，除了重複這句話，她什麼也不說。家人實在拿她沒辦法，只好暫時按照她的意思不勉強她了。

　　這樣過了一陣子，磊幸再次從部隊休假回來，妻子依然沒有回心轉意回到拉號的家，他思念妻子的心如此急切，於是便帶著跟妻子最有話聊的弟媳米內一起到烏來，希望哈娜看在好弟媳的面上答應回家。

　　"ta kins'nun qutux yangu qani la...."

　　「這個弟媳多麼令人想念呀……」哈娜看見米內來到烏來非常驚喜，她熱情的一把抱住弟媳，開心的喊著笑著。

　　"ay ay talagay su bsyiq ini uwah ngasal la irah...."

「啊呀……啊呀……妳這也太久沒回家了吧！嫂嫂……」感情最好的兩妯娌許久不見，一見面就抱著對方訴說彼此的思念。磊幸把買來的伴手禮放在客廳茶几上，便站在一旁看著這兩個女人又說又笑，自己卻是有點尷尬的只能傻笑。

"tama cikay ha ki ama."

「女婿你坐一下啊。」丈母娘看見女婿來接女兒回去，她高興極了，趕緊煮飯、殺雞燒菜，準備好好招待他們。

"rasaw misu mita 瀑布 ha."

「我先帶妳去看瀑布。」哈娜不想看到丈夫，拉著弟媳就往外跑。兩人邊走邊聊著這段日子的生活，哈娜談到了自己對這樁婚姻的失望和反悔之意。

"ima ta ini pkat cikay mlikuy ki kneril hya lpi? "

「哪對夫妻不會偶爾互相『咬到』的呢？」米內勸慰嫂嫂。

"ana ga baliy yaqih balay nana maku ki, baha ini tluhing ktan nya nyux su cbengan qba na mlikuy iyat kinbaq lpi."

「但是二哥也不是完全不好的，當他看到妳牽著陌生男人的手時，怎麼可能不發脾氣呢？」米內也站在磊幸的立場請嫂嫂體諒他盛怒下的莽撞行為。

"laxi kal la angu, ana sisay nanu lga, iyat saku nbah musa Rahaw la."

「別再說了，弟媳。我無論如何是不會再回去拉號部落了。」哈娜望著聳立在前方的美人山，仰起頭以免眼眶中的淚水落下。

"ima ta musa mluw qutux qu tbusuk thoman qasa la."

「誰要跟一個酒鬼、惡霸回去呢。」她有點哽咽了，卻還是忍住不哭。

"iyat saku musa la yangu."

「我不會再回去了，弟媳。」哈娜再一次宣示決心。米內見不管怎麼勸說都沒有用，就知道嫂嫂的心意已定，便不再勉強她。磊幸和弟媳沒有成功把哈娜勸回家，只好失望的回去了。哈娜取得家人和夫家不得不依她的默許，名正言順的留在烏來娘家。可是，人算人不如天算，丈夫回去之後沒過多久，哈娜竟發現自己已經有了身孕，這突如其來的事實讓她驚駭不已，不知該如何面對。後來，幾經長考之後她決定繼續留在烏來把孩子生下來。

"usa ngasal su Rahaw la."

「回妳拉號的家吧。」媽媽說。

"baha blaq ungat yaba na laqi su lpi?"

「怎麼好讓妳的孩子沒有父親呢？」媽媽皺著眉頭好言勸說女兒。

"qyatan maku nanak laqi mu, ana sisay nanu, iyat saku nbah msqun ki tbusuk qasa la."

「我自己會撫養我的孩子，無論如何，我是不會再跟那個酒鬼在一起了。」即使懷了身孕，依然無法改變她的決心。家人雖認為不妥，但對她一點辦法也沒有。

烏來因為是觀光勝地，國內外觀光客來來去去，與外界接觸頻繁，人們思想比較開放，與傳統嚴謹的泰雅族部落很不一樣。觀光客來到這風景秀麗明媚的烏來，見到大眼挺鼻、能歌

善舞、漂亮的泰雅族女孩，往往容易情不自禁迷失在彼此的溫柔鄉中，在短暫的激情之後，一不小心便種下了情種。在這裡，少女未婚生子的案例不少，金髮碧眼卻操著流利泰雅族語的孩子也比比皆是。哈娜認為自己是光明正大結了婚的女人，懷孕生子理所當然，沒什麼好怕的。

磊幸知道妻子懷了身孕，心中歡喜常來探望，希望她回心轉意。可是哈娜卻很小心的，只跟先生保持最基本的互動，不讓磊幸有進一步的想像。她就這樣堅持住在媽媽家，一直到生下了孩子。

「你給她取名字吧！」哈娜生了一個漂亮的女娃，她要磊幸幫孩子取名字。

「我的營長取了一個名字，叫她懷湘。」磊幸請長官幫女兒取了名字，兩人便到戶政事務所登記孩子的出生。

「我們離婚吧！」沒多久，哈娜就對磊幸提出要離婚的要求，「我們個性不和，沒有辦法一起生活。」她說。

磊幸原本寄望妻子能因孩子的誕生而回心轉意，跟他回拉號，重新過著團圓的家庭生活，不料妻子這段日子的疏遠和冷漠是認真的要結束這段婚姻，於是他只好無奈回應，「好吧！既然妳的心意是這樣，那我也必不勉強妳。」磊幸雖然萬般不願，但也有男人的自尊心，他果斷乾脆的性格，加上長駐軍營，沒有太多時間、精神跟妻子耗下去，於是便答應了離婚的要求。

「我會照顧她，直到你接她回去為止。」哈娜說，他們談好了監護權歸磊幸，就簽字離婚了。

才二十出頭，生了孩子卻依然丰姿綽約的哈娜，又重回「清流園」跳舞。這時，新進來幾位年輕的姑娘，取代了哈娜的新娘角色。哈娜了解這就是現實，於是她收起過去天之驕子的習氣，對遊客更多一點的貼心招呼，在她刻意用心經營之下，她的人氣不減反增，找她照相的遊客更多了。

　　懷湘記得在很小的時候，有一次，外婆背著她到「清流園」去找媽媽拿錢急用。那時，她遠遠看見媽媽穿著紅色的泰雅族衣裙，頭上、手上、腳上叮叮噹噹的佩戴了美麗的貝珠、鈴鐺飾品，正在跟一群觀光客拍照。

　　「媽媽……」懷湘雙手高舉開心的往媽媽跑去。

　　「噓……叫我『阿姨』，知道嗎？」媽媽緊張的迎過來，蹲下身在她耳邊小聲卻很用力的說，「不可以叫我『媽媽』，老闆聽到了就不會讓我來這裡跳舞賺錢了，知道嗎？」哈娜嚴肅的口氣讓小懷湘嚇了一跳，不知道自己做錯什麼事，只是張大了嘴驚懼的看著媽媽猛點頭；從那天開始，直到母親過世，懷湘就再也沒有叫過哈娜媽媽了。

　　爸爸在軍營，媽媽在「清流園」跳舞，懷湘平常由外婆照顧。家裡的小孩除了她以外，還有一個讀小學的小舅舅，這舅舅就是她的玩伴。有時候，小舅舅叫外婆「媽媽」，懷湘也會跟著一起叫「媽媽」，外婆疼惜外孫女的處境也沒有特別禁止她這麼叫。不過，她偶爾跟小舅舅吵架時，舅舅會扠著腰罵她：「這是我的媽媽，不是妳的，妳不要叫她『媽媽』啦！」懷湘聽了總會難過得掉下淚來。

"nanu su blaq tmhazi krryax ga isu? tay ini misu tbuki ki."

「你為什麼老是愛挑釁啊？你！看我會不會修理你啊！」

「來！ yaki（外婆）親親……yaki 親親……」懷湘傷心大哭，她就會把小舅舅抓來修理一頓，再抱著哭泣的懷湘親親她的臉蛋，一面用濃重的日語口音、半國語半泰雅語的安慰她。外婆年輕時喜歡用竹菸斗抽菸草，現在則改抽香菸，所以外婆身上除了有長年在廚房忙碌的油煙味之外，總是多帶著一點淡淡的菸草味，懷湘喜歡這些味道，因為這特別的氣味對懷湘來說代表著溫暖和安全，只要在外婆懷中呼吸著這樣溫馨的氣味，她內心便得到無比的安慰，一下子就可以停止哭泣。

磊幸放了假，一定會帶著許多糖果玩具來看女兒。當然，他除了探望女兒，內心其實希望藉著這樣頻繁的接觸，心中期待著妻子的心意軟化，看能不能與他重修舊好，破鏡重圓。

"wiy... nyux su la ama, ta kinbsyaq ini ktay yama qa la."

「咿──女婿你來了，多久沒有見到這個女婿了啊。」磊幸到了烏來，岳母和舅子們還是會像從前一樣熱情的招待他。事實上，結婚之後，烏來和拉號部落雙方的親友就認定了彼此是永遠的姻親，即使他們離了婚，還是將彼此當成姻親一樣的正常來往，磊幸的岳母、舅子會帶懷湘到拉號部落探親，米內夫妻也常會到烏來去拜訪親家，彷彿完全沒有發生離婚這件事。

哈娜對拉號的親友來訪也是很歡迎的，唯獨對前夫不一樣，她會躲著他。每當知道磊幸來了，便會藉故到鄰居姊妹淘家借宿，盡量不和他碰面。這樣幾年下來，磊幸也知道這段婚姻是再也挽不回了，也就不再懷著幻想，只單純的來探望女

兒，久而久之，兩人的關係也就演變成像普通朋友一樣。

　　哈娜天生麗質，能歌善舞，加上她原本就活潑大方的性格，很受觀光客的歡迎，「清流園之花」的封號不脛而走，享盡榮寵也賺了不少金錢。但對於一個舞者來說，表演舞台究竟是現實而競爭激烈的戰場，每年總有一些女孩離開，或嫁人或競爭不過別人而被自然淘汰。有離開也總有新的一批少女被徵選進來，哈娜發現這兩年新進的女孩是一批比一批年輕貌美，這些身段玲瓏、青春洋溢的美少女漸漸讓將要進入三十大關的「清流園之花」備受威脅，她跳舞的角色和位置愈來愈邊緣化，「山地公主」是早就換人當了；雖然善於交際的她還是有許多客人找她合照，但她很清楚歲月不饒人，無論如何，年紀只會愈來愈大，人只會愈來愈老，於是，在這樣現實的壓力之下，哈娜抓住青春最後的尾巴，與一位外省男人交往，並閃電決定嫁給這位熱烈追求她的中年商人，為自己取得了一張看起來不錯的長期飯票。

　　這個男人是軍職退伍之後轉從商，其貌不揚但出手大方的好好先生，看來事業做得不錯。哈娜有了第一次婚姻失敗的經驗，這次結婚不再以外貌和風趣為條件，而是以經濟基礎為優先，所以當她決定嫁給這位有點年紀的外省商人，的確是跌破了一大堆英俊瀟灑的年輕追求者的眼鏡。

　　懷湘見過這個叔叔，他每次開著一輛黑色的大轎車，總是大方的提著大包小包的伴手禮到家裡來。他是個有年紀的男人，圓圓胖胖、髮頂微禿。雖是如此，他站著總是很挺，走起

路來精神奕奕，見人又總是笑咪咪；他對懷湘很友善，懷湘對他最深刻的印象就是他身上永遠有一股特別的古龍水味道，說不上來好還是壞，只要一接近他身邊，就會被那股稍濃的氣味襲得滿身；除此之外，他那雙露在西裝褲腳外的亮晶晶的黑皮鞋也令懷湘印象深刻，鞋後跟墊得厚厚的，有點像穿高跟鞋。

或因為年紀太小，或因潛意識對不愉快的經驗做了選擇性的遺忘；懷湘在外婆家那段童年的記憶，似乎有許多事情都記不太清楚，特別是「媽媽再嫁」這件事；媽媽是什麼狀況之下結婚的，整個過程到底是如何，她長大之後回想起來總是呈現一個、一個無法連接的片段，始終似夢似幻模糊不清。

她不知道媽媽結婚那天是不是下了雨，扶著「媽媽新娘」的中年女士似乎撐了一把黑傘遮著天空。總之，那輛黑色大轎車就是把手捧花束、身穿白紗禮服、高跟鞋的媽媽載走了；當天其他的細節，只剩下破碎不全的畫面……。奇特的是，在這樣模糊不清的記憶中，她竟清楚的記得在黑色大轎車駛離外婆家的時刻，鄰居的電唱機正播放一首當時非常流行的歌——〈寒雨曲〉。那段「雨呀雨，你不要阻擋了他的來時路、來時路……」歌詞和旋律是那麼清晰的刻畫在懷湘小小的心田。從此以後，只要聽到這首歌曲，她便會不自主的想起媽媽結婚那天跨進黑色禮車的背影。懷湘總認為歌詞中「雨呀雨，你不要阻擋了『她』的來時路、來時路……」那個「她」，就是指媽媽。於是，每當下雨天，想念媽媽的時候就會哼唱這首〈寒雨曲〉，想像是因為下雨阻擋了媽媽回來看她的路。

「懷湘，妳來唱『吹過了一霎的風……』給客人聽。」三、

四歲的孩子能夠用童稚的聲音，把這樣一首抒情歌曲唱得那麼有感情，大人都覺得很有趣，只要有客人來外婆家，她就會被叫來演唱，可愛的小懷湘清亮甜美的歌聲總能博得滿堂采。而她如此聰慧大方、小小年紀孤身寄居外婆家、父母都不在身邊的處境，誰看了都要寄予無限的同情和憐惜，每次聽完她的歌，就會拿零用錢或糖果、玩具送給她。

剛開始，哈娜並沒有告訴先生，她早已經結過婚有了一個女兒。但紙哪能包得住火，戶籍登記的時候，丈夫終於知道了真相。

「喔……那時人家年輕不懂事啊……嗚……」哈娜坐在新房床邊低聲啜泣著，柔和的燈光下，床上一對鴛鴦繡花枕頭親密的靠在一起。

「我就是倒楣，遇人不淑啊……嗚……」哈娜邊說邊用淚眼的餘光偷偷瞄了先生一眼，老實的男人一會兒瞪著眼扠腰、一會兒雙手抱胸急促的吐著大氣、一會兒卻又忍不住張開雙手想要去安慰哭得梨花帶雨的新婚妻子，想到妻子竟隱瞞了這樣天大的祕密，他便懊惱不已，在房裡來來回回踱著步，「呼！」不時吐著大氣，似乎想將那說不上來的情緒給吐個清楚。事實上，對於自己認真深愛的這個女人，此刻真正在意的不是她的過去，而是她對自己「隱瞞」過去的行為。至於這「隱瞞」的行為代表什麼意義，對他這樣的男人來說是沒有心思去細想的，只知道有點生氣，有點錯愕，有點失望。

「呃……你要是不能接受我的過去，那就算了……嗚……

反正我活著也沒有什麼意思……乾脆死了算了……」哈娜從先生的肢體語言已經讀出他態度開始軟化，立刻加碼演出，抓起化妝台上修剪眉毛的小剪刀作勢往左手腕上劃下去。

「啊……有話好說，娜娜！不要這樣……」男人一個箭步衝過來從背後抱住妻子，一手用力握住她的手腕，一手小心的取下小剪刀；哈娜見激烈演出顯然奏效，她見好就收立即將腰身放軟，輕聲啜泣的順勢往先生懷裡倒了過去，兩人便一同跌進駕鴦枕被的新床中；這時，妻子那飄散著玫瑰花香的烏黑長髮瀑布似的洩了先生一頭一臉。男人好不容易從眾多追求者手中搶下了「清流園之花」，新婚燕爾蜜月期才剛開始，此刻軟玉溫香抱滿懷的男人，哪裡還有腦袋和心思去計較什麼她年輕時的過去。

「好好好……不怪妳……不怪妳……」男人心跳加速，緊緊摟住哈娜在她耳邊喘著氣說著，一雙手卻開始往妻子身上遊走。

「嗯……現在說不怪，改天想起來又要怪了……嗚……」哈娜把先生的手用力撥開，纖腰一扭甩開糾纏，硬是背對著他繼續低聲啜泣，怎麼也不肯轉過身來。

「好……好……我發誓！永遠不提這件事情，這樣好不好？我說話算話……永遠不提。」「清流園之花」的魅力就算在光天化日、眾目睽睽之下都要讓男人暈陶陶，情不自禁去熱烈追逐、爭相吃醋的，何況是抱著她躺在床上。此刻，男人再也按捺不住，手來腳也來硬要把背對著自己的妻子給轉過來，哈娜見計已得逞便半推半就依了他轉過身來，男人看妻子回心轉

意，猴急得湊上嘴來就往妻子的唇吻了下去……。

　　哈娜很清楚自己有無與倫比的異性緣，雖然是眾男士熱烈
追求的目標，但她總能讓男士們人人有機會、個個沒把握，於
是可以周旋在眾多男子之間取得想要的，不管是在舞者間暗中
較勁時，那備受尊寵的追求、呵護；或是珠寶、衣飾、各種餽
贈……她輕而易舉就可以獲得。聰明的「清流園之花」多年養
成了恃寵而驕的習性，加上極強的自我性格，這位圓胖、耿直
的老男人完全不是她的對手。這件隱瞞離過婚、有一個女兒的
事，她只稍微小小的耍了一點小技巧，男人就棄械投降「發誓」
不再追究。之後，他果然「說話算話」接納事實，再也沒提過
這件事。此外，哈娜還要求先生嚴守祕密，不准讓他的親朋好
友知道她結過婚、有懷湘這個女兒的事。

　　先生很疼愛哈娜，把她捧在手心當成寶貝，結婚三年他們
生了兩個可愛的女兒。非常巧合的是先生正好是湖南籍的，所
以她們的兩個女兒也取了有「湘」字的名字，大女兒叫「湘
怡」，小女兒「湘晴」。

　　「懷湘，快出來！妳和妳小舅舅到車上去把東西搬下來。」
媽媽還沒進家門就會大聲喊懷湘，開啟的後車箱總是大包小包
的餅乾糖果、水果、罐頭、牛肉乾……等等，這位叔叔依然像
從前一樣慷慨大方。媽媽回娘家一定是穿金戴銀，打扮得貴氣
十足，讓鄰居羨慕萬分，先生則是體貼的一手抱著小女兒，一
手牽著大女兒，笑咪咪的跟在哈娜旁邊。

　　看著他們一家四口幸福美滿的畫面，懷湘小小的心靈底處

升起她無法解釋的落寞之感，隨著一件件發生在自己生命中無法控制的狀況，這樣的感覺就愈清晰，漸漸轉而深信自己天生就是個「瑕疵品」對自我的感覺糟透了，她潛意識甚至認為父母之所以離婚，一定跟自己「不好」有很大的關係。

有一次，哈娜和兩個女兒多留在娘家幾天。懷湘和大妹妹湘怡每天在一起玩，偶爾會聽到外婆跟姊姊說：「懷湘，快去叫妳媽媽回來吃飯了，她去雅外阿姨家聊天。」或是說：「這尿布摺好了，拿去給妳媽媽。」外婆雖然知道哈娜不准懷湘稱媽媽，但老人家常常忘記，也不認為這很重要，所以並沒有特別注意。

三歲的湘怡不懂外婆怎麼會說媽媽是大姊姊的媽媽，很好奇的問懷湘：「妳的媽媽是誰呀？懷湘姊姊，我怎麼沒有看過妳的媽媽呢？」她瞪大眼睛偏著小腦袋問懷湘。

「我……我媽媽……」她遲疑了一下，她當然知道哈娜是自己的媽媽，可是妹妹的問話卻突然像顆巨石砸中了她自卑敏感的小心靈，她已經習慣叫哈娜「阿姨」了，她知道在他們那張完整的、圓滿幸福的家庭畫面當中，完全不可能有她插入的空間，也永遠不可能有屬於她的位置。

「懷湘姊姊，妳的媽媽在哪裡呀？」湘怡見她不回答就更好奇的追問。懷湘突然有著一種奇怪的困惑，竟然不確定自己到底是否曾經有媽媽。

「嗯……我媽媽……媽媽……」她轉頭看了哈娜一眼，似乎想確認她是有媽媽的，她輕聲呢喃著，期待媽媽的回應。

「湘怡，晴晴要睡了，妳不要一直吵啦……來，媽媽跟妳

說。」哈娜把湘怡叫過去，「懷湘，這兩塊錢給妳，去店鋪買可可亞糖妳跟湘怡一起吃喔！」她拿了錢，把懷湘支開了。

　　星期天，外婆牽著懷湘到教會去望彌撒，彌撒結束後，神父發給每一家教友一包的衣褲，這些國外捐助的衣褲五顏六色、各式各樣，教友們拿到了都迫不及待的一件一件拿出來觀賞，有些人拿到了很長的褲子，拿到身上比，褲腰都比到鼻子上了，褲腳還拖在地上。

　　"wa, ta kinqryuxan kakay na amerika hya? Hahaha...."

　　「哇！美國人的腳怎麼那麼長啊？哈哈哈……」大家都笑了起來。懷湘看到他們分到的這一包裡面有件漂亮的水藍色洋裝，那樣亮滑的緞面質材加上白紗蕾絲裙邊，心想自己終於可以擁有像洋娃娃一樣漂亮的洋裝了，那是她曾經祈禱能夠擁有的漂亮衣服啊！「真的，外婆沒騙我啊！」懷湘想，外婆常告訴懷湘，主耶穌是最愛人的神，無論什麼事，只要向祂祈求，祂一定會恩賜給妳，「謝謝祢，主耶穌。」她在心中默默的感謝主耶穌。

　　"talagay cingay lukus, ya. kire balay lukus qani."

　　「怎麼這麼多衣服啊，媽。這些衣服好漂亮喔！」哈娜看著衣服驚呼。外婆把整包衣服倒在床上，有外套、襯衫、長褲、裙子，還有很厚重的大衣……各種衣物，大人、小孩的都有。

　　"hekyuw mnyiq ni sinpu ga, lukus kahul amerika ma, wayaw yaqenu szyon su, agal nanak."

「這是神父給的救濟品，說這些衣服都是從美國送來的，妳選看看喜歡哪個就自己拿去吧。」外婆說。「哇！好多好漂亮的衣服喔！」看到整床五顏六色的衣服，兩個小女孩也好奇的東翻翻、西看看，拿著各式各樣的衣褲在身上比來比去，「這個給妳穿，哈哈哈……」「哇……這個給妳戴啦！嘻嘻嘻……」她們把衣褲、帽子當成玩具，互相配給對方。

　　「懷湘，妳看這個衣服，剛好可以給妳穿喔！」外婆拿起那件水藍色的紗裙小洋裝，將洋裝展開來在懷湘身上比長度，"cyoro isu balay tnaq lukus qani, kire balay." 「這件衣服大小正適合妳，很漂亮。」

　　"ay... ita lukus qasa ga ya, an sbiq 湘怡 mu qasa hya."

　　「哎……那件衣服拿給我，媽。給我的湘怡吧！」哈娜看見那件漂亮的洋裝立刻伸手從母親手上搶了過來，雖然家裡不缺買衣服的錢，但那件洋裝的質料非常好，樣式也很可愛，在台灣買不到這樣的童裝，哈娜拿了水藍色的洋裝就往湘怡身上比，懷湘比起來及膝的洋裝在湘怡身上立刻變成拖地的長禮服了。

　　"krahu iyal la, iyat baqun mlukus 湘怡 la."

　　「太大了，湘怡不能穿的。」母親跟女兒說。

　　"nway, skun maku ru pkusaw nya babaw nya."

　　「沒關係，我收起來讓她以後穿。」哈娜說，「懷湘，那裡還有很多衣服，妳可以再挑喔！」哈娜把洋裝放在身邊，抬頭看見女兒失望的眼神，便指了指床上的衣服堆要她再去找。看到差一點就屬於自己的漂亮衣服被「阿姨」擋下來，硬是要留

給現在不能穿的妹妹。懷湘看了看床上的衣服，轉頭瞥了牆上的十字聖架一眼，心裡難過又失望，但她沒有哭鬧或試著爭回來，似乎這樣的結果是理所當然的，只是在心底深處再一次驗證了自己「不好」，「不好」的自己怎麼有資格跟這麼「好」的妹妹爭好東西呢。

懷湘十歲的時候，磊幸的部隊調動到了金門前線。在外島就很難得能夠回來探視女兒了，加上哈娜再嫁，也有了自己的孩子，於是他就把女兒帶回新竹的故鄉拉號部落，將她寄養在弟弟家。兩年之後，磊幸娶了比黛（Pitay），她才搬離叔叔家與繼母亞大比黛一起生活。

結婚

　　當懷湘發現自己原來已經懷孕的時候，肚子裡的孩子已經有三個月大了，才十五歲就要當媽媽，而馬賴也只是個十七歲大男孩。兩個身心尚未成熟、完全沒有經濟基礎的大孩子就要組織家庭肩負養兒育女的任務，驚慌失措的從浪漫夢幻的意亂情迷當中徹底清醒過來。事已至此，馬賴也只能老老實實的自動向父親坦白自己發生的事情。

　　"talagay su kinmrwawi lpi? "

　　「你怎麼這麼放蕩不羈呢？」父親知道了非常驚訝，

　　"wahan ta nha phaw lga, nglung isu nanak lki."

　　「他們來要求賠償的話，你自己去負責吧！」愈說愈生氣，拿了腳邊的小板凳就往兒子的方向用力擲去，馬賴雖然低著頭，但運動員的敏銳反應敏捷的閃過了飛來的板凳。

　　馬賴的母親早逝，從小就跟父親和弟弟相依為命，父親一直沒有再婚，大概是因為部落的人都知道他脾氣不好人又懶，所以沒有女人願意嫁給他吧。雖然父親很氣兒子的行為，但他終究還是必須幫兒子收拾這個殘局，於是請人送話到拉號部落，說希望找個日子到女方家去提親。

　　懷湘不敢跟亞大比黛提自己懷孕這件事，一天拖過一天，肚子慢慢大起來，學校制服都快穿不下去了，身體不適的狀況也愈來愈明顯，眼看不能再拖了，才去找亞大米內，哭著告訴

她自己懷了身孕。

「唉！不要傷心，孩子都已經三個多月，也不能怎麼樣了，只好趕快結婚把孩子生下來了。」米內憋住驚駭的情緒，拍拍哭得鼻子、眼睛紅通通的姪女。

「嗚……可是……我好怕亞大比黛知道。我、我爸爸一定會打死我啦……嗚……」懷湘哭著說，「亞大米內……我不要結婚……我不想要結婚……嗚嗚……啊……」她愈說愈傷心，雙手摀著臉大聲哭了起來。

「不要怕，亞大會幫你去跟你爸爸說。不要哭了，事情發生了就要解決啊！亞大嫁給妳叔叔的時候，也差不多是妳這個年紀啦！」米內其實不認為早婚是好的，自己當初也差不多像懷湘這個年紀就嫁給瓦旦，現在想起來還是覺得年紀輕輕就要去適應婚姻生活實在太辛苦了。可是此刻她只能先安撫眼前這慌亂恐懼的女孩。米內忙著安慰懷湘，心中卻是無比的惋惜，悲歎這正要展開花樣年華的青春生命，就要這樣匆匆步入家庭擔負起為人妻、為人母的重大責任，想起來就非常心疼。

"awbaq cyux yaqih hi nya 懷湘 qasa... pyanga si sqyaqih ktan krryax misuw qa ga."

「原來懷湘身體不好（暗指懷孕）啊！難怪最近看起來總是心事重重的樣子。」米內把懷湘的事告訴先生，瓦旦隔天立刻到電信局拍了一封「家有急事，速回。」的電報到部隊去給二哥，磊幸收到電報馬上請了假從軍營趕回部落。

"ima qutux qyaqeh qasa, ini maku phgiy kakay nya ki...."

「是哪一個混帳東西，看我打不打斷他的腿……」當他得

知自己的女兒竟然未婚懷孕，極為震怒。沒過多久他們收到了對方說要來提親的消息，磊幸就邀大哥兩夫妻和弟弟瓦旦兩夫妻都到家裡來商量如何解決這件事。

比黛藉口要哄孩子睡覺，躲進房間就再也沒有出來，因為她下午已經吃了磊幸一頓排頭，怪她管教不好、不夠關心才讓女兒犯下如此驚世駭俗的醜事。

氣氛嚴肅緊張的客廳，懷湘低著頭緊緊靠在米內孀嬬身邊，她雙手抓著上衣下襬不斷往下拉，想辦法讓衣襬遮住微微凸起的小腹，她的樣子就像一隻驚嚇落難的小鳥，看了令人心酸。懷湘知道父親一定非常憤怒，從下午回到家都還沒有跟她說過一句話，連眼神都沒有跟她接觸過一次，這是他們父女從不曾有過的緊張關係。從小到現在，她相信這世界上只有兩個人是真心愛她的，一個是外婆，一個就是父親。一直把她當寶貝的父親刻意漠視她的存在，令她非常難過，但她也知道自己犯下難以收拾的大錯，所以不能怪父親如此。如果可以，懷湘好希望這是一場噩夢，夢醒後發現什麼事都沒發生過該有多好。她抓住衣襬的雙手下意識的往肚皮上壓了壓，隆起的小腹有著異常的緊實感，一個小生命真真實實的存在她的身體裡，清楚的告訴她這不是一場噩夢。

"ay, nway si swaliy la nana, ana si say nanau nyux ki'an laqi lpi?"

「唉！二伯，就勉為其難的原諒他們了吧，都已經有了身孕還能怎麼辦呢？」米內小心的勸說火爆脾氣的二伯，在這時

候也只有米內敢首先出聲解圍。磊幸雙手扠腰，皺起眉轉頭「哼！」了一下，其他人默不作聲。

"siqan balay laqi qani, mha khangan irah maku Hana ga, baha aki mha sqani uzi lpi."

「這個孩子太可憐了，如果我的哈娜嫂嫂照顧她的話，也不至於會變成這樣的局面啊！」米內見二伯沒有回應，把口氣放得更軟，她本來就把懷湘當成自己的女兒一樣看待，提到她最談得來的哈娜嫂嫂就哽咽了起來。大嫂聽到米內提起哈娜，緊張的用手肘碰了碰弟媳，眼睛往房間門方向瞄了瞄，提醒她比黛在房裡，說話小心一點，可是直率的米內一點也不怕被現在的嫂嫂聽到。磊幸把扠腰的手抱在胸前，看了瑟縮在米內身邊的女兒一眼。

"nyux mha sqani qu yaba yaya lga, baha baq lungan qu laqi uzi lpi? siqan balay laqi qani, baliy nya inqehan kwara qani ki."

「父母是這樣的狀況的話，孩子也哪裡會懂得什麼道理呢？這孩子實在太可憐了，這一切又不是她一個人的過錯啊！」米內吸了吸鼻子，懷湘用袖子拭去淚水，順便偷偷用眼角瞄了父親一眼，此時父親也正好往女兒這裡看了一眼，兩人眼光交會的剎那，悔恨、自責、虧欠、憐惜……有愛也有怨，雙方內心百感交集。

「咳！」大哥乾咳了一聲，全場立刻安靜下來，大家都往大哥看去。這是泰雅族人在聚會的場合要做正式發言的時候一定會發出的提示聲。「咳！」他又乾咳了一聲。

"nyux mha sqani qu zyuwaw lga, iyat qu ini ta inbleqi kbalay qu zyuwaw hya la."

　「事情既然已經是這樣的話，就一定不可以不好好的把事情處理了。」大哥說。

"mwah qu squliq nha qasa lmga, nanu an ta plawa qutux niqan ta suxan lru, ktay ta son ta nanu mtzyuwaw qu zyuwaw qani la."

　「他們那邊的人說要來了，那麼我們明天就把宗親全部請來，然後看要怎樣處理這件事情。」大哥做了結論，大家就各自回家去了。

　「怎麼會這樣？妳給我一個交代！」「碰！碰……」「哇……嗚……」「誰知道啊？我來你家的時候，她已經很大了，還不是你把她寵壞的！」這天晚上，父親跟亞大比黛在房間發生劇烈的爭吵，房裡不時傳來捶打牆壁、摔家具的聲音。磊幸本來就是大嗓門加上爆烈的性格，發生這種事情怎麼可能不震怒。他怪比黛沒有好好管教懷湘，比黛也用尖細得叫人很不舒服的聲音反駁他對懷湘的溺愛……只聽見兩人嘶吼的互罵聲，以及兩足歲多的嘉明嚇得哇哇大叫的哭聲。

　照例的，當父親盛怒之下，桌椅開始亂飛的時候，再凶悍的女人也知道這時應該逃離現場。懷湘忐忑不安的躺在床上，警覺的注意外面的動靜，直到她聽見亞大比黛奪門而出的腳步和嘉明的哭聲漸漸往山下遠離時，她的心跳便開始加快，懷湘希望父親此時不要進來才好。因為，她與父親的關係從來沒有這樣緊張過，對這個獨生女，父親總是有求必應，從來捨不得讓她委屈。

「這孩子從小就沒有了媽媽，很可憐！」有一次磊幸放假，喝了酒之後，跟亞大比黛在房間說話，睡在隔壁的懷湘聽得一清二楚。

　　「我這幾次回來，發現她的笑容愈來愈少了，」他忽然提高聲音說，「妳最好不要給我耍花樣……她的媽媽那樣漂亮的女人，我說不要，就不要了，妳！最好給我注意一點……。」父親真的喝醉了，說的話讓懷湘非常擔心。畢竟她了解亞大比黛強悍的脾氣，也知道軍旅的父親是天高皇帝遠，他其實對自己的「生死」並沒有實質的保護和掌握權。

　　第一次知道有這位亞大的存在，是她十歲還住在亞大米內家時，有一天亞大米內拿了一張照片給她看，「懷湘，妳看看這張照片，」亞大米內說，「她是妳爸爸的女朋友喔！好像是住在卡蘭部落那裡的人。」

　　懷湘拿起照片看了看，這是一張證件用的半身照，女人有張消瘦的臉頰，尖尖的鼻子、薄嘴唇微笑著，略呈三角的雙眼也有一點笑意，如果要說這張照片有哪一點是吸引人的，那就只有這一抹微笑了，不管她是不是父親的女朋友，懷湘直覺的就不喜歡這個女人。她把照片轉過來，看見她用藍色的原子筆寫了兩句話「落花有意，流水無情。」字體娟秀清新，懷湘不懂這話的意思，把照片還給了亞大米內。「她可能會變成妳的新媽媽喔！」亞大說，「妳爸爸說下次放假就會帶她來看妳了。」

　　「我不想要新媽媽，」懷湘對自己沒有媽媽的角色已經習慣了，從小就只有「阿姨」的她，不知道自己為什麼在十歲的時

候突然要有一個新媽媽，「我有爸爸就夠了。」她說。

　　不久，磊幸果然帶了一位女人來到拉號部落，他們一起到小學去接懷湘放學。當她看到父親旁邊有個臉頰消瘦的女人，就知道她是照片那位女人。

　　「爸爸……爸爸……」她看到父親就立刻開心的上前抱住他。

　　「下來，妳看！」父親把她放下來，指了指身邊的女人，「叫阿姨！」父親說。懷湘看了女人一眼，轉身就要走開，她一點都不喜歡這個女人，特別是她竟然把父親的軍帽戴在頭上，又把父親的軍服外套披在身上，懷湘看了簡直快氣炸了，她是誰？竟把父親的衣帽穿戴在身上，這舉動無異宣布了她與父親之間的兩人世界闖入了第三者了。

　　「妹妹來，叫阿姨。」她蹲下來善意的擠出笑容，想跟懷湘示好，但懷湘直往後退，緊閉著嘴一點都不肯開口叫她。

　　「懷湘，快叫阿姨啊！不可以沒禮貌。」父親又催她叫人，她依然厭惡得不肯開口。事實上，從這一刻開始直到後來，懷湘從來沒有叫過比黛一聲「阿姨」，連泰雅語的阿姨「亞大」都沒有叫過，每次說話都直接講事情，不會去稱呼她。

　　磊幸帶這位叫做比黛的女人回來沒多久，他們就結婚了。懷湘搬離米內嬸嬸家，因為她現在有了新的媽媽和固定的家了。對於備受父親寵愛的懷湘來說，自從亞大比黛嫁過來那天，便是她夢魘的開始。也許是看多了「公主與壞皇后」的童話故事，懷湘對這位臉頰瘦稜稜、嘴唇薄且略為鷹勾鼻，聲音尖細的女人，一開始就保持著戒備的態度。以她從小就到處搬

遷與各種性格長輩相處的經驗，讓她知道自己絕不是這女人的對手，於是只能乖乖的服從她。

記憶中，自從擁有自己固定的「家」之後，懷湘便有了永遠做不完的「家事」。洗衣、燒飯、打掃、撿柴、澆菜……這些事情已經是一個成年婦女的工作量了，拉號的長輩們看在眼裡是非常不以爲然，但人家是在「訓練」自己的孩子，那是誰都難以置喙的，連堂姊妹們都覺得她實在很可憐，只要懷湘一出來玩，不久就可以聽到亞大比黛那令人害怕的吼聲，迴盪在山谷間：「懷──湘──妳在幹什麼？回──家──啦──」「啊！我亞大在叫我了。」她總是露出驚恐的眼神迅速趕往家裡去。「噢！每次都這樣啦！她的亞大好凶、好討厭耶！」一起玩的孩子都覺得這個亞大很掃興，也都不太喜歡她。

亞大比黛「訓練」懷湘做家事到了令人不忍的地步，她規定懷湘清晨必須要去撿拾蝸牛，回來用石頭把蝸牛殼敲碎，小心挑出蝸牛肉，然後把蝸牛肉剁碎餵給鴨吃。鴨子餵好了就要把家裡的衣服拿到河邊去洗，洗好還要晾起來，再把地掃乾淨之後才能去上學。所以，她總是天沒亮就起床，出去撿拾蝸牛，她常常會遇到一樣早起撿拾蝸牛或要到田園工作的鄰居親人。

"ta su kinmziboq 懷湘，ni isu tmang qani, nhay usa ngasal, usa su mqwas biru."

「懷湘妳這麼早啊，給妳這些蝸牛，趕快回家去吧！妳還要去上學啊。」這麼大清早，孩子都還在溫暖的被窩打呼，這小女孩就要出門撿蝸牛，大家看在眼裡心疼在心裡，卻是很難

說什麼，只有把袋子裡的蝸牛倒給她，讓她早早交差。懷湘提了蝸牛，趕緊要回去洗衣、晾衣、熱昨夜的剩飯菜來吃，煎個蛋放在便當盒裡當午餐，就背著書包下山上學去，這就是她每天的早晨。懷湘總是趕清晨六點十五分的第一班新竹客運去上學，她其實可以搭晚一點的車，但她能多早離開家裡就早一點出門，因為只要在家，她就有永遠做不完的家事。

亞大比黛生了嘉明之後，懷湘要做的家事就更多了，照顧弟弟是她放學後最重要的工作，她常常背著弟弟掃地、煮飯、餵雞、餵鴨……至於亞大比黛在做什麼？她想都想不起來了，只知道自己有永遠做不完的家事，卻沒有得到過一次讚許的臉色，更別說是一句鼓勵的話了。

懷湘最不能忘記的是，每次家裡的米吃完了，亞大就會到竹東鎮上領取父親的軍糧，「我要去領米，妳放學就把米背回來。」亞大早上就會交代她。放學後，她果然在山下小店看到亞大背著弟弟在等她，旁邊一個 kiri（竹背簍）裡面一包白米，「這個背回家。」亞大對她說。五十公斤裝的白米對國中生懷湘來說實在太沉重了，但亞大冷冷的口氣讓她一點意見都不敢說，只能用力硬撐著背起沉重的 kiri，亞大連她的書包都不肯幫忙背，直接把書包放進 kiri 裡面讓懷湘背，而她自己則是背著兒子輕輕鬆鬆的往山上家裡走去。青春期正在發育的時候，又是下午剛放學，懷湘肚子咕嚕咕嚕叫，餓得全身發軟冒汗，努力爬山路的雙腿軟到發抖。

往事如潮，一波一波湧上心頭，懷湘流著眼淚回顧自己辛

酸的過去，想從中看到父親那句話的答案：「怎麼會這樣？」
她實在不願再想那些讓自己痛苦不快的過去，此刻，她真的也
不能再想那些了，因為父親這時推開了房門，門縫射出一道燈
光進房，父親高大的身影背著光看不到表情，他腳步蹣跚的走
了進來。

「沒想到我磊幸的孩子也會作出這種 hmiriq（破壞）gaga（禁
忌、禮俗、祭儀、規範……的總稱）的事！」父親把燈捻亮，
漲紅的臉上冒著汗水，他沒有正眼看縮在被窩裡的女兒，「妳
給我注意聽著，」父親從未如此嚴厲的對她說話，「既然這是妳
的選擇，以後不管妳在那裡的生活怎樣，都不要回來抱怨，也
不要後悔！」酒氣瀰漫整個房間，朦朧的淚眼望去，牆上映出
父親高壯英挺的身影。此刻，懷湘早已沒有任何想法，過去幾
個月跟馬賴新鮮甜蜜的感覺，完全被無限的悔恨與沮喪給取代
了。

磊幸家族過去有許多優秀的獵人，現在則多有從事教職，
或在公家單位任職的親族，所以磊幸家族從傳統泰雅族社會到
現在，一直是鄉里部落人們尊敬的世家。懷湘未婚懷孕在部落
來說的確是驚世駭俗很不光彩的事情，但在家族長輩開完會議
決定舉行婚禮之後，一切就按正式的婚禮步驟來進行。

磊幸把女兒的婚事全權委託弟弟瓦旦夫婦處理之後便趕回
部隊去了，馬賴在葛拉亞部落的長輩幾天後就下山到拉號部落
來提親。

雙方家族雖同是泰雅族人，但馬賴家族是後山屬於「葛那

基（knazi）」系統，磊幸這裡是屬於「麼勒光（mrqwang）」系統的泰雅族，兩族系在過去久遠的年代，曾經發生因誤殺、復仇，導致雙方慘烈交戰的殺戮之仇。因為年代久遠，雙方對這場戰爭事件的解讀各有說法，誰是誰非已經不可考，那場戰爭是誰贏誰輸也沒有定論。總之，兩族系後來雖跟一般族人一樣來往互動，但因為從過去傳下來互為世仇的觀念，在某些狀況之下還是很常被提起，選舉的時候更為明顯，候選人在拉票的時候就會說：“mtnaq ta mrqwang ita hya, baha saku ini ragiy lpi?”「我們一樣是屬於麼勒光族系的人，你怎麼能不幫我呢？」

　　過去雙方彼此是互不通婚的，後來生活形態轉變，年輕人下山求學工作，雙方年輕人彼此認識的機會增加了，等到提親的時候才知道是屬於「對方」的系統，畢竟過去的歷史距離遙遠了，長輩們也漸漸能接受通婚，但一律需要 mphaw（由雙方當事人宰殺豬隻，分贈族人，一種贖罪諒解、告慰祖靈的儀式）。

　　於是，男方準備了豬隻，下山到拉號部落來先做和解儀式，他們在河邊把豬隻殺了，長老祈福同時讓豬血隨河水流去，完成了和解儀式之後，他們就各自準備結婚事宜。整件事進行得非常快，馬上就要結婚生子了，馬賴跟懷湘兩人就都休學，匆匆結束了他們的求學生涯。

　　「妳以後就要當人家的『葛內蘭』（妻子）、人家的『以那』（媳婦）了，那個『亞傌』（女婿）的媽媽已經不在了，妳當人

家的『以拉哈』（嫂嫂），要好好打理家中的事……」清晨天未亮，亞大米內就過來了，她一邊幫懷湘化妝，一邊殷切的叮嚀，亞大比黛和其他婦女也輕手輕腳的在客廳、廚房忙進忙出準備接待前來迎娶和送嫁的親友。

懷湘面對亞大米內端端正正坐好，一動也不動的讓亞大化妝，她的思緒很紛亂，還來不及認識結婚到底是怎麼回事，喜愛讀瓊瑤言情小說的她甚至還不曾夢想過自己浪漫的婚禮，生命就像跳接的鏡頭，突然間，自己就坐在這裡化著新娘妝，真的就要出嫁了。

從發現懷孕那一刻起，驚惶失措的告訴亞大米內、父親震怒趕回家處理、家族長輩的會議、對方提親、殺豬作和解儀式、訂婚儀式……，這段期間，雙方家族長輩忙上忙下，裡裡外外的為這婚事做了好多好多事情，她好像也只能充滿著歉疚觀看這一切，完全不知道自己能幫上什麼忙，那種自己「很不好」的感覺更是強烈。結婚事宜原來那麼繁雜，把家族的每個親友都忙到了，不知道為什麼，她發現自己最近反而很少想到馬賴，即使現在真的要跟他結婚了，也對他完全沒有期待。她輕輕闔上眼睛讓亞大幫她在眼皮塗上藍色的眼影，亞大說話的聲音才像從遠處射過來的竹箭，一枝一枝往懷湘耳朵竄進來，她口中一連串的稱謂，每個都是一種角色和責任，難以形容的壓力從胃底部往上漲起，滿過胸臆直逼喉頭，「嗯……」懷湘乾嗯了一下，趕緊起身往角落的垃圾桶去。

「不要緊張，放輕鬆一點！」亞大過來拍拍她的背，懷湘忍住即將崩潰的情緒慢慢走回床邊椅子，坐下來讓亞大繼續化

妝。

"ktay ta cikay sinnyang ta qani wah, tay ta betunux ga? "

「讓我們看一下我們這個新娘啊,看有沒有漂亮呢?」伯
母、大堂姊他們趁空檔溜進來看新娘子。

"ungat pilaw nha rengki na mrwa? yan qnxan ta raran milaw
na ayang na ma ay."

「聽說那裡沒有電,晚上還燒煤油燈,是嗎,說是像我們
以前那樣的生活哩!」在一旁幫忙的大伯母烏巴赫跟米內說。

「懷湘,妳會習慣嗎?很辛苦哩!唉唉!」亞大烏巴赫說
著,就用日語跟亞大米內嘰哩呱啦的交談。大堂姊在一旁將清
晨在院子裡剪下的粉紅色玫瑰花和鳳尾草一枝枝調整好,用紅
色的毛線紮成花束,做為新娘捧花,窗外天色已亮了起來。

「懷湘,這個給妳當新娘花的『尾巴』。」拉娃手上拿了一
條長長的翠綠的蔦蘿蔓莖推開房門走進來,她是亞大米內的二
女兒,跟懷湘非常要好。

「啊!這樣就更漂亮了。」拉娃開心的幫那束玫瑰捧花加
上了「尾巴」,捧在手上左看右看覺得很滿意,蔦蘿種在亞大
烏巴赫菜園圍牆邊,它細細沙沙的葉子好像蕾絲一樣漂亮,她
們小時候玩伴家家酒時常常把蔦蘿拔下來當成新娘捧花的「尾
巴」,沒想到它現在真的成為懷湘當新娘的捧花「尾巴」了。

「亞大,我……我不想結婚,」懷湘小聲的對嬸嬸說,「我
可以不要結婚嗎?亞大……我不要結婚……。」懷湘剛剛聽了
亞大的叮嚀,沉重的心情尚未得解,現在又看到還在念書的拉
娃堂妹,那樣無憂無慮,開開心心的捧著新娘捧花玩。才不過

幾個月前，她和拉娃堂妹在放學回家的路上分享著少女的小祕密，如今拉娃依然是個快樂的女孩，自己卻被整件事迅速催熟成為女人，且要趕赴一個完全不可知的未來，想到這裡，眼淚就像斷了線的珍珠，一顆顆不聽使喚的掉落下來。

"wiy! nguciq na laqi, inu yan qani gaga hya la."

「呀！傻孩子，哪有這種道理啊！」亞大米內幫她把一朵紅色的薄海綿花別在髮際，「現在說這些已經來不及了，妳就勇敢的去結婚吧！」亞大米內雖然非常不忍心，但還是鼓勵她勇敢面對，並幫她把哭花的妝給重新補上。

　　婚，還是要結的。兩輛權充禮車的計程車在顛簸的山路上艱難的往上爬，引擎的吼聲畫過幽靜的山谷。路的一邊是千仞高山，一邊是萬丈斷崖，放眼望去除了山還是山，沿山壁開鑿的山路狹窄且有許多陡坡都是髮夾彎，車子必須倒車 —— 前進、倒車 —— 前進……慢慢轉彎上坡，沒有經驗的駕駛是絕不敢貿然開車上山的。

"aya mu... swa thuyay mqyanux sqani squliq nha hya?"

「天哪！這裡的人怎麼能夠在這樣的環境生活啊？」懷湘心裡想著，轉頭看了看身邊的馬賴，雖然他穿著借來的西裝，沒看過他穿得那麼正式，但看起來還是像是個小孩子在穿大人的衣服一樣的不自然。

　　車，努力地往山上爬，距離拉號部落出發的時間將近三個小時了，懷湘這輛新娘車連司機先生共擠了七個人，但另一輛車卻塞了十個人。畢竟這樣遙遠艱難的山路必須是特別將底盤

加高，專跑後山的計程車才有辦法開上來的，駕駛這條路線的司機也都是專跑後山的族人。

交通不便，使後山族人練就一身「塞」車的功夫，貨物不算，往往一輛車「塞」了十幾個人，交通不便的苦衷只有他們知道。

「耶……快來看啊！有新娘子耶……」車子終於爬上這山路最高的山頭，來到了名叫金斯蔀（cinsbu）的部落，據說這是每天接受第一道晨曦的山頭，「金斯蔀」泰雅族語的意思就是「被（陽光）照射」。部落的小孩子看到車子上來了就趕緊過來看熱鬧，即使是平常日子，只要有車子從山下上來，人們就會注意是誰下山採購回來了，回來的人通常都會把買來的食物拿出一點分享給大家。今天竟然等到了一輛新娘車，孩子們看到美麗的新娘開心極了，趕緊呼朋引伴奔相走告。

「禮車」停下來，懷湘和馬賴坐在車裡，迎娶和送嫁的人都下車，有人拿了糖果分送給車外的族人和孩子。

馬賴告訴懷湘：「車只能開到這裡，等一下要坐摩托車了。」果然在車外不遠處有三個年輕人站在三輛機車旁待命。金斯蔀是個不小的聚落，約有二十幾戶人家，禮車外圍著許多小孩子，用好奇的眼光看著車裡的新娘子。

「啊……是葛姆淦的，不是達驗。（是平地人，不是泰雅族）」孩子們說。

「哇……她好白唷……」當懷湘步出車外時，孩子們都大聲驚呼，「好漂亮的新娘唷！」「這新娘真的好漂亮啊！」

許多婦人也出來看熱鬧，跟馬賴父親及開車的司機說話。

當然，她們主要是來瞧瞧這位新娶上山的姑娘。

"is... is... baq mwah mqzinut mqyanux sa rgyax qu betunux na krakis qani lgaw?"

「咿斯……咿斯……這樣漂亮的小姐，可以來過山上的苦日子嗎？」女人們小聲的議論著，不斷「咿斯！咿斯！」的歎息。

　　短暫休息一會兒，一行人便啓程，走路的男人抄小路沿羊腸小道爬往另外一座山，三輛機車則是載著婦女繞大路上山，載到一處山路口就把人放下，再回金斯蔀繼續載人過來，這裡就眞的必須步行了。先到的人在路口休息，等其他人一起上山，這上山的路就更窄小了，兩旁比人高的芒草叢生，懷湘一手提起粉紅色禮服裙，另一手要忙著撥開偶爾擋在眼前有著鋒利葉緣的芒草，一路汗流浹背的顛躓而行。

　　「懷湘，把高跟鞋脫下來了啦！」亞大米內見懷湘踩到裙襬，差點跌倒，趕忙上前扶住她，從背包拿出準備好的平底便鞋遞了過來，懷湘的堂嫂阿蘊回頭看了看汗水淋漓，早已「花容失色」的新娘子，歎了口氣，眼光閃過一絲不忍。

　　山路，彷彿冗長不醒的噩夢，不知要走到何時才能達到終點。懷湘這段日子用來安慰自己的，原本還存有一絲「終於逃離亞大比黛」的小小喜悅，也在這樣辛苦狼狽的迢遙山路中一點一點消失殆盡。

　　終於到達「葛拉亞」部落的時候，懷湘卻倒抽一口氣，多麼希望剛剛那條山路可以永生永世的走下去，也不要讓她面對

這樣一個更慘的噩夢啊！

　　馬賴家坐落在人煙罕至的遙遠山區，這是間竹頂泥牆的小房子，竹屋頂因為太久沒換新已經發黑了，有些竹片已經腐爛斷裂，泥牆也破舊不堪，房子看起來就像簡陋的工寮。屋子右手邊是將整間房子一分為二的竹床通鋪，床角落幾個舊木箱塞著凌亂的衣物，屋子左邊角落放置一張矮木桌以及幾張小板凳，這樣就算是客廳也是餐廳了，所謂的「家徒四壁」應該就是這樣了。他們的廚房兼浴室是另外搭蓋在外面的，廚房生火煮飯仍舊使用柴薪的土爐灶。記得烏巴赫伯母說他們這裡沒有電燈，她果然看到從屋頂中央垂掛下來一盞油燈，這大概就是整間房子唯一的照明設備了。

　　「懷湘，妳要好好在這裡生活啊！」亞大米內拍了拍她的背，「我們在天黑以前要趕下山去，今天只能睡在金斯蔀的教堂裡了。」亞大再一次叮嚀她，懷湘眼眶含著淚水低頭不語。

　　看見自己的子女嫁到這樣偏遠的窮鄉僻壤，再看到這樣的生活環境，送嫁的親人個個黯然無語，婦女悄悄的抹去臉上的淚珠，依依不捨的告別下山。

　　「好了啦！不要再看了，進來啊！」馬賴過來拉她的手，懷湘甩開他的手，望著送嫁親人離去，直到他們的身影消失在山路轉彎處，她還是不發一語，默默的流著眼淚，她內心百感交集，苦澀的淚水已不知為的是哪樁。總之，自從她知道自己懷孕的那一刻起，所有事情的發展完全失控，這樣憋了滿懷的悔恨與惆悵，現在全部發洩出來。懷湘，狠狠的哭了起來。

　　"Maray, nhay wah la."

「馬賴，趕快來了呀！」幾個年輕人和剛剛一同下山迎娶的親友已經在屋裡熱鬧的喝酒慶祝了，他們叫馬賴趕快進來。

"laxi si khangiy kneril su, baliy qbhniq pplaka lga?"

「不要一直看守著你的老婆啦，又不是鳥兒，怕她飛啦？」年輕人又再催促，還帶點嘲弄的意味。懷湘是外婆帶大的孩子，她完全會聽泰雅族語，念書之後，學校強力推行國語，不准講「方言」，所以她的泰雅族語就生疏了。後山偏遠地區，「政令」比較管不到，即使在學校也沒那麼嚴格限制「方言」，所以這裡不管大人、小孩都說得一口流利的泰雅族語。懷湘習慣使用國語說話，加上她白皙粉嫩的皮膚，他們直覺會認為她是個平地女孩，自己互相交談就會用泰雅語，跟懷湘說話就用國語。

「走啦！進去了啦！」馬賴又扯了扯懷湘的裙子。

懷湘站在屋外往山下的方向望去，清風吹過她凌亂的髮梢。她眼神放空，穿了一雙平底便鞋，粉紅色的長禮服拖到地上。擠在計程車上一路顛簸，再坐野狼機車在泥石子山路蹦蹦跳跳，又加上芒草山徑的步行上山，整天下來，不但清晨畫的新娘妝已經被汗水、淚水沖得東掉一塊、西糊一團，米內嬸嬸幫她梳的包頭也垮了下來，整件禮服也是又皺又髒，這哪像大喜之日的新娘子，簡直就像剛剛被虐待的灰姑娘。

「你進去吧！我要在這裡安靜一下。」她把馬賴的手從裙上撥開，頭也不轉一下。

「幹麼這樣，他們也想看新娘子啊，給我一點面子，走啦！」馬賴又來拉她。

「不要啦！我等一下才進去……。」

"maray... nhay hazi wah ga!"

「馬賴！快點來啦！」裡面的人又在叫他。

"aw!"

「好！」

馬賴趕緊跑進屋裡。馬賴家很窮，來往的親人也不多，加上他家住得非常偏遠，所以馬賴結婚並沒有宴請親友，只簡單的準備了一點鹹肉、醃魚、蔬菜和酒，請陪著懷湘來送嫁的親友們吃。路途遙遠，送嫁的親友沒有久留便匆匆趕下山去，幾個一起下山迎娶的親友和一些馬賴以前的同學就在家裡喝酒慶祝一番。

太陽漸漸西下，屋裡人們喝酒談笑的聲音愈來愈大。

「懷湘！快點進來啦！」馬賴呼叫她的聲音也愈來愈大。

"ina, swa su ini wah mzyup ngasal la? "

「媳婦，妳為什麼不進屋裡來呢？」公公走出來了，一陣酒味飄過來。

"ki'a sami nyux kr'usun ga? "

「妳是在嫌棄我們是不是？」公公也喝了酒，說話的口氣有點強勢，跟之前下山提親時的彬彬有禮完全不同了。

"a... baha la, yutas."

「啊……怎麼會呢？公公。」懷湘思緒轉回現實，立刻想起米內嬸嬸說的話，她現在是人家的媳婦了。

"aw! aw! hata ngasal la, tas."

「好的！好的！我們回家吧，公公。」她理了理凌亂的頭

髮，提起拖地的裙襬往屋子裡去。

「喔……」屋裡的人們喝得差不多開始要醉了，看到新娘子進來就開心的拍手歡呼。

"Maray, pnbuiy cikay quaw kneril su ha."

「馬賴，先讓你的老婆喝一點酒。」馬賴的朋友說。

"teta busuk ru kira lga... a... hahaha...."

「好讓她喝醉然後……啊……哈哈哈……」說著流露出情色的表情，比手畫腳示意夫妻床笫私密之事。

「懷湘來，敬一下大家啦！」馬賴遞了一杯酒到她面前，她接了過來微笑舉杯敬眾人，「謝謝你們了。」說完一口把酒給乾了，她沒有真的喝過酒，不過對酒的味道不陌生，父親以前放假回來，喜歡請伯伯、叔叔到家裡一起喝金門帶來的高粱酒，有時候就會把懷湘找來唱歌助興，偶爾還會把自己的酒拿給女兒，叫她敬長輩，謝謝他們平日的照顧，淺嘗幾口高粱酒都是有的。

"we... Maray... klokah kira ki isu... wa hahaha...."

「喂……馬賴……你等一下可要用力啊你……哇……哈哈哈哈……」有人繼續起鬨。

「嘿嘿……哈哈……」「哇……哈哈哈……」說到這個，整屋的男人都笑得非常大聲。「哈哈哈……」「呵呵呵呵……」馬賴和懷湘的公公也都一起大笑，公公竟然不避諱的在媳婦面前為這種事情大笑，這讓懷湘非常不舒服。不管她的母親離婚再嫁、父親再娶，但她成長的家庭環境裡，教養她的卻是恪守泰雅族 gaga 的外婆和標準泰雅族世家的叔叔、嬸嬸，她實在不

懂這是怎樣的一個家庭。

　　狹小的竹屋擠了七、八個男人，就快要爆滿了，懷湘小心的從人縫中移動到了床邊。他們用懷湘的嫁妝──迷你衣櫥，把開放的竹板床通鋪稍微隔成前後兩邊，一邊是公公和小叔睡的，另一邊就算是她的新床了。還在念國小的小叔似乎很習慣在這樣嘈雜的「大庭廣眾」之下睡覺，在衣櫥另一邊蜷著身體躲在被窩裡呼呼大睡。這樣開放空間的屋子沒有地方讓懷湘更換衣服，她沒有卸妝、洗臉，直接脫了鞋子爬到另外一邊床上靠牆的角落坐了下來。忙了一整天，懷著身孕的她實在又累又睏，面無表情的直視虛空，眼皮愈來愈重。迎娶的人陸續離開，剩下馬賴三、四個哥兒們不知要鬧到什麼時候，疲憊的懷湘慢慢感覺飲酒嬉鬧的聲音似乎漸漸遠去。不久，她就這樣直接靠在床角落的牆邊模模糊糊的睡著了。

　　「碰！」「砰！」「呃！」懷湘先是被一陣碰撞和破裂聲吵起來。

　　"wah ga... wah ga...." 「來呀……來呀……」

　　"nanu su qani la...." 「你這樣幹什麼啦……」

　　"Maray! yasan la...." 「馬賴！夠了……」然後是男人們挑釁和勸架的聲音。突然驚醒的她還搞不清楚這是什麼狀況，就從昏暗的煤油燈光中看到兩、三個男人扭打在地上，其中一個就是新郎馬賴。

　　「啊！」懷湘嚇得尖叫了起來，剛才不是好好的飲酒歡樂嗎？怎麼一轉眼就打了起來。在部落，她不是沒有看過酒後發酒瘋的男人，在家也見過父親喝了酒跟亞大比黛吵架、拉扯的

畫面。但國中生的她，從來沒有見過高中學長馬賴喝酒，更不知道他喝了酒也會鬧脾氣、打架。第一次親眼看到幾個月前還是「夢中情人」的學長馬賴喝酒、打架，她又害怕又難過，眼淚不聽使喚的掉了下來。

"ay ay, yasan la son misu, Maray."

「哎哎，我說你夠了喔，馬賴。」公公上前把馬賴拉了開去，他正用胳臂抵住地上那個人的脖子。

"usa la, usa la, nyux t'aring tlequn na quwaw Maray qa la."

「回去了，回去了，這個馬賴已經開始因為酒而發瘋了。」公公一手抓住馬賴，另一手直往門的方向揮去，叫那些年輕人趕緊離開。

"wah ga, pkyapa ta lozi...."

「來呀，我們再打一架啊……」剛剛被壓在地上的年輕人站起來，不服氣的還想找馬賴打架，當男人喝醉了在嘶吼、互毆扭打的時候，完全不像人類，而像是野獸在撒野一樣，懷湘只能縮在床上緊緊抱著被子驚恐的瞪大眼睛看著他們。

"yasan la, hata la."

「好了啦，我們走吧！」另外兩個一樣有醉意的同伴把他拉住，一邊一個架著他往門外歪歪倒倒的離開。

屋裡的煤油燈快燒完了，昏黃的火焰一明一暗不穩定的抖著，公公也喝了不少酒，年輕人離開之後，爬上床倒頭就睡了。馬賴踉踉蹌蹌的爬上床，一把拉掉懷湘的被子，直接就往新婚妻子身上了撲過來，滿身的酒氣薰得懷著身孕的妻子一陣惡心。

「噢！你要幹麼？」懷湘把拉開的被子搶了過來，抱著被子往旁邊挪動，她開始強烈的懷疑，這到底是怎樣的一個男人，自己真的了解他嗎？

「過來！」馬賴的口氣非常不友善，「躲什麼躲？嗯？」又把棉被用力扯開。

「怎樣？妳們家族人多，是嗎？有錢，是嗎？驕傲，是嗎？呵？」他邊說邊靠近懷湘，微弱閃爍不定的煤油燈光被迷你衣櫥的影子一遮，幾乎完全看不清楚他的表情，但那口氣卻是如此憤恨，「有什麼了不起？呵！」一把抓住懷湘的頭髮，用力往枕頭攢下去，「啊──喔──」懷湘來不及反應，額頭一陣劇痛。

「你……打我？」這是場噩夢嗎？她不能相信這是真的，「打妳，怎樣？」一個巴掌甩了過來，「啪！」她的頭反射性往旁一閃，但還是被馬賴粗大的手指用力畫過，臉頰立刻刺痛起來。

「啊──嗚──」懷湘雙手掩面，痛哭起來。「嘎──」隔著輕薄的迷你衣櫥另一邊床板有人翻了翻身，不知是公公還是小叔，大概是繼續睡覺了，對他們的狀況完全不聞不問。

懷湘的家族在拉號部落的確是望族，但她在學即未婚懷孕，對家族來說是件極不光彩的事，家族長輩開會後，還是決定將婚事按照泰雅族婚禮，從提親、訂婚到結婚，該有的 gaga 都是要做的，只是辦得比較簡單低調而已。雖說簡單低調，還是需要不少花費，何況他們多了一場為過去歷史仇恨的和解儀式，也就多了不少花費，這些對馬賴幾近赤貧的家庭來說，是

一筆竭盡所有的大開銷。

　　"galun mu inu kwara pqaniq ta lpyung Rahaw qasa la. karu su nanak wah!"

　　「我們要去哪裡拿那麼多（食物）請拉號的親友們吃，你自己惹出來的事啊！」

　　馬賴的父親在兒子面前叨叨的念了好多次。

　　事實上，馬賴家在葛拉亞部落是不受人尊敬的家庭，不單單因為父親本身的言行不夠得體有禮，主要是他對山上的工作也不夠勤勞，總是待在家裡很少上山工作，作物不好好照顧一定沒有好收穫，這是很簡單的道理。就算經常待在家裡，如果能把房子維修一下也好，可是他的竹屋老舊到快要像座廢墟了還不好好整修，這些都很明顯的告訴人家這家的男人很懶，泰雅族人最瞧不起懶惰的人，在泰雅族的社會並沒有富與窮的差別，只有勤勞與懶惰的不同。

　　馬賴對自己的家庭很自卑，沒想到一場青春戀愛，禁果初嘗就把個大家族的女孩肚子搞大，自己卻完全沒有能力解決，只好按照長輩的安排把女孩娶了回來。這段日子，為籌備這場婚禮，家裡貧寒的經濟，和捉襟見肘的窘境，加上與女方大家族的來往互動，更是加深了他的自卑感，這感覺慢慢轉化成一股莫名其妙的怒氣，全部往新婚妻子爆發開來。

　　「哭！哭！哭！」馬賴朝懷湘身上撲了過去，「嫁給我妳後悔了是嗎？」他將被子掀到一旁，把禮服裙襬用力往上撩開，也不管懷湘抗拒的拳頭怎樣亂揮，更不管迷你衣櫥另一邊還睡著父親和弟弟，就像頭發狂的野獸粗暴而貪婪的往懷湘身體發

洩，邊做口中還不斷罵著粗話。打不過運動員出身的丈夫，懷湘只能強忍下來，在充滿汗水和酒味的黑暗中皺著眉緊閉雙眼，咬著嘴唇等待這一切過去。

這是懷湘完全陌生的馬賴，她萬萬沒想到自己今天清晨就啟程，山水迢遙，翻山越嶺，千辛萬苦的從拉號來到了葛拉亞，原來竟是把自己一步一步往更險惡的未來推進。

「啊……啊……啊……」馬賴低吼了幾聲，「嗯……」暴風雨終於停歇。發洩完了，完全沒有像過去一樣抱著懷湘溫存半刻，身心都得到紓解的他滿足的轉身就開始呼呼大睡起來。夜蟲的鳴聲已經停止，天快破曉了吧！懷湘已經無法入睡，在黑暗中睜大眼睛慢慢整理支離破碎的心緒，酒味瀰漫的屋裡，聽著馬賴低沉的呼吸聲。她輕輕撫摸隆起的小腹想，如果生命的旅程走到這裡，真的就要開始進入險地，那麼，她也只能繼續勇敢的往前邁進，因為她已無退路了，早已哭乾的淚水不知何時又從眼角滾落下來，枕頭溼了一片。

山上的生活

　　新婚之夜的震撼教育，懷湘驚駭的發現酒後的馬賴竟是一個如此可怕的人。所幸，當他清醒的時候還可以溝通，但也得看當時的心情，如果心情不好，她若多說一句話，立刻便會挨一頓莫名其妙的打罵。她企圖在大大小小的教訓中學習如何跟馬賴相處，但實在很難拿捏他陰晴不定的性格，總是很容易就觸碰了他的逆鱗，招惹他發怒，特別是喝了酒的時候，簡直不可理喻到了極點。即使如此，也只能忍耐下來，畢竟隻身遠嫁這無親無故的深山部落，除了努力去適應之外，也沒有其他的辦法了。

　　馬賴生性懶惰，對山上的工作非常沒興趣，偶爾會上山打零工賺點錢，但他是那種三天捕魚七天曬網的人。公公雖然比較常上山照顧林木、作物，但也會在應該上山工作的時候待在家裡，或是工作到一半就往河邊去抓蝦蟹、上山去放竹雞陷阱、到鄰居家聊天，以泰雅族部落的標準來看，這是最令人看不起的懶惰的行為。泰雅族人的生計是以種植作物為主，日常勞動以照顧作物、養護山林土地為第一優先，採集、狩獵是在農作以外的時間進行的。也因為如此，他們家的作物收成總是比別人少，導致日常生活所需變得極為拮据。

　　在這樣窮困的家庭，懷湘才真正領受到什麼叫做「飢餓」，而且是恆常處在飢餓狀態，原來飽餐一頓對後山部落的人們來

說竟是個奢侈的享受。公公沒有種稻米，一小片小米田照顧得不是很好，小米收成也不多，他們日常主食多半以容易照顧的甘藷、芋頭為主，偶爾煮一餐用甘藷換來的白米飯，也是煮成半乾半粥，再用飯匙切成四等份，她和馬賴、公公，以及小叔正好一人吃一份。每當有白飯吃的時候，即使只是半乾半粥的黏稠米飯，大家還是當成最美味的食物，格外珍惜這一餐。

其實，對於從小到處遷移寄居又被亞大比黛磨練過的懷湘來說，困苦的生活並不是很大的問題，因為在過去那樣變動的環境之下，養成了她超乎常人的適應環境的能力。只是，懷湘始終無法忍受的是，晚上跟全家大小一起睡在那張竹木板大通鋪上，同時還必須應付馬賴年輕身體的需求。雖然她用自己帶來的迷你衣櫥把睡的地方作了區隔，但那畢竟只是用竹片木板釘製的簡陋通鋪。每當馬賴夜半人靜，翻身摸索過來時，就是她最痛苦的事。然而馬賴哪管那麼多，任由竹床「吱吱嘎嘎」劇烈搖晃卻不理睬，只管滿足自己精力旺盛的身體，也不想想妻子身心的不適，幾乎夜夜需索。

「你既然要跟我做，就不要一直打我啊！」懷湘會趁馬賴心情還不錯的晚上，在枕邊勸說他不要再打她。

「好啦！我以後不會再打妳了。」心情好的馬賴也會回到過去那個傻學長時代那樣好溝通。不過，這種時候是少之又少的，喜怒無常的他更多時候是任意對懷湘拳腳相向。

有一天，馬賴領工錢下山採買油、鹽、煤油等日常用品，在路上遇到兩個過去的同學，週末要回山上放假，他們看見馬賴就很開心，三人一起走路上山。

「這次我們校隊在中上聯運得了總成績第三名喔！」兩位同學跟過去的田徑隊長馬賴報告好消息。

　　「對呀！要是你在的話，一定可以得第一啦！」另一個同學捶了馬賴的肩膀一下。

　　「哼！那還用說？」馬賴得意起來，「跳遠、跨欄、撐竿跳，在新竹縣我還沒遇過對手啦！」馬賴說的倒是事實，在田徑運動方面，他是從小學開始就有很優秀的表現，不管是在學校的運動會，或是鄉運，一直到後來上了高中，也常代表學校參加校外比賽，他都可以在各項比賽中拿到很好的成績，只要是運動會，就可以看到他馳騁會場的英姿，會場廣播系統總是連連傳出他得名的報告，因此，說到運動，他是連走路都有風的。

　　「對嘛！你幹什麼要休學啊？害我們少了一個厲害的選手。」同學抱怨起來。

　　「是啊，是啊！這次那個光復中學的得了跨欄第一啦！就上次輸你的那個啊！不是後來差點被你扁嗎？」同學說。

　　「喔！那個××喔？」聽到對手贏了自己學校，馬賴頓時氣憤得罵起粗話，「跑不贏人家還不服輸，在我背後罵什麼××話，要不是教練把我拉住，我早就把他的鳥蛋踹爛了，××人。」去年的小過節還那麼生氣，馬賴真的非常容易被激怒。

　　「就是說啊，誰叫你休學？那麼早結婚幹什麼，你知道嗎？高一的新生，來了幾個非常正點的馬子哩！」同學笑咪咪說。

「媽的！騷包得要命還裝清純，看到我們田徑隊的男生經過，就在背後吱吱叫。」另一個同學附和著。

「你說食品加工科那個嗎？眼睛大大那個？」同學問。

「對啦！裙子穿得超短的，那個我準備一個禮拜就要把到，你不要亂來啊！」「誰要那個三八啊？我喜歡幼保科那個什麼芳的，她才正點……。」

聊田徑隊的時候，馬賴還高興的侃侃而談，換了話題聊學校新進來的女生，兩個在學的男生興高采烈的你一句我一句，已經休學的馬賴就無從插話，愈來愈感到無趣，背著裝滿日常用品的網袋默默往山上走。當他看到同儕們都還在讀書，不必像自己這樣當「丈夫」又快要當「父親」，每天要為照顧家庭的三餐而辛苦的工作，便覺這一切改變都是懷湘害的，要不是她有了身孕必須被迫結婚，自己也可以像他們一樣自由自在的玩樂。

「馬賴，你們兩個先到我家休息一下啦！很久沒有見面了哩！」家住金斯蔀的同學家先到了，邀他進來坐坐，「我 yaba（爸爸）、yaya（媽媽）不在家，我買了這個，我們可以好好喝一下啊！」他把書包打開，露出兩瓶紅標米酒。

「喔！好啊！」他們以前練完田徑回家，就會常常到馬賴租的木屋去抽菸、喝酒，今天遇到老同學，馬賴當然很爽快的答應去聚一聚，重溫一下學生生活的樂趣。三人從下午聊到了傍晚，酒也喝完了，馬賴就啟程回葛拉亞去了。

馬賴回到家的時候，將近晚上八點了，喝了酒的腳步有點搖晃。

「碰！」他把網袋往矮木桌上甩去，「你有喝酒喔？」懷湘聞到酒味，趨前問了一句。

　　「啪！」馬賴冷不妨一個巴掌揮了過來，「啊！」懷湘整個人往床緣趴了過去，「你幹什麼打我……」懷湘一手護著已經更明顯隆起的肚子，一手撐著床站起來，「每次一喝酒就回來發瘋！」懷湘說。

　　「囉嗦！」馬賴晃了一下，「還不是妳！害我不能讀書！」他狠狠的指著妻子罵，「媽的，妳再囉唆……再囉嗦我揍死妳！」他就要往妻子身上撲過去。

　　"aw yasa la Maray."

　　「喔，夠了馬賴。」老父親衝過來抱住兒子，終於幫媳婦解圍了。

　　"laxi say sqasa ina, cyux yaqih hi nya gaw."

　　「不要那樣對媳婦，她的身體不好（指懷孕）啊！」

　　「啊……」馬賴推開父親狂吼起來，「煩……」「揍死妳！」他用力把木桌踢翻，桌上所有的東西都「砰砰砰」四散滾落。懷湘嚇得趕緊抓了床上一條薄毯子立刻奪門而出，她知道如果不逃出去，她今晚勢必要遭受痛苦的凌辱，這是她從多次的教訓中得到的經驗。

　　「想跑？」馬賴穩住搖晃的身體往門外吼。

　　"yasan la, lequn su ga?"

　　「好了啦！你是瘋子嗎？」父親又抓住他，不讓他往門外追。

　　懷湘出了家門拚命往山下狂奔，天暗看不到路，她不敢有

任何遲疑，跌跌撞撞的邊跑邊在黑暗中摸索。她從娘家帶來的黑狗「拉號」也陪著她一起跑。到了離家有一段距離的地方差不多聽不到馬賴的吼聲了，她就摸索著往路旁的芒草叢裡鑽了進去，那芒草是沒有砍除過的原始芒草，長得非常高大粗壯，芒草底下的土壤鋪滿了乾芒草葉，懷湘之前幾次被打之後，就去那裡整理了一個可以藏身的所在，那是她現在的「祕密基地」了。好幾次都是這樣的狀況之下，她逃到了這裡，過了一夜之後才回家。這時，發酒瘋的人從日正當中醒來，看到妻子在家打理家務，昨夜莫名其妙的怒火也就不知去向了。

深山的夜晚是非常寒冷的，懷湘坐在芒草叢林中用薄毯子裹住身體，拉號緊緊挨在她身邊，狗兒和主人身上的溫度互相溫暖著彼此。深夜，芒草叢林裡有各種夜行小動物在活動，發出了許多特別的聲音，風兒呼呼吹過，芒草葉「唰唰」的響，但她一點都不害怕，因為家裡有比這個更可怕的人。

「yaki，妳說的主耶穌在哪裡呢？」懷湘仰起頭，淚眼看糊了整座星空，酸痛苦楚從胃部往上燒灼直到喉頭，哽住了欲爆的哭號，那苦卻止不住和著淚水從眼中狂瀉而下，終於「哇！」的大哭了起來，直哭到全身發抖、虛脫，似乎要把這段日子的委屈痛苦全部哭個乾淨，哭了好久、好久。

懷湘默默的啜泣著，累了就靠在一整叢芒草閉著眼睛打瞌睡，她總是睡睡醒醒，草叢裡是不可能好好睡的，特別是今天，馬賴怒吼的樣子和憤怒的眼神比以前更可怕，她躲在草叢邊想邊流著眼淚。通常她都等到東方天空透出微光，就醒來準備回家去了。不過，她今天不要回家了，整夜的思考，她決

定要真正的逃離這裡。可是，離開葛拉亞她可以去哪裡呢？她還清楚的記得父親那天晚上在她房間說的話，「既然這是妳的選擇，以後不管妳在那裡的生活怎樣，都不要回來抱怨，也不要後悔！」父親當時的口氣非常決絕，顯然對她失望透底，那麼，不回拉號她還能回到哪裡去呢？外婆家？媽媽那裡……想到這些至親的人，在她最需要他們的時候，竟然沒有一個可以讓她倚靠。她愈想愈傷心，掩著面又哭了起來，不知過了多久，天光轉亮了，抹了抹臉頰上的淚痕，低頭瞥見挨在身邊的狗兒拉號正把頭往右偏，很認真的用同情的眼光看著她，「拉號……」她雙手把狗兒抱在懷裡，「只有你對我最好了，拉號……嗚……」抱著狗兒，想起拉號部落，忍不住又大聲哭了起來。狗兒彷彿了解主人傷心，一動也不動的讓她抱著，懷湘邊哭邊想，她離開這裡可以往哪裡去？突然，她想到自己可以先去瓦旦叔叔家，米內嬸嬸一定願意收留她，等自己把孩子生下來之後，就跟馬賴離婚，父親那邊可以請亞大米內講情。反正，只要先離開這個人間地獄，一切都可以想辦法。

於是，天亮之後懷湘沒有往山上回家，而是往山下走去，拉號也隨著她一起下山。她特意加快腳步往山下走，因為她知道葛拉亞要到拉號是非常遙遠的，結婚那天是搭車加上摩托車的接駁，也要差不多一整天的時間才到，何況是身無分文的她，完全用步行下山，那一定要加快腳步的。

她用趕路的速度往山下走去，懷孕的人非常容易飢餓，她餓了就找路旁的野花草果腹，挖酢漿草的根和腎蕨的塊莖來吃，渴了就喝路旁的山泉水，這些都是小時候玩扮家家酒時

的食物。懷湘從結婚那天上山之後就沒有離開過葛拉亞，她沒想到這山路比她當初的印象還要更遙遠，她已經走了好久、好久，都還沒遇到任何一個人，更別說看到任何一個部落了。太陽愈來愈高，她的影子愈來愈短了，大腹便便的懷湘氣喘吁吁的趕了快一個上午的路，好不容易才看到遠遠的地方有一個部落，那就是她結婚那天暫停休息的金斯蔀部落。「天哪！」她抱著薄毯子全身痠軟的直接坐在路旁，望著山坡下方遙遠的金斯蔀，想想自己這樣走，還沒走到一半，天又要黑了，半路天黑她連「祕密基地」都沒得棲息，這樣也不是辦法，又餓又累的她已經沒有離開的鬥志了，決定返回葛拉亞的家，反正，馬賴不是隨時隨地在發酒瘋，偶爾也有不錯的時候，家裡至少有個溫暖的被窩可以睡。她看了看拉號，拉號依然用那種同情的眼神望著她，「我們還是回家去吧，拉號。」她摸摸牠的頭，狗兒靠過來搖搖尾巴舔了舔她的臉頰。休息一會兒，他們便起身反方向上山回家去；回到家的時候，天色已經晚了。

"mnwah su inu la, ina."

「妳去哪裡了？媳婦。」公公看到她回來，鬆了一口氣。

"nhay wah maniq la."

「趕快來吃飯了。」公公異常熱情招呼她，馬賴則是拿著晚餐的甘藷看著她傻笑，畢竟她是第一次這樣失蹤了整天，公公覺得馬賴真的不對，又怕媳婦跑回娘家告狀去了，萬一女方親人認真追究，恐怕又要一筆不少的花費才能擺平，於是他在家也罵了兒子一頓。

"aw...."

「好⋯⋯」餓了整天，好不容易有了熱騰騰的食物，懷湘顧不得觀察馬賴是不是已清醒，坐下來就開始大吃起來。「呃！喔⋯⋯」才吃到一半，她忽然感覺到肚子一陣抽搐，等等又恢復正常。她繼續吃甘藷，沒多久又來一次，「啊⋯⋯」她放下手中吃一半的甘藷，彎著腰雙手抱著肚子，這次她好像感覺到內褲溼了一小片。

"nyux su hmswa? Ina."

「妳怎麼啦？媳婦。」公公發現她不對勁了，

"mxal ktu mu."

「我肚子痛。」懷湘抬起頭，皺著眉頭回答。

"nhay say mlawa yata Atay, ray."

「快去把阿黛伯母叫來，賴。」公公叫兒子趕快去叫鄰居有經驗的婦人過來。

"pkaki hazi ina la."

「媳婦大概要生了。」他說。

"aw... aw...."

「好⋯⋯好⋯⋯」

馬賴聽了立刻把吃一半的甘藷放下，做了一個火把，趕緊下山去找阿黛伯母過來幫忙。

馬賴出去以後沒多久，懷湘躺上木床，公公則是老練的先起火燒水了，懷湘抽搐的頻率愈來愈快，並且伴隨著一陣一陣的劇痛。懷湘心裡知道這就是產前陣痛了，大概是因為今天走了太多的路，使得肚子裡的孩子迫不及待的要在今天生出來了。一陣比一陣加劇的痛楚中，彷彿過了一萬年，阿黛伯母終

於來了，她沒有什麼接生用的器具，只帶了一把剪刀來。

"say lmom rngos na qatap qani ha."

「先去把這把剪刀的刀鋒燒一下。」她把剪刀遞給馬賴，馬賴就乖乖拿到火上烤著消毒。

"inu sbuwan ta laqi kira hya? Ina laxi kngungu ki, zinga balay lga masoq la."

「我們要包孩子的布巾在哪裡啊？媳婦妳不要害怕啊，很快就可以結束了。」從阿黛一進門開始，這個家的指揮權就完全落在她的手中了，每個人都乖乖按照她的指示做動作。

"usa sqasa simu hya, pkaki ina la."

「你們都到那裡去吧！媳婦就要生了。」準備就緒之後，她把三個男人趕到迷你衣櫥的另外一邊的竹床，兩個人過去，公公則是乾脆走出家門外去了。

「哇……哇……」床上終於傳來小嬰兒的哭聲，懷湘生的是一個女嬰。在後山生孩子是很「自然」的，阿黛把孩子的臍帶用消毒過的剪刀剪斷，再將嬰兒洗一洗乾淨，包上乾淨的布巾就完成了，懷湘幫女兒取了瓊瑤小說裡的名字，叫做「夢寒」，小夢寒秀氣的臉上有雙烏溜溜的大眼睛，長得像媽媽一樣漂亮。

懷湘在這偏遠貧困的深山，每天忍著屈辱為生存而努力。如此，也把第一個女兒生了下來。婚後這段日子身心受到的折磨與創傷，就像是一次又一次不斷侵襲她生命的狂風暴雨，使她飽嘗了前所未有的生不如死的痛苦。但極端氣候究竟不是常態，風雨總有停歇的時刻；雨過天青，通過風雨狂掃沖刷的山

林變得格外清新潔淨、生機盎然，草木、山川、大地重新整頓
出迴異於前的風貌。懷湘生了女兒之後，變得更堅強而勇敢。
為了怕女兒受到驚嚇、保護女兒的安全，每當馬賴發酒瘋亂罵
亂打的時候，她也會勇敢的直接跟馬賴對抗，因為她不可能帶
著那麼小的夢寒逃到荒山野外的「祕密基地」躲藏。

"isu usa mqumah kira hya la, ina. nyux mxal hwinuk maku
wah, khangay maku kun qu yageh hya."

「今天就由妳去除草了吧！媳婦，我的腰在痛呢！小娃兒
由我照顧就好了。」公公原本每天上山去照顧小米、地瓜、旱
稻、樹豆之類的作物，砍雜木、除草、鬆土……總是早出晚
歸。自從有了夢寒之後（應該是說「自從懷湘懷孕結束之後」），
公公就常常藉故——不是腰痠就是背痛的待在家裡照顧孩子，
叫媳婦上山工作。

"ana ga, swa'un su m'uyay laqi lpi, tas."

「可是，孩子餓了你怎麼辦呢？公公。」懷湘在跟亞大比黛
一起生活的那幾年，被磨練得非常能夠吃苦耐勞，她一點都不
怕工作，只是夢寒都還沒斷奶，公公就急著要她去工作，她是
擔心孩子要吃什麼。

"bbway ha ru usa la. anay maku shaw uba' i m'uyay yageh
hya."

「妳先餵完奶再去呀，如果娃兒餓了，我就舀粥上的湯給
她喝。」總之，公公就是不想上山工作，寧願在家照顧孩子。
事實上，過去山上的工作一直都是以馬賴過世母親為主力的，

她是個認真勤勞的女人。馬賴的父親就像現在一樣，寧願在家照顧孩子也不喜歡上山工作，他總是告訴鄰居說自己身體不好。不過，他卻常常喝酒，醉了就回家對妻子大吼小叫的，也不知是不是潛意識明白自己實在不是個好男人，所以藉酒裝瘋大聲叫罵以平衡自尊心。不過，對於辛勤勞動、生產主力的妻子，他是不敢任意動手打她的。妻子不幸因病過世之後，馬賴的父親為照顧兩個兒子，除非必要，他便堂而皇之留在家裡，很少上山工作了。

"nanu aw pi."

「那麼，好吧！」懷湘順了公公的意思，上山照顧作物。

馬賴偶爾也跟妻子一起上山去工作，但常常只做半天就溜回家休息了，有時會跟鄰居上山種香菇，賺取一些工資以購買日常家用。馬賴是很少工作的，他多半時候都待在家睡到中午，下午就去找鄰居一起到河邊抓蝦蟹，或就下山到金斯部看誰剛好從小鎮採買上山，大家就可以分享到幾塊燒烤的豬肉。

懷湘對於山上的工作雖然不是很拿手，但也不陌生。過去在拉號部落，亞大米內和亞大比黛都曾帶她上山幫忙工作，她看過大人作粗重的農事，公公也會教她怎樣砍除草木、鬆土、種植作物等等，她都很認真的學習，每天上山工作，早出晚歸。鄰居看到這位皮膚白皙的、美麗的姑娘整天往上山去工作，都非常捨不得。

"isu cyasi maku qani hya, ina."

「我這頂斗笠送給妳吧！媳婦。」鄰居婦女在半路遇見正要上山的懷湘，心疼的把頭上的斗笠摘下來遞給她。

"iyat iyat, isu qbubu' nanak ga, ta."

「不用，不用，你自己戴著就好了，伯母。」懷湘趕緊搖搖頭拒絕。

"hriq 'el bun su wagi lga, yan su sami pqalux su uzi la. ni...."

「好可惜，妳如果曬太陽的話，妳也會變得像我們一樣黑了啦！拿去……」婦人把斗笠直接戴在懷湘的頭上。

"nanu mhway su la, ata."

「那麼就謝謝妳了，伯母。」她跟婦人道謝之後，便戴著斗笠繼續上山往甘藷田去了。

懷湘每天很認真的上山工作，農忙時期，她也會跟別家msbazyux（換工），互相幫忙。葛拉亞部落的人都很喜歡她，並不是她很會工作，相反的，懷湘在農事方面真的比不過後山的人。但因為從小的環境歷練，使她很懂得與人相處的方法，應對進退也都很得體，在相對粗獷不拘小節的後山人裡面，她顯得秀氣貼心而彬彬有禮，加上她人又長得漂亮，所以在葛拉亞的人緣非常好。長輩們更是同情她一個弱女子要肩負勞動養家的重擔，常常對她施予物資或勞力的協助。

自從山上的工作由懷湘接手之後，除了她很勤勞的每天上山照顧之外，也有疼愛她的鄰居長輩協助與指導，山上的作物愈長愈好，收成也比往年多了許多。

"aras pbetaq Cinsbu' yageh isu ina, nyux mxal kakay mu, iyat saku pthoyay mpanga musa hogal la."

「妳把娃兒帶去金斯蔀打針吧，媳婦。我的腳在痛，我恐怕是沒辦法背她下山去的。」有一天早上，公公跟正準備上山

的媳婦說。當然，從家裡即使是空著手走到金斯蔀都需要走好久、好久才能到，何況是要背個剛學走路的孩子，那蜿蜒在崇山峻嶺的小山路是如此永無止境的不斷延伸，光用想的就令人腳軟了，於是公公就把這打預防針的任務交代給媳婦。

"say su mluw na Maray, usa maziy cikay cimu ru ayang pilaw, nyux ungat kwara la."

「讓馬賴跟你一起去，順便買一些食鹽和照明用的『湯』（指煤油），全部都沒有了。」公公說。

"aw, nanu hala sami lki."

「好的，那麼我們就走囉！」懷湘把孩子背在背後，馬賴則是背著空網袋，手提著裝有尿布、飲水等雜物的包包，兩夫妻一起下山去了。

一路上，兩人會交換背孩子和提包包，馬賴只是很懶惰不喜歡處理孩子的日常生活，其實他還是很疼小夢寒的。馬賴邊走會邊逗女兒發笑，三人一路說說笑笑的，還沒中午就到金斯蔀的衛生室了。

「馬賴，這是你的女兒喔？長得好可愛唷！」衛生室的護士看看娃兒，又看了看懷湘，「這就是你的老婆喔！這麼漂亮，難怪女兒也這麼可愛呀！」

"wiy... takinsnalu mita laqi qani."

"aw ga, aw ga...."

「咻……看這孩子多麼可愛呀！」「是啊！是啊！」等著打預防針的人都圍過來看夢寒和懷湘，有些人在一邊竊竊私語，大家聽說馬賴娶的老婆非常勤勞能幹，山上的工作現在都由她

一肩扛起了。

「呵呵……哪有啦！」馬賴有點得意的傻笑起來，懷湘則背著女兒站在馬賴旁邊微笑著。

"ini na ki, suqaw maku tmahok pbetaq mu ha ki."

「等一下啊！我先把我的針煮好啊！」護士把針頭拿去煮沸消毒，請大家等一下。

「妳在這裡等夢寒打針啊！我去小店買東西。打完針，你來找我。」馬賴說完就出去了。

打完預防針，懷湘就背著女兒，手提包包往小店去找馬賴。

"yata, ungat sqani Maray？"

「伯母，馬賴沒有在這裡嗎？」走到了小店卻沒有看見馬賴，懷湘問顧店的老闆娘。

"mnwah soni lru wayay la."

「剛剛來過之後又走啦！」老闆娘說。

"say mita ngasal Hola qasa, hazi wayal sqasa i cyux smuling syam kwara nha."

「去吼辣家看看吧，他大概去那裡了，他們大家在烤豬肉啊！」她指了指小店左下方的一戶人家。

"aw, say maku mita kya, mhway su lki, yata."

「好的，那我過去那裡看看了，謝謝妳唷！伯母。」懷湘連連彎腰跟老闆娘道謝，往外走去找馬賴。

還沒走到那戶人家，她就聞到一陣令人垂涎三尺的烤肉香，她已經忘記自己最近吃這種味道的烤肉是在什麼時候了，

平常難得吃的肉不是重鹽醃漬的鹹肉，就是公公或馬賴在山上捕到的小山鼠、白鼻心之類的野味，而這也不是常有的，都只能吃甘藷、芋頭、小米配野菜湯，能有鹽巴調味就不錯了，往往十天半月完全不知肉味。這麼香的烤肉味讓她不知不覺吞了吞口水，如果能吃到一塊烤肉不知該有多好。

　　因地處偏遠交通又極為不便，在後山部落要吃到新鮮的豬肉，除非是多天狩獵捕獲山豬，或是下山到平地鎮上採買，否則是不可能吃得到的。而下山一趟需要清晨啟程，還必須住在鎮上，隔天清晨再搭專跑後山的小客車回來，跑後山的包車只有固定的三、四輛，如果沒有預定，還常常沒位置而必須在鎮上多住一晚，下山一趟除了需要花時間，吃、住、交通和採購都要不少的金錢花費。所以，後山的人平常並不是那麼容易就下山到鎮上去的。於是，山上如果有人下山採購日用品回來，附近的鄰居親友便會過去他家「聊天」，這人就會拿出一些鮮豬肉，生火烤肉分給所有鄰居吃，這樣的「分享」很普遍，大家都知道出去一趟回山上一定要多買一份豬肉回來跟大家分享，這是後山部落不成文的規矩。

　　走近吼辣家院子，就看見的五、六個男女圍在冒著煙的火堆旁烤肉。

　　"Maray, hnyan kneril su la."

　　「馬賴，你老婆來了。」有人看見背著孩子的懷湘，立刻告訴馬賴。

　　「噢！怎麼那麼快就好了？」馬賴看起來有點失望，他手

上拿一杯酒，身旁坐著一個年輕女子，披肩的長波浪鬈髮染成了金色，黑色亮面細肩帶上衣，領口垂到胸部，內衣的黑色蕾絲若隱若現，她膝蓋披著一件辣椒紅的薄外套，把整雙腿都遮了起來，他們剛剛還在那裡說笑，看到懷湘過來就停了下來。

「喔……你就是馬賴的太太喔？快來這裡一起烤肉啊！」一個中年男人招呼她過來，看起來應該就是主人吼辣了。

「呃……不用啦，我來接馬賴的，我們要趕回家去了。」懷湘心裡千萬個想坐下來吃一塊烤肉，但嘴上卻是客氣的婉拒。

"laxi sayux kusa kneril su, Maray. baha ta pgyaran qu nniqun hya la."

「叫你老婆不要客氣啦，馬賴。我們何必要離棄食物呢？」主人說。

「好啦！急什麼？妳就先坐下來吃一點烤肉，我們等一下再走啦！」馬賴說。懷湘心裡很高興終於可以吃到久違的烤肉了，於是她把背上的夢寒解下來抱在懷中，就在馬賴對面的小木凳坐了下來，旁邊一位老婦人頭上還包著上山工作時的頭巾，她把自己的木凳往旁挪了一下並對懷湘笑了一笑。

"han isu qu ina ga, qnyat su balay mtzyuwaw ma kwara ki, pwah bengaw maku laqi su ina."

「喔！原來妳就是媳婦啊？大家都說妳很勤勞工作哩！送過來，讓我抱妳的孩子吧，媳婦。」婦人伸出雙手想幫她抱夢寒，可是小娃兒怕生，立刻把臉埋在媽媽懷裡，緊緊抓著媽媽不放手了。

"nway gbaw maku nanak ga, ta."

「沒關係，我自己抱就可以了，伯母。」

"msazyux mita squliq gaw."

「她見到陌生人會害羞啦！」懷湘說。

「欸欸欸……賴皮唷！你剛才輸了還沒喝耶！」坐在馬賴旁邊的女子抓著馬賴的手臂搖了搖，「好啦！我不會跟妳賴皮啦！我是怕妳買的酒不夠我喝啦！」馬賴立刻把手上那杯酒湊近嘴邊珍惜的喝了一口。「對嘛！這才是男人囉……你盡量喝，喝完再買啊，就怕小店沒那麼多酒。」女子朝馬賴拋了一個媚眼，開心的咯咯發笑，轉身又去跟其他男人划拳調笑起來，整場就屬她最活躍，彷彿是這聚會的中心人物。

盤子上的烤肉吃完了，吼辣又拿了一塊五花肉擺在烤網上，整塊鮮肉用刀橫橫豎豎劃了幾道切口，再把表面均勻抹上一層鹽巴，這就是山上最標準的烤肉方式，「滋滋滋……」被炭火一烤，五花肉上面的切口細細的冒出血水，貼近炭火的一面則是逼出了一滴滴的油脂，然後血水便混著油脂一起往下滴落，落在炭火上發出了「滋滋滋……」的聲音和令人垂涎三尺的香味。已經一年多沒有吃到鮮豬肉的懷湘已經顧不到是否會不好意思，一雙眼睛直直的盯著網架上的烤肉幾乎忘了眨眼。看到那麼香的豬油一滴滴往火上落下去，懷湘恨不能拿口大碗把那滴下炭火的豬油給接下來，拿來炒菜或者直接喝掉也比這樣浪費的滴下去好。雖然過去在拉號的生活不是那麼富裕，但至少三餐一定有白飯吃，豬肉是常常在吃的，她真恨自己以前為什麼那麼挑嘴，一點點肥肉也不敢吃……唉！那樣的生活離這深山部落太遙遠，彷若黃粱一夢。

"ina, baqun su ima hiya ga?"

「媳婦，妳知道她是誰嗎？」坐在她旁邊的老婦人靠近懷湘耳邊說了句悄悄話，

"laqi ni Ici Yusi, cyux mcisal hogal ma."

「她是已繼‧尤夕的女兒，聽說是在外面專門聊天（當妓女）的。」婦人愈說愈靠近她耳朵，聲音小到快要聽不到了。懷湘好奇的仔細打量起對面的女子，難怪她的穿著打扮那麼時髦，臉上的妝也特別濃厚，完全跟這後山部落的女人不一樣。其實，最不一樣的是她的行為舉止，大口喝酒、大聲划拳，還對所有的男人放電，連坐在婦人旁邊的老爺爺都被她抓來一起ai-no-mi（兩人臉側緊貼著共飲一杯酒），逗得老人張開只剩幾顆牙齒的嘴呵呵大笑。

"isu qani hya, ina."

「這個給妳，媳婦。」吼辣把香噴噴的烤肉用小刀切了一大塊放在碗裡遞給懷湘。

"a... talagay kun hya lpi? nway cikuy cikay kun hya, mama."

「啊……我的怎麼那麼多呀？給我一點點就夠了，伯伯。」懷湘客氣的推辭著，心中卻迫不及待想大吃一頓。

"agal, mnaniq sami kwara hya la."

「拿去，我們全都吃過了。」吼辣把碗直接塞在她手上，轉身繼續把烤肉切成小塊。

"mhway su la, mama."

「謝謝你了，伯伯。」說完直接用手捏起熱燙燙的烤肉咬了一小口下來，「呼呼」的吹涼了塞進夢寒嘴裡。孩子先吃了自

己才開始吃。就這樣，孩子一口、媽媽一口的把那塊烤肉分著吃完了，懷湘認為這烤肉是她這輩子吃過最美味的食物了，連碗底那層香噴噴的黃色的油脂都好想用舌頭舔乾淨，真實在太久沒吃過新鮮的豬肉了。

沒多久，陸續有人過來一起喝酒聊天，一下子就把酒肉都吃喝完了。

「我們該回家了，馬賴。」小夢寒已經感覺無聊，開始在哭鬧了。馬賴看看沒酒喝了就站了起來準備回家。

「那我們一起走吧！」那位女子也站了起來，懷湘才發現她穿了一雙高跟鞋，剛剛藏在她紅色外套底下短到不行的黑裙子緊緊包著翹臀，一站起來，那前凸後翹的身材就讓全場眼睛大亮。

那女子住在葛拉亞和金斯蔀之間的山上，家裡有三個姊妹都在外面「工作」，她是三姊妹的老么，跟馬賴是同一間小學的同學，小學畢業沒多久就被姊姊帶來的「老闆」帶下山去「工作」了。山上的人雖不明說，但都知道她們是下山做什麼的，人們即使知道也不會多問，只會在背後偷偷議論。這三個女兒的老爸蓋了鋼筋水泥的樓房，這些建材必須耗費相當大的人力搬運上山，許多部落的族人都有被請去當搬運工賺工錢，房子蓋好了還舉辦落成餐宴讓大家參觀新房子，這在普遍貧窮的後山部落顯得特別「耀眼」（刺目）。

他們一起走路上山回家，一路上，馬賴和女子說說笑笑，談著他們過去的童年時光。雖說那女子有許多風塵十足的話語以及肢體動作，但這些懷湘還可以接受，畢竟他們從小一起長

大，有共同的回憶。可是，馬賴現在不但不幫她背孩子、提包包，還幫那女子背她的包包、提她的行李，女子什麼也沒提，光用右手勾著那雙高跟鞋邊走邊談笑。懷湘心中非常不滿，愈走愈慢落後了一大截，看著他們雙雙並肩而行，她竟然想像如果這女子嫁給馬賴會怎樣呢？如果可以，她是十分願意把這男人送給她的，只是這女子可以過像她這樣的日子嗎？突然，她發現自己完全沒有「吃醋」，她不滿的只是因為馬賴不幫她背孩子、提包包讓她那麼辛苦而已。然後，有個疑問在她心中產生：這樣，我還愛這個男人嗎？

「我家到了，要不要進去坐坐呀？」女子回頭對後面的懷湘喊。

「不用了，我們還要走很遠的路哩！」懷湘回答她。

「喔！那我幫妳把東西帶到妳家好了。」馬賴跟她說，「妳先走，我等一下就追上妳了。」回頭對妻子說完就跟那女子彎進右邊一條小路送她回家。

天快黑了，懷湘沒走多久，馬賴真的就趕上她，「夢寒給我背吧！」他說。都快到家了他現在才要背孩子，懷湘已經不想讓他幫忙了。

「她睡著了，不要吵她。」沒好氣的回答他，「那包包讓我提好了。」馬賴直接把包包搶了下來，兩人在暮色中安靜的走回家。

馬賴喝了酒，懷湘習慣性的戒備著他的突發暴怒或是無理取鬧，可是這天晚上，馬賴並沒有亂發怒，在床上反而特別熱情的對待她。懷湘並沒有因此得到任何快樂，整個腦袋回想著

今天在金斯蔀的事情，想到那個「專門聊天」的女子，想到人間美味的烤豬肉她甚至還會意猶未盡的吞口水，偶爾被馬賴激烈的震動喚回現實，回過神她竟感覺時間怎麼過得這麼長。

事實上，這段日子在生活上和性事方面的折磨已經讓她對夫妻床笫間這檔事完全沒有興趣，簡直可以用「厭惡疲憊」來形容。甚至每到黃昏，她便習慣性的開始神經緊張起來，看到馬賴就冷眼以對，好讓他不要想太多，最好因此自動打退堂鼓，晚上不要找自己的麻煩才好。所幸，馬賴有時候會看在女兒不能受到驚嚇的份上，稍微節制了自己的性慾。

結婚一年多，懷湘對馬賴的感情早已漸漸淡薄，她甚至認為自己不曾愛過他，當初的結合只是心靈寂寞加上青少年對愛情的憧憬和好奇，對懷湘來說，那憧憬還包含一份渴望擁有一個完整家園的夢想。直到後來不小心懷了身孕，從父親震怒、家族會議、長輩的叮嚀、結婚儀式、來到窮鄉僻壤的後山，一直到結婚當晚發現先生令人無法承受的暴戾性格……她才從夢想中徹底驚醒過來，可惜為時已晚，一切的發展就已經不是自己所能控制的了。

起初，當自己感到快要撐不下去的時候，父親那天晚上對她說的話就會迴響在心中。懷湘外表溫柔秀氣，骨子裡卻承襲了父親的霸氣和不服輸，也有母親聰明、反應快又敢作敢當的性格，她還比母親多了一份強韌的適應環境的能力，如今既然走到這個地步，她不回娘家抱怨哭訴，也不期望馬賴的改變，把自己全副精神放在女兒和學習山上工作的技能上。

夢寒快要兩歲的時候，懷湘又有了身孕。有了第一次的經

驗，她就比較能用平常心面對懷孕的身心狀況，像所有山上的女人一樣，她每天依然上山工作，一直到臨盆爲止。這次她順利的產下一名小壯丁，公公和馬賴都非常高興，幫孩子取名叫志文。

"anay misu skut ngta, ina."

「我來幫你殺雞，媳婦。」公公抓了一隻雞殺給媳婦吃，這是懷湘自己養的。

去年，鄰居婦人送了五隻自己母雞孵出的小雞給懷湘，並且教她怎樣養雞。其實，她是會養的，以前亞大比黛有一群雞鴨，都是她在負責照顧的。不過，既然有人熱心教她，她就虛心學習。後來發現在後山養雞跟以前在家的時候不一樣，這裡是眞正的「放山雞」，每天天亮就先餵牠們吃煮熟的芋頭簽或甘藷簽，然後就放牠們出去到處跑，到了傍晚雞兒自己會回來。整天，牠們自己會找尋食物，草裡的昆蟲、土裡的蚯蚓和蟲卵、幼蟲都是牠們最愛吃的食物，常常到了傍晚回來，每隻雞脖子下面的嗉囊都是滿滿鼓鼓的，根本就不必再餵食了。這麼容易照顧的雞隻，懷湘不明白公公以前爲什麼不養雞呢？

"alun inu pila sqayat ngta la? ana nniqun squliq lga ini tnaq lru, nanu sqayat ta ngta lpi?"

「到哪裡去拿養雞的錢啊？連人吃的食物都不夠了，用什麼來餵雞呀？」公公說。

"ax! qlangan."

「唪！懶惰。」鄰居們都認爲那是懶惰的藉口。

這次生產因爲有自己養的土雞，加上山上作物的收成比較

好，就比生第一胎的時候吃得好一點了。不過，在後山的婦女並沒有「坐月子」的習慣，生完孩子第二天就會下床開始作家事了。

"yaki su hya ga, masoq maki kinsuxan nya lga, musa mqumah hya la."

「妳的婆婆呀！她是生產完產第二天就會上山除草工作去的。」公公常常對媳婦這樣說。懷湘聽懂公公話裡的意思，所以也沒有打算像拉號部落的女人，生產後還能坐月子休息保養身體。她現在能有雞肉可以補補身體就不錯了，雖然沒有產婦常吃的麻油雞湯，只是簡單的生薑煮雞湯她就已經很滿足了。

生了第二個孩子，日子除了更忙碌之外也沒有什麼變化，她還是必須上山工作，公公在家照顧兩個孫子，馬賴還是有一搭沒一搭的上山幫忙，或是去打零工賺工錢。打零工的機會不是很多，主要是許多人不太喜歡請他，因為馬賴除了有點懶之外，常常是約定好了卻無緣無故失約，請他打工的人有很多是因為看他們沒錢很可憐，還有些是看在懷湘的份上，希望給馬賴工作機會減輕懷湘的經濟負擔。可是，自從有了第二個孩子，馬賴就更有藉口不去工作了，他總是說孩子生病了需要兩個人照顧，或是父親哪裡又痛起來，需要他留在家裡幫忙。不管怎麼說，他就是找理由逃避上山勞動或出去打零工。

"nanu knan haku lma? Mama."

「那麼，就讓我去好嗎？伯伯。」懷湘覺得有錢可以賺，放棄了很可惜的，畢竟在山上除了打零工之外，沒有任何賺錢的機會了，於是自告奮勇的對前來找馬賴打零工的鄰居說。

"aw uzi ga thoyay su smalit qparung pi?"

「可以是可以，但妳能夠到杉木林去砍雜木、雜草嗎？」鄰居有點懷疑的問她。看到他猶豫的態度，懷湘很擔心他不答應，馬賴是早就抱著兒子，帶夢寒一起出去找鄰居聊天去了。

"baq saku smalit, haku mluw simu ga."

「我會砍草的，讓我跟你們一起去吧！」懷湘點著頭，向鄰居積極爭取。

"Musa uzi Yuma mu, nanu pgluw simu sazing hya, cbaqay su nya la."

「我的尤瑪也會一起去。那麼，妳們兩個可以一起工作啦，讓她教妳吧！」鄰居看到懷湘很希望得到這份工作，就答應她了。這是懷湘第一次在後山接的賺錢工作。所以她邊做邊學卯足了勁拚命做，收工的時候她得到了三百元的工錢，請她工作的鄰居夫妻都對她的認真非常讚賞。這之後，葛拉亞部落的人對這位來自前山的女子就更照顧了，只要有工作機會，都喜歡找她。懷湘吃苦耐勞、很聰明又勤快，所以漸漸有許多工作機會。包水梨、包蘋果、種香菇……等等。小叔現在已經下山念國中住校去了，家裡就是馬賴和公公照顧孩子，似乎這樣男主內、女主外的分工形式是已經固定了。

在後山，最好賺錢的零工就是種香菇了，種香菇需要在山上過夜，短則三、五天，長則一星期十天不等，他們必須背負瓶裝香菇菌種，以及自己這幾天所需要的保暖衣物、飲水和糧食，這些加在一起就好幾十公斤了，還得翻山越嶺到遙遠的深山去工作。懷湘想起以前背米回家的事情，心中很感謝過去在

拉號部落時，亞大比黛對她的磨練，才有能耐應付現在這樣的生活。

　　種香菇時，由有經驗的男人負責在段木上打洞，圓洞大約是一公分直徑，整段木頭均勻打上圓洞之後，其他人就負責把菌絲緊緊塞進洞裡，然後用原來打下來的圓形樹皮蓋上去，最後再用煮溶的蠟油在這個洞表面塗上一層蠟油，作殺菌封蠟的動作。種香菇的段木通常使用楓香、相思樹、赤楊木等闊葉木，鋸成約一百四十公分長段，擺放一段時間，等木頭裡的水分蒸發到適合種植香菇的程度，才可以開始種。

　　懷湘沒有種過香菇，同伴會教她怎樣種。會被請來打工的人都是有口碑的熟手，每個人的動作迅速熟練，一天下來平均可以種大約一百二十瓶菇菌種。懷湘希望自己的速度也能像大家一樣快，她非常努力的追趕著，連吃飯、喝水都是狼吞虎嚥草草結束，她甚至憋著不敢去尿尿，感覺膀胱都快爆炸了才跑去解放一下，又匆忙趕回來繼續工作。她這樣努力的做了一整天，手都磨破、腰也快直不起來了，結果才種了四十瓶，連人家的一半都不到。

　　"nway qeri, thohway isu hya."

　　「沒關係，妳慢慢來就好了。」香菇園的主人也是部落的鄰居，知道她的情況，很願意幫助她。但懷湘不願光靠別人的同情賺取生活所需，她要靠自己的實力證明她跟別人一樣好，就更努力的練習。幾次跟大家上山種香菇的經驗，她一次比一次做得更快更好，這樣過了半年之後，她一天也可以種一百二十瓶菌絲了。

晚上他們睡在簡陋的工寮，有些地方沒有搭建工寮，便在工地裡燒起一堆火，大家圍著火堆，在地上鋪著厚厚的枯葉，枯葉上鋪著麻袋睡。

　　懷湘第一次離開家，睡在山上時，不知因為白天工作太累，或是在深山工地睡覺，沒有馬賴在身旁的關係，她完全可以放鬆神經，總之，嫁過來那麼長的一段日子，她終於睡了一個非常甜美的覺，卻竟是在這樣深山野地露宿的夜晚。

　　兒子週歲多，馬賴就下山服役去了，懷湘依然負責山上的工作和出去打零工賺錢。她現在對山上的工作已經很熟練，她特別喜歡跟部落的族人一起去「採樹子」賺工錢，因為除了可以賺錢之外，也可以暫離灰暗不快的生活環境，跟許多認真勤勞的朋友一起工作。

　　"懷湘，hata mamu bway qhoniq rgyax kaxa la."

　　「懷湘，我們後天一起去採樹果子（指松果）了喔！」鄰居伯母特地過來告訴懷湘，今年的「採樹子」打工要開始了。

　　"aw ga, ana ga kun qutux hi nanak musa lozi ay, ta. "

　　「好啊！可是我還是一個人去呀！伯母。」她說。

　　"nway, musa uzi mama su ru Yabay mu, gluw sami isu hya."

　　「沒關係，妳伯伯會去，我的雅拜也會去，妳跟我們一起就好了。」婦人說，雅拜是她的女兒，跟懷湘是好朋友。

　　"aw, nanu blaq balay qani hya la, pgluw ta musa kaxa lki."

　　「好的，那真是太好了，那麼我們後天就一起出發了喔！」聽到又可以去「採樹子」，懷湘就很高興。

　　在後山，每年到了十一月，林務處的人就會請山上的原住

民去採摘松樹的松果，他們也不知道這松果摘下來要做什麼用，據說是可以外銷賣錢的，採松果的工作在部落的人都說是「採樹子」。

上山「採樹子」一趟都要爬好久的山路，因為那松樹生長在離部落非常遙遠的好幾座山之外的，高海拔的山上。他們必須清早就啓程，步行三天三夜才能到達紮營的高山林地。「採樹子」的工錢是以日薪來計算的，一天是四百元。林務處的人還不錯，從啓程爬山開始就算一天，一直算到下山回到部落為止。

他們「採樹子」的一隊人馬大約是五、六十個人，由十幾戶人家組成的，一戶三、五個人不等。懷湘則是自己一個人，她就跟鄰居伯母夫妻和他們的女兒四人合成一組。他們上山一樣要背負糧食、鍋子、睡袋、衣物、火柴……等日常所需，有些人會先帶三、四天的食糧，糧食吃完可以跟林務處的人買。因為他們在山區的林務管理處有兩三組管理員輪流上山巡山、值班，一組三、四個人，他們值班幾天就下山，再換另外一組人上山值班。上山的管理員會順便帶糧食、鹹魚、鹹豬肉等，賣給在山上打工的人；要下山的管理員就會把處理好的松果籽帶下山去。跟他們買東西的錢就用記的，結算工錢的時候就直接扣下來就可以了。有些力氣大的男人會多背一點食物上山，這樣才不必花錢買。

到了營地，大家就找個自己喜歡的角落搭蓋簡單的工寮，雖然是各個獨立的工寮，但都建在附近不會離太遠，所以營地看起來就像個熱鬧的小部落一樣。蓋房子可是泰雅族男人基本

的生活技能，所以這種簡單的工寮只要幾小時就可以完成一間。動作快的人蓋完了自己的還可以去幫別人蓋，這時候，他在這個團體就會被另眼相看，因為泰雅族人很尊敬勤勞、手工藝技能特別強的人。

這次上山，有一個叫卜大（Buta）的年輕人一路上對懷湘特別照顧，雖然不能幫她背重物（他自己背得更多更重），但會幫她取山泉水，爬險坡時會拉她一把，休息時喜歡講笑話逗她笑。除了馬賴之外，懷湘已經快要忘記這世界上還有其他男人的存在，而她生命中那唯一的男人如此令她失望，以致她將所有的心思完全放在兒女和工作上。而這個黝黑精壯的卜大在她暫離家庭壓力的當兒出現，而且是這麼熱心開朗又有趣的男子，讓懷湘漠然已久的心田為此隱隱春意盪漾，每次見到他就會有點怦然心動的感覺，因此，這次上山好像就比上次還要輕鬆愉快多了。不過，即使卜大對自己猛獻殷勤，懷湘卻知道自己究竟是已婚的身分，即使也欣賞他的為人，卻萬萬不能有所踰越。

到達營地安頓好之後，各家自己生火煮晚餐，早早就睡覺了。隔天一早，以男女三、四人一組分頭去尋找松樹，他們十幾組人滿山遍野到處尋找松樹，找到了就由男人用ㄇ字形長鋼釘在樹幹釘上臨時爬梯，他們一邊踩在釘好的鋼釘往上爬，一面繼續在上面的樹幹上釘鋼釘，這樣一直爬到樹頂。到了樹頂就把長滿松果的樹枝用鋸子鋸下來，樹枝掉到地上，女人就將枝上的松果摘下來，收集在竹背簍裡，再背回工寮。

"mama, pgluw ta musa hmkangi buway qhoniq suxan ita hya

ma?"

「伯伯，我們明天一起結伴去找樹果子（指松果）好嗎？」懷湘在煮晚餐的時候，聽到工寮外面卜大在跟伯伯商量明天跟他一組去找松樹。她好希望伯伯能答應卜大的要求。

"aw ga, tayta su rmaw mkaraw qhoniq wah, ini saku thoyay mkaraw wagiq kun hya la, ana ima pgluw yaba su lpi?"

「好啊！這樣你可以幫忙去爬樹呀！我是不太能爬到高處的了，可是誰跟你父親一起去呢？」伯伯答應了，懷湘好開心，邊煮邊哼起歌兒。

"nyux sazing qsuyan mu mlikuy ru irah mu Sige uzi, nway saku musa mluw isu ma yaba mu."

「我兩個哥哥還有我的喜悅嫂嫂也來了，我父親說我可以跟你一起去的。」卜大說。

"aw ga, baha yaqih glgan mrkyas hya lpi? pgluw ta suxan la."

「好呀！能有年輕人一起結伴哪有不好的？那麼我們明天就一起去囉！」伯伯跟他約好明天一起去，卜大很高興的回去他的工寮吃晚餐去了。

第二天，天還沒亮，營地每個工寮早就開始準備吃早餐，他們要趕在太陽升起之前就出發。

"mama, masoq simu maniq la?"

「伯伯，你們吃飽了嗎？」卜大清早就把工具都準備好，跑過來找他們了，雖是在跟伯伯說話，眼睛卻是立刻搜尋到懷湘，並對她笑了一下。

"ta kinmziboq su pi? ta. mnaniq simu lga?"

「看你多麼早啊？卜大。你們吃飽了是嗎？」正在吃飯的伯母抬起頭跟他打招呼。懷湘則是趕緊把碗裡的地瓜飯扒完，起身去準備工作用的背簍。雅拜把吃剩下的地瓜飯和鹹豬肉全部用野香蕉葉包起來，這就是他們中午要吃的午餐了。

太陽升起的時候，整個營地都空了，一組一組的人早已出發往各山頭去尋找松樹去了，他們每年都會上山「採樹子」，很多人都知道哪裡有幾棵松樹，不過因為山區太遼闊，而且都是沒有任何山路的原始森林，所以需要找一找。

懷湘這組人很快就找到了他們要找的松樹，卜大立刻上前把鋼釘拿出來往樹幹上釘，伯伯也去幫忙。卜大爬到比較高的枝幹上鋸樹枝，伯伯就鋸伸往另一邊的樹枝。鋸樹枝也要小心，不能鋸下太多讓松樹受傷太重，修補的時間很長，新長的樹枝不夠壯的話，明年就長不了多少松果了。

「懷湘，我帶妳去看一個地方好不好？」休息的時間，卜大跟懷湘說。

「看什麼地方？」她問。

「跟我上去就知道了。」他往松樹上面指了指。

「喔……那麼高誰敢上去啊？」懷湘搖搖頭，繼續把面前那堆松樹枝翻過來翻過去的找看看有沒有剛才遺漏的松果。

「我帶妳去啊！不會怎樣啦！去看看嘛！」卜大不斷遊說，「好啦！看什麼東西呀？」懷湘把樹枝放下，起身跟卜大到松樹下。

「跟我上來，不要怕。」卜大先爬上去，對樹下的懷湘說。「嗯！我小時候常常爬樹啦！我才不會怕哩！」心情一放鬆，

她原本不服輸的個性也顯露出來了。於是兩人一上一下的往松樹頂上爬，卜大靈活的手腳很吸引懷湘的注意，她認爲男人就該這樣才對。

「在那裡，妳來看，嗽呼……」卜大彎下身子，伸出右手拉懷湘上來。

「哪裡？是什麼地方？」她往卜大手指的方向望去，那是一座形狀很特別的山，那山的上半部形狀像一個大大的圓形石柱，她似乎在哪裡見過的。

「那是 papak waqa 啊！妳沒有看過吧？」卜大說，「啊……那就是 papak waqa？大霸尖山啊！我看過它的照片啦！眞的是長這樣的……哈哈哈……。」懷湘看到泰雅族傳說中的聖山，也是除了 pinsbkan（南投仁愛鄉發祥村）之外的另一個泰雅族起源傳說之處的大霸尖山，她興奮得緊抓著卜大的手臂搖來搖去，只差沒有在樹枝上跳躍了，這時候的懷湘完全恢復到十八歲的少女，看著近在咫尺的大霸尖山開懷大笑。

「欸！小心一點啦！我們在樹上耶！」卜大提醒她注意安全。

「喔！我太高興了，眞是謝謝你帶我來看大霸尖山啊！」懷湘說。

「所以，妳看那邊，那裡是苗栗縣、山再過去那裡是台中縣的和平鄉，」卜大指著群山的方向跟懷湘介紹，「那裡，一直過去啊！就是宜蘭縣了。」他往左邊比了比。「喔……」懷湘一雙眼睛隨著卜大的手勢右邊看看、左邊看看，心中非常佩服他懂得那麼多，看他也沒有比馬賴大幾歲吧！怎麼兩人差那

麼多？想到這裡，她才突然感覺到卜大厚實的胸肌一直貼靠在自己的背後，她清楚的嗅到卜大那屬於男人的氣息，「呃……」她下意識的往旁邊挪了一下，「小心啦！」卜大嚇了一跳，趕緊抓住她。其實，卜大也不是故意要跟她靠得那麼近，樹上就是只有那麼一點可以站人的位置，他又要介紹大霸尖山和附近的地理環境，兩人就是會這麼貼近了。

「你看，那座山啊！紅紅的好漂亮哨！」懷湘看到較鄰近的山腰有一整片的紅樹，「那是楓樹林，我以前有去那裡採靈芝，很遠啊！那裡的楓樹都很粗很高。」卜大說，「哇！好想去那裡看看哨！」懷湘說，她以前也是個充滿夢幻的女孩，喜歡撿拾楓紅落葉，製成書籤送人。「欸！那裡太遠了，我聽說啊！在國外，好像是美國、還是加拿大，還是墨西哥……說，那裡秋天時的楓葉啊！非常美麗嘿！說，一大片的楓樹林就像是整座山都是火一樣紅，燃燒起來的樣子啊！」卜大說，「你有沒有想過以後出國去看看啊？」卜大問她，「像火燒山一樣的楓樹？哇！一定很漂亮啦！我好想去看看哨！」光用想像的，就讓她興奮得驚呼不已了。遠離困頓的家，來到景色優美如畫的深山果然使她放鬆了許多。

「喂……你們在看什麼啊？我也要看啦！」雅拜在樹下往樹頂上大喊，樹上的兩個人才想到還有同伴在樹下。其實雅拜一直都很喜歡卜大，這幾天在路上她就一直找機會跟卜大說話，可是卜大並沒有很喜歡她。雅拜有張圓圓的臉蛋，算是甜美可愛型的女生，大概是每個人喜歡的類型不同，卜大並沒有追她。

「雅拜，這裡可以看到大霸尖山唷！妳等一下可以上來看。」懷湘很高興的對著樹下大喊。於是她慢慢爬下樹，卜大在樹上等雅拜上來，也指了大霸尖山給她看，不過，他沒有繼續介紹其他縣市的方位給她，草草結束了雅拜的講解，兩人就爬下樹來，大家把採下的松果全部裝入背簍，啓程準備去找下一個目標了。

「採樹子」的工作就是這樣，雖然必須很辛苦的滿山遍野尋找松樹，又要背負重物翻山越嶺，但是，大家還是樂此不疲的每年等待冬天上山「採樹子」。因爲，採松子的工作一上山去就是一、兩個月，「採樹子」一趟回來就可以賺個兩萬多元，對後山部落的人來說，這可是一筆不小的收入。何況大家都是鄰居親友，一年能有這麼長一段時間一起工作、一起生活，也很不錯。

林務處的人每天會上來看一下他們的進度，上來的時候就會把松果用布袋扛到山區的管理處，然後把這些松果攤在大帆布上曝曬，松果乾燥之後，裡面的松子就很輕易的掉落下來。松果裡的松子只有小小的一點點，一大袋的松果只能收集到一小把，他們下山的時候就很輕易的可以把這些松子帶去賣了。

在山上跟大家一起工作的樂趣是很多的，林務處的人上來時，他們會把採收到的松果藏個幾袋起來，只交出幾袋給他們帶去。第二天，大夥兒就可以不必去工作，男人上山打獵去，婦女就可以到處遊山玩水，自己放自己一天假。等林務處的人上來，再把昨天藏起來的松果交出來就好了，這好像小學生考試集體作弊一樣，雖不算好行爲，但他們還是很愛這樣玩，看

到林務處的人被蒙蔽，還直對他們說：「辛苦了，辛苦了。」大家就忍住笑，心裡得意得很。他們在山上工作都吃得很簡單，隨手採一些野菜就可以煮湯，再有幾塊烤鹹豬肉配飯吃，就是美味無比的享受了。每戶人家都吃自己背上山的食物，因為大家都知道這是千辛萬苦很不容易才背上來的，沒有人會去別家的工寮吃飯。可是男人趁工作之餘出去打獵所獵到的野味卻一定會拿出來分享給大家吃，這是泰雅族人的習慣。

懷湘這趟「採樹子」工作，賺了兩萬多元，雖然是辛苦且正值嚴寒的冬季，高海拔的山區極為寒冷，採摘松果時凍僵的手指往往被刺得皮破血流。但是，懷湘不但不覺其苦，反而有點開脫束縛的喜悅，結束工作回家的時候，心中竟有一種不捨和難以形容的失落感。

下山

　　葛拉亞因地處高海拔山區，不管是溫溼度、空氣、水質、氣候都非常適合種植段木香菇。這裡種的香菇長得肥厚飽滿，鮮菇吃起來口感滑嫩鮮甜，烤過的菇朵更是香氣濃郁，這幾年在山下小鎮的市場上有非常好的口碑，鎮上的商人都非常歡迎葛拉亞的香菇，特別是碩大肥厚的冬菇，幾乎是供不應求。部落的人每次採收香菇、烤乾之後就背下山去賣，鎮上的商家早就等著收購了。賣香菇一趟下來，少則七、八萬，多的可以到十幾萬的收入。於是，部落幾乎有一大半的人家都開始種起段木香菇來賣錢了。

　　懷湘之前也想過自己種香菇，可惜家窮完全沒有資金，每次幫人上山種菇、採菇，心裡會想這香菇園如果是自己的該有多好？看到兩個孩子穿著既陳舊又不保暖也不合身的破衣褲，就很心疼他們，可是家中連米糧都不夠吃了，哪來的錢幫他們買衣服穿呢！說到孩子，當了媽媽的懷湘其實是非常希望自己能夠常常陪在他們身邊、照顧他們的，可是為了家計還是要常常離開他們出去工作。有一次，懷湘出去打工種香菇，大概一個禮拜才回來，傍晚了，一進門看見公公正在煮晚餐，夢寒和弟弟兩人坐在矮木桌旁邊的泥土地上。

　　"wal nha pgung kwara pila mamu lga?"

　　「他們都把工錢算給你們了嗎？」她還來不及去抱孩子，

公公就開口問起她的工錢。

"ungat nanu sramat ta la, ru ana cimu ru suyu ksus lga ungat uzi la."

「我們什麼菜都沒有了，連鹽巴和炒菜的油也都沒有了。」公公說。

"aw, haku mazi Cinsbu suxan la."

「好的，我明天就去金斯蔀買了。」懷湘一向很聽從公公的話。她把工作帶去山上的包袱放下來，立刻跑去抱那兩個孩子，孩子看到媽媽回來非常高興的伸出雙手就往媽媽懷裡鑽。

「夢寒、弟弟，媽媽好想你們唷！」她一雙手緊緊抱住兩個孩子，「媽媽回來了，媽媽回來了……」夢寒跳起來緊緊抱住媽媽的脖子不放，兒子被他們兩個夾在中間雖然快喘不過氣來，卻還是高興的「呵呵……呵呵……」直笑。母子三人見面的歡喜沒多久，懷湘卻心痛得差點掉下眼淚，她看見女兒蓬頭垢面，消瘦許多，顯然真如公公說的家裡什麼都沒有了。低頭看看弟弟，他的臉上都是乾掉的鼻涕，不知道他在地上亂吃什麼髒東西吧，嘴四周長了一粒一粒的紅色疹子，兩人手上、腳上都被蚊蟲叮得到處是紅豆冰一樣紅紅黑黑的。懷湘再一次心疼的把他們抱進懷裡，好久都捨不得放開來，直到弟弟受不了自己鑽了出來。她知道，為了讓孩子有更好的生活品質，這些痛苦孩子和自己都得暫時忍耐。

後來，懷湘開始有很多機會出去打零工賺錢的時候，就偷偷的把工錢一點一點存起來，沒有全部交給公公和馬賴，她對念國中的小叔倒是很照顧的，常會塞錢給他住校時零用。存到

了一定的金額，就計畫請部落的人幫她在家附近的樹林搭一間香菇寮。

「聽說妳要蓋香菇寮喔？」有一天，懷湘應鄰居的邀請去包蘋果，卜大正好也被請來打工。

「是啊！可是我不知道我的錢夠不夠請工人搭菇寮，」懷湘說，「還要請人上山砍樹，還要買香菇種……唉！」懷湘歎了一口氣。

「沒關係啦！你請我和我兩個哥哥來幫你搭工寮啊！」他說，「算兩人的工錢就好了，朋友嘛。」卜大很熱心的願意免費幫忙，看著外表柔弱的懷湘，沒有家人的支持，獨自計畫搭建菇寮種香菇，又是佩服又是心疼她。

「不可以啦！那怎麼好意思？那我再算算看什麼時候錢存夠了，可以開始搭菇寮，我就會請你來幫忙了，還有你的哥哥他們喔！」兩人就這麼說定了。

「你們在說什麼事呀？我也要去啊！」雅拜在不遠處包蘋果，聽到他們的對話，也不管是什麼事情就急著也要參加，當然是因為卜大的關係，「上次你們爬到樹上看大霸尖山，還好是我自己說也要上去，不然你們也不會帶我看，哼！」她嘟起嘴表示不滿，口口聲聲說「你們、你們」，其實眼睛只看著卜大說。

秋天的時候，懷湘終於存到了足夠的錢，真的請了卜大三兄弟過來幫她搭建香菇寮，因為手邊的資金不是很多，她只搭了一座小規模的香菇寮，三兄弟動作很快，一天就搭好了，他們把菇寮完成之後，就幫她上山鋸一些要種香菇用的段木回來

堆放。結算工錢的時候，卜大堅決不拿自己的那一份。

「我不可以拿妳的錢，因為我說過要幫妳的。」兩人推了半天，最後懷湘只好收回，心裡非常感謝卜大的好意。

後來，懷湘把搭菇寮剩下的錢全部拿去買香菇菌種，她請要下山買菌種的鄰居順便幫她多買一些回來。現在，她終於實現了當初的心願，也有了自己的香菇園。香菇採收賣錢，又把家裡的經濟狀況往前推了一點，至少孩子有了比較保暖的衣褲可以穿了。不過，當還在服役的馬賴知道家裡已經和其他人一樣有了香菇園，就常常寫信跟懷湘要錢，放假的時候，如果正好在採收香菇，他回部隊就會順便背一大袋的乾香菇拿到鎮上去賣，那錢是從來不曾拿回來的。

懷湘從困頓拮据中努力改善家裡的生活狀況，她種菜、養雞、上山工作，上山打工賺錢。現在，他們家已經不必煩惱餓肚子的問題了。

婚後第四年，父親申請退役，解甲歸田回家鄉務農。這時，亞大比黛已經生了四個孩子。這幾年，懷湘一次都沒有回過拉號的娘家，路途遙遠，後山下來一趟非常不容易是原因之一，最主要的是因為夫家真的窮到什麼都沒有，懷湘不敢空著手回娘家，她終年到頭忙著上山工作，也沒有時間可以下山，加上父親說過叫她受了苦不要回來抱怨……這種種原因使她結婚這麼多年了都還沒回過拉號。

現在家裡環境有所改善，她就偶爾可以下山帶孩子去探望父親了。婚後第一次回娘家的時候，懷湘很擔心父親是否還介

意過去的事。她背著兒子，一手牽夢寒，一手提著大包小包沉重的衣物和一些禮物，禮物是從山上帶下來給父親和分送給各親友的伴手禮，就是一些乾香菇、烘乾的野生靈芝、小米糕、花生⋯⋯等等。她在拉號的招呼站下了客運車，站牌旁小店老闆阿慶伯一看到她就喊住她：

「哎喔！妳不是磊幸哥的女兒嗎？喔⋯⋯好久沒有看到妳了哩！」阿慶伯是客家人，在拉號開這小店鋪好多年，他已經是第二代的老闆了。小店旁邊是客運車招呼站，所以這裡是部落購物中心、交通總樞紐，以及最新消息的接收、傳播站。

「阿慶伯，我很久沒有回來了，你還是那麼年輕啊！」懷湘笑著用客家話回答阿慶伯，然後走進小店，挑選了一大袋的糖果、餅乾買給亞大比黛的孩子，也是她同父異母的弟弟、妹妹們。

「拿去，這個給妳吃。」阿慶伯拿了幾顆彩色糖球遞給夢寒，「這是妳的大女兒嗎？長得那麼漂亮哩！」夢寒看到彩色的糖果眼睛為之一亮，卻又害羞得抓著媽媽的衣角往臉上蓋，只露出半邊臉和亮晶晶的大眼睛瞪著那糖。

「啊⋯⋯阿公給妳糖吃耶！快跟阿公說謝謝。」懷湘覺得在自己的家鄉就是這麼溫暖，「謝⋯⋯謝⋯⋯」小女孩伸出小手接了那糖，低著頭望著地板非常小聲的說了一句謝謝，她的害羞只維持了一秒就擋不住想吃糖的欲望，用迅雷不及掩耳的速度塞了一顆進嘴裡。「嗯⋯⋯」懷湘背上的弟弟早就蠢蠢欲動，看到姊姊拿了糖吃，忍不住在媽媽背上扭來扭去，哭著也要吃糖。

「好啦！夢寒給弟弟吃一顆。」懷湘蹲下來讓女兒放一顆糖在弟弟嘴裡，「阿慶伯，謝謝你唷！我要回爸爸家去了。」她把行李提起來，牽著女兒往店門外走。

「妳爸爸已經搬下來在這後面而已囉！妳知道他蓋了新房子了吧？」阿慶伯說，「就在學校後面那裡，你們家的田地旁邊啊！」

從軍官退役後，磊幸用退休金在他山下的農地蓋了一棟二樓的房子，他們就從山上搬到山下的新房子，這幾年在部落的人們都把舊的土房子給改建成鋼筋水泥的平房或樓房了。父親務農，除了把山上的林地好好整理一番，他也把山下休耕已久的水田整理起來復耕了。

「我聽說爸爸退伍後蓋了新房子，可是還沒看過房子在哪裡。那我就不必爬到山上去啦！」說完帶著兒女走了出去。

懷湘快走到父親的田地，遠遠就看到一棟二樓的鋼筋水泥房子，他知道那就是爸爸新蓋的房子了，從阿慶伯小店一路走過來，見到以前那些老舊的土屋幾乎都改建成鋼筋水泥的平房或樓房了，只有幾戶依然維持過去的老樣子。

起先因為想念父親而歸心似箭的她，隨著愈來愈靠近父親的家，腳步漸漸沉重得愈放愈慢，內心則是近「親」情怯的有點慌。父親是世界上最愛她的人，從小把她捧在手心上當成寶貝，除了因為職業不得已無法在身邊照顧她之外，對於她的要求父親是完全有求必應的。

記得有一年的生日，瓦旦叔叔從鎮上買回來一個大大的生

日蛋糕，原來是遠在金門前線的父親寄錢給叔叔，交代他一定要在懷湘生日的時候買蛋糕給她慶生。生日蛋糕對懷湘來說並不稀奇，她在烏來外婆家時，父親每年也都會買蛋糕來為她慶生。可是那年生日，父親已調往金門外島，還不忘給女兒一個生日驚喜。

　　米內嬸嬸拆開圓盒外的緞帶，在所有人期盼的眼光中，她雙手小心的捧住紙盒蓋，緩緩將盒蓋往上開啟；七、八個小孩目不轉睛的注視著這盒珍貴的蛋糕，當整個盒蓋完全掀起，眾人卻是一陣驚呼，「哇！這是什麼蛋糕啊……」「啊？這就是蛋糕嗎？」「咦？」「瓦旦，你買的是什麼啊……」「咦？怎麼會這樣？我明明買了奶油蛋糕啊！」瓦旦叔叔湊過來看了一眼桌上的蛋糕，自己也張大了嘴不敢置信。只見盒中拱著一座被撞得亂七八糟、五顏六色的蛋糕小丘，盒子內壁奶油、糖霜塗得到處都是，好好的奶油蛋糕變成了駭人的「魔鬼蛋糕」。原來，瓦旦叔叔把蛋糕綁在他新買的摩托車後座，從鎮上一路騎回山上，在往山上家的這條全都是大小石頭的小山路上，車子蹦蹦跳跳的一路往山坡上爬，瓦旦平常都是這樣騎回家的，只是從來沒載過那麼「嬌貴」的蛋糕就是了。軟綿綿的蛋糕怎能承受這樣的衝撞，於是點綴在蛋糕上那些漂亮的奶油玫瑰花朵、紅櫻桃、巧克力、糖霜……全部在盒子裡摔過來、撞過去糊成一團了。

　　「啊！沒關係，只是形狀不太一樣，可是這樣還是很好吃的。」米內嬸嬸用蛋糕店附贈的塑膠切刀整修蛋糕形狀，把細細的小紅蠟燭插在蛋糕上點起燭火，「祝妳生日快樂！祝妳生

日快樂……」當大家為她唱生日歌的時候，懷湘想起遠方服役的父親，雖長年不在身邊，但完全可以體會他疼愛自己的用心，她看著「魔鬼蛋糕」想念著父親，又是心酸又是欣喜，在搖曳的燭光中忍不住掉下感動的淚水。那天，山上的堂兄弟姊妹們總算是開了眼界，這是他們第一次看到真正的生日蛋糕，雖然外形讓大家嚇了一跳，但他們永遠忘不了生平第一次嘗到的蛋糕美妙的滋味。在山上，人們連張羅三餐餵飽全家都很辛苦了，誰有閒錢專程搭車到鎮上去為了買個蛋糕？那些錢還不如拿去買些油、鹽、醬油來得實在一點。

懷湘牽著兒女走到了父親的田地附近，遠遠就看見父親高壯的身影在收成過後的空曠田地裡很認真的把乾稻草堆成一堆，旁邊還有一男一女、兩個孩子在幫忙，懷湘心想他們應該就是亞大比黛的孩子了，沒想到她以前照顧的弟弟妹妹一下子都長得那麼大了。

「爸……」懷湘有點遲疑的輕輕叫了一聲，磊幸雙手提了兩大捆稻草正走向堆稻草處，聽見懷湘的聲音，抬頭往這裡望了望，看見一個他不認識的清瘦年輕婦女，手上大包小包的東西，背上一個孩子，手邊牽著一個女孩走過田邊小路而來，他想剛剛那聲「爸……」應該是自己的錯覺，提起稻草繼續走。

「把拔（爸爸），你在作什麼？」看到最疼愛自己的父親，懷湘就什麼都不想的直接像小時候以前那樣撒嬌的喚他，隨即又回到剛剛有點遲疑的情緒，不知道父親會怎樣回應自己。

"wiy? Nanu wahan su ngasal la ?"

「咦？妳回家來作什麼呢？」他把稻草往堆草處一丟，跨著大步很快速的走了過來，臉上出現一絲驚喜隨即隱藏下去，父親嘴裡說得冷淡，眼中的喜悅卻無法消退，這些細微的表現完全無法騙過最愛她的女兒。

　　"ki'a ungat yaba su ru ngasal su hazi mha saku."

　　「我在想說，妳大概是沒有父親也沒有家吧。」口氣一樣的冷淡，卻已經忍不住對那兩個孩子擠眉弄眼的逗起他們來了。懷湘悄悄把心中的大石頭放了下來，但她必須裝著被責備的心虛，不能表現得太得意，怕把父親的硬脾氣惹出來，真的要繼續跟自己生氣。

　　「呃……因為山上一直都很忙，現在工作剛好做完，我……我想說，要帶孩子來看外公了啊！」懷湘用小時候做錯事時為自己辯駁的口氣說著，心裡也像小時候那樣一面在嘀咕：那你自己也不會上山來看我嗎？我在後山過著什麼樣的生活你知道嗎？我真的就像是沒有爸爸沒有家的孩子那樣委屈啊。她這樣一想立刻就悲從中來，眼眶馬上冒起淚水。

　　「這是妳的 laqi（孩子）啊？長那麼大了。」女兒的眼淚是他無藥可救的罩門，磊幸馬上就被打敗了，「我是 yutas（爺爺）耶！會不會講？ yutas ！」他蹲下來看看夢寒又看看弟弟。兩個孩子都害羞的把臉往在媽媽身上藏，弄得懷湘很不舒服。

　　「姊姊妳回來了喔？」嘉明和玉鳳看到她回來都高興的跑了過來，他們幫忙把姊姊的行李接過去，一家六人就一起往磊幸新蓋的房子走了回去。

　　這次回家，不論亞大比黛過去曾經怎樣過分的「磨練」過

她，但懷湘回到有父親在的家，她第一次感覺到這是自己這輩子離「幸福」最近的距離。磊幸威權的大男人性格，當然是家中資源的分配者，也就是權力的核心人物。他對懷湘一直感到有所虧欠，所以對這個女兒加倍疼惜，之前為了女兒錯誤的行為而震怒，嚴厲責備的話其實都是氣話，剛才兩人見面的時候已經把過去那個「結」一筆勾銷了。現在懷湘在父親家又坐回她「格格」的地位，誰也不能欺負她了。

「既然下來了，就在家多住幾天，二樓那個客房就是給妳的房間。」父親對懷湘說，「明天找人傳話給妳公公，就說妳要在家多住幾天幫我工作。」吃晚餐的時候，磊幸跟女兒說。當然，也是在跟亞大比黛宣布女兒是他主張留下來住的。於是她們母子三人就第一次在拉號長住了一段時間，這之後，只要想念女兒或農忙時，磊幸便會找人帶話到葛拉亞請懷湘回來。

住在父親家的時候，懷湘對於自己的生活始終只報喜不報憂，從不敢告訴父親自己在山上的真實生活狀況。一方面怕疼愛她的父親難過，也因為那天晚上父親如此「嚴厲」的告誡她受苦了「不要回來抱怨」，所以她忍著婚後遭受到的一切痛苦，也絕對不要變成是回來抱怨的人。雖然知道父親是疼愛她的，但內心始終認為自己讓家族蒙羞，更是對不起父親。

懷湘每次回家，一定會很認真的上山、下田幫父親工作，她的工作能力已是今非昔比，才嫁到後山短短幾年的時間，女兒就已經那麼熟悉所有粗重農事，這看在最疼愛她的父親眼裡，真是感到心疼。

磊幸知道馬賴家很窮，懷湘每次回娘家幫忙農事，他一定

會讓女兒帶米和錢回葛拉亞去，因此懷湘公公很喜歡讓媳婦回娘家幫忙工作，這樣他不但可以不必帶孩子，媳婦回來還有白米飯可以吃，等於是去打工一樣了。

　　夢寒上小學念書，第二個兒子三歲多的時候，馬賴也服滿三年的兵役退伍回到部落。馬賴家的經濟狀況因為懷湘有計畫的開源節流之下有了很大的改善，至少每天都可以吃到白米飯了。

　　馬賴剛退伍回家時，看到孩子都長大，家裡的經濟狀況也因妻子的努力而改善許多，感覺一切都順心如意，於是心情開朗、充滿活力，每天跟懷湘一起上山工作，回到家也幫忙家事、照顧孩子。

　　「對啦！妳最會啦！最勤勞啦！」有一次他們倆夫妻一起上山打零工，一起工作的同伴不斷在馬賴面前誇讚她的妻子很能幹、很勤勞，說馬賴的命很好娶到這麼賢慧的妻子。這些話聽在原本就自卑的馬賴耳中是非常刺耳的，收工回到家，他就非常不爽的又發作起來。「對！我王八蛋，又窮又懶惰，妳最好！」

　　「你何必這樣說呢？沒有人在說你怎樣啊！」懷湘非常擔心，她有不祥的預感，覺得馬賴好像又要回到過去那個動不動就暴怒的男人。

　　「就是你們都在說啦！媽的！滾回妳爸爸家去啦！我養不起妳。」馬賴收工的時候，跟其他工人一起喝了兩杯米酒，回到家就開始發酒瘋。他愈說愈生氣，拿起剛剛擺在地上的工具就往牆邊摔過去。「媽媽……啊……」「啊……嗚……」兩個孩

子嚇得立刻跑到媽媽身邊抱住媽媽哭了起來。

"nyux su tlequn lozi ga."

「你又在發瘋了是嗎？」公公從外面回來，遠遠就聽到兒子的怒吼聲夾雜著孩子的哭聲和摔物品「碰碰碰」的聲音。

"yasan la, nanu su blaq mwah tmkneril ngasal krryax hya la? ax ax...."

「夠了，你幹什麼老是喜歡回家找老婆的麻煩啊？啐啐……」父親邊走進屋裡邊罵兒子，公公現在對懷湘這個媳婦有點另眼相看，至少開始會挺她了。除非是怒到最高點無法冷靜下來，不然馬賴倒是會聽父親的話的，他重重的坐到床邊，狠狠瞪了懷湘一眼，大口大口喘著怒氣。

正如懷湘的預感，果然好景不常，沒過多久馬賴就又故態復萌，整天不想好好工作，他沒有變得積極勤勞一點反而染上了酗酒的習慣，又開始對懷湘動手動腳，甚至也會無故罵孩子出氣，不過，大概是父親明顯支持妻子的態度，或者忌憚岳父的威嚴，加上懷湘現在是家中經濟來源的主力，馬賴對她雖然嘴上罵得凶，動起手來卻已經有點收斂了。

馬賴退伍一段日子之後，懷湘不知怎麼突然感到身體不適，整天昏昏欲睡，食欲不振。她也下山到金斯蔀看了衛生室的護士，拿了一些感冒藥，可是吃了卻完全無效，原本就清瘦的懷湘此時更是憔悴不堪，最後真的病在床上起不來了。

家裡主要的經濟來源倒了下來，公公和馬賴都非常擔心煩惱。晚上，馬賴跟父親兩人在屋外低聲交談。

"ki'a su mnwah qmpul quci hozil hogal la? qutux qyaqeh qa!"

「會不會是你曾經在外面踩過狗屎回來呀？你這壞蛋！」兩人嘀咕了半天，公公突然提高了聲音問馬賴。這句話太大聲，屋裡的懷湘聽得一清二楚，卻不懂「踩過狗屎」是什麼意思。

第二天傍晚，懷湘看到馬賴從山下小店買了許多鹹魚和鹽巴回來。

"say qmasuw kwara gluw ta, tayta ta blaq kwara ta."

「拿去分送給我們所有的親友，好讓我們大家都能平安。」公公把買來的鹽巴和鹹魚分成好幾份，交代兒子分送給部落裡與他們同一個祭團的親友。也就是泰雅族所謂的「qutux niqan」（共食團）或「qutux gaga」（共祭團），也就是共同分享、分工、共同遵守一個「gaga」的團體，他們通常是親友和志趣相投的鄰居、朋友所組成，類似漢人的宗親團體。

懷湘記得馬賴分送東西回來，她就能起身吃飯，晚餐的時候，她吃了一整碗滿滿的白飯配鹹魚；第二天早上就下床開始做家事照顧孩子；第三天，這怪病竟不藥而癒，她就上山工作了。其實，像懷湘這樣無緣無故的生病，醫又醫不好的情形，在泰雅族傳統社會裡，通常表示同一個祭儀團體或家族，有人破壞了gaga，如果不趕快做個認錯和解儀式，生病的人不會好，其他同一個祭團的人也會繼續遭受不測。懷湘得了無法痊癒的怪病，大家怎麼想也想不出有誰可能犯了什麼不可告人的錯事，所以公公那天晚上只好詢問兒子馬賴。

"yata, baqun su nanu son mha yutas mu qmpul quci hozil Maray?"

「伯母，你知道我公公跟馬賴說的『踩過狗屎』是什麼意思嗎？」幾天之後，懷湘上山打零工跟鄰居伯母聊天時，順口問伯母這個心中的疑問。

"ini su baqi ga? Nanu yaqu mlikuy musa hmut m'abi ki iyat nya kneril nanak lga, qmpul quci hozil son la."

「你不知道嗎？就是男人跑去隨便跟不是自己的老婆的女人睡覺，就叫做踩過狗屎啦！」伯母說。

"aw sami wal biqan cimu ru qulih qmtux rwa? "

「不是才給我們鹽巴和鹹魚的，不是嗎？」伯母把聲音壓低了跟懷湘說。

"han... awbaq yan sqani ga? "

「喔……原來是這樣的啊？」懷湘這下才明白，原來自己的丈夫在當兵的時候，跟別的女人發生了性關係……這就是公公所謂的「踩過狗屎」。她隨即想起來，先生剛從部隊退伍回來，他們許久沒有見面，馬賴也正在「改邪歸正」的時期，兩人感情還不錯。有一天晚上屋外正下著滂沱大雨，雨水「嘩嘩唰唰」的狂瀉在竹屋頂上，懷湘知道這樣的下雨天馬賴是一定會找她的，特別是大雨的聲響正好可以掩蓋他們的聲音，便可以毫無顧忌的翻雲覆雨一翻。也不怕吵到睡在迷你衣櫥隔壁的公公和孩子們。

"kusa sqani kakay su."

「把妳的腳這樣子。」馬賴跟她說，然後很認真的用手把懷湘的左腿高高提起來跨往左邊牆上。

「你在幹什麼啊？」懷湘被他弄得很不舒服，看到自己的

姿勢被先生擺得像隻青蛙一樣就覺得很好笑，「哇！哈哈哈哈……」懷湘終於忍不住哈哈大笑了起來。「這是要做什麼啦？哈哈哈哈……」她真的覺得很好笑。

"ax! pge pge, abi ku la."

「噢！走開走開，我要睡覺了。」馬賴下來睡回自己的枕頭上，用力把懷湘推到一邊，非常懊惱的轉過身去睡覺。他的反應讓懷湘很詫異，在過去，當他想要的時候，不管懷湘要不要，用打、用強的他就是一定非要到不可，沒想到今天被懷湘這樣一笑，他竟然氣到自己打了退堂鼓，真是奇怪。

當懷湘知道了「踩過狗屎」的真相，再想想馬賴剛回來時，晚上兩人在一起時，他常常要自己做一些奇怪的動作，這下她終於明白先生為什麼從家裡帶了那麼多乾香菇去賣，卻從來沒有把錢交給她家用，也知道他為何學會了那些奇怪的姿勢回來還要自己學這些動作，她愈想愈生氣。想起這些年，自己是怎樣為家小像頭牛一般的拚命工作，吃苦受累不敢也無處喊苦，他竟敢這樣做，實在是太過分了，懷湘極為憤怒又覺委屈萬分。

晚上睡覺的時候，懷湘抱著枕頭被子往牆邊靠，不再讓馬賴接近自己。馬賴在黑暗中摸了過來，她氣得用力踹了他一腳，「走開！不要碰我，這是我從爸爸家帶來的棉被，你不要碰！」她壓低聲音說。

「不要這樣嘛！抱一下、抱一下就好……」馬賴也知道自己闖的禍讓妻子非常不能接受，不過還是伸過手來抱住她。

「走開！髒手，不要碰我。」她用力推開他，「骯髒鬼……

惡心的骯髒鬼。走開！」嘴上罵得愈來愈大聲，似乎把隔壁的公公給吵醒了。

"ina, swa su lxun mha sqani Maray mu lpi? ina."

「媳婦，妳怎麼可以這樣對待我的馬賴呢？媳婦。」黑暗的屋子裡傳來了公公的聲音，兩人嚇了一跳趕緊安靜躺好。

"wal ta sblayun kwara qu yuwaw lga, swa su nyux mha sqani lozi lpi? isu yaqih yan su sqani hya la, ingat yan nasa qu gaga hya la."

「我們都已經把事情處理過了，妳怎麼還可以這樣呢？妳這樣做就不對了，gaga 不是那個樣子的。」公公說。

"baliy nanu ga, isu nanak smoya mwah ngasal myan sqani rwa, baliy sami qmihun magal isu ki, iyat pi?"

「再說，當初是妳自己要來我們家的，又不是我們非娶妳不可？」公公不屑的口氣頓時令懷湘全身血液往頭頂「轟！」的冒上來，但她還是咬著牙，把這怒氣給硬忍下來，默默的讓那憤怒不甘的淚水從眼角不斷往下滑落，溼了一整片的枕頭。她好怨恨，gaga？公公說的這是什麼 gaga？犯錯的人是馬賴，半夜被教訓不合 gaga 的卻是自己，面對一個背叛自己，不忠誠的丈夫，做妻子的難道連表示生氣的權利都沒有嗎？幾條鹹魚，一包鹽巴，就能將整件事一筆勾銷，從此不准再提，這才是 gaga 嗎？雖然從小在泰雅族社會生活，不管是烏來、拉號還是葛拉亞，一切言行舉止長輩教導她都要以符合 gaga 為標準，他們會說 "son mha gaga ga...."（所謂的 gaga 就是……），她未婚懷孕而輟學結婚這件事就是非常不合 gaga 而令父親震

怒與她決裂，但懷湘從來沒有像現在這樣痛恨公公說的那個 gaga。

　　隔日，天還沒亮時，一肚子委屈的懷湘已經摸黑在往下山的路上。多年的適應，早已練就輕快的腳程，陽光升起的時候，便到達「金斯蔀」部落，並趕上每天例行開往山下的計程車，獨自回到了拉號部落的父親家。

　　「呃……馬賴上山去種香菇了，我很無聊，所以回來走走。」這個謊言扯得不是很高明，雖見她竟連孩子都沒帶來，而父親彷彿心知肚明並沒問她。亞大比黛則是覺得反正有人回來，可以幫忙家事、農事，也就不去細究。

　　「妳老實告訴我，怎麼一個人回來？」第二天，亞大米內卻專程跑來問正在玉米田除草的懷湘。

　　「妳說啊！」她搖了搖頭，止不住的眼淚卻嘩啦啦滾落下來，淚水跟臉上的汗水混在一起，一切辛酸不知從何說起。

　　「不要怕，如果妳有委屈就老實跟亞大講，」亞大蹲下來幫她一起除草，「如果他們欺負妳，不要忘了妳不是沒有親人在這裡喔！我們會幫妳解決的。」聽到亞大這樣說，懷湘終於忍不住哭了起來，淚水一滴滴往玉米田的土壤落下，不斷用工作的袖套拭淚。良久，她收起眼淚一五一十將整件事跟亞大米內娓娓道來，也把這幾年自己在山上的生活大概告訴了嬸嬸，兩人就這樣一邊流著淚一邊除草，一直到天邊夕陽西斜還不知道要回家。

　　晚上，堂哥巴杜（Batu）來家裡，他是懷湘拉號家族裡最大的堂哥，年紀跟父親差不多了，父親臉色凝重的對他說

"suxan sasan ga, say paras ke nha mha, puwah squliq mamu pkyala ta zyuwaw kusa."

「明天一早，去傳個話通知他們，說派人下來跟我們談事情。」原來亞大米內已將此事告訴父親，父親聽了非常生氣，找來大堂哥巴杜，要他們葛拉亞部落的親家給一個交代。

「這個拿去，」第二天，懷湘還睡在被窩裡沒醒，父親就拿了一疊錢進到她睡覺的房間來遞給她，「妳去鎮上買妳想要的東西，還有小孩子的衣服。」當磊幸知道寶貝女兒過的日子遠比自己想像的還要窮困百倍，極為心疼，等不及女兒起床，一早就來找她了。他要讓女兒下山到小鎮去逛逛走走散散心，卻並沒有問起亞大米內所說的事。懷湘坐起身來就像小時候接受父親送給她的任何玩具、衣物、零用錢一樣，她很自然的伸出手拿了父親遞過來的錢，「啊……把拔（爸爸）謝謝！」好開心的笑了起來。

"m... abi cikay lozi...."

「嗯……妳可以再睡一下……」磊幸點點頭微笑的看了看女兒低聲說，慢慢走出房間，順手把門輕輕帶上。懷湘抱著那疊錢呆坐在被窩中間，感受到那好久都沒有過的被父親疼愛的感覺，不知不覺又流下了眼淚。

懷湘覺得自己大概已經有一個世紀不曾下山到鎮上了吧！她到了小鎮的中央市場，這裡車水馬龍、人聲鼎沸，她突然覺得眼花撩亂、暈頭轉向，因為實在太久沒有看到這樣「富饒」的景象了。她像第一次進城的鄉巴佬，好奇地到處東看看西瞧瞧，可是不知為何，在市場那些五花八門的衣物、玩具、日用

貨品當中，她的注意力卻總是被食物、食物、食物吸引過去。大概是飢餓的日子過了太久，一下子看到那麼多美味，她竟不知該吃什麼才好？看了半天在一家麵攤叫了一碗湯麵加滷蛋，還切了盤滷味，著著實實的飽餐了一頓。吃完繼續逛了一圈市場，幫孩子各買一套衣服以及玩具，再買一些豬肉便打道回府。

　　傍晚回到父親家，赫見院子外坐著馬賴，兩個孩子正在他旁邊跑來跑去，公公和兩個葛拉亞的長輩則在客廳與父親、瓦旦叔叔，以及其他拉號的長輩們坐著談話。公公和馬賴都是一臉歉疚的低姿態，大概自知理虧吧！兩個孩子看到媽媽回來，又得到了新衣服新玩具，都非常開心。

　　晚飯後，院子中央燒起一堆火，父親、公公和其他長輩們圍坐在火堆旁，懷湘拉號家族的叔叔、伯伯、堂兄弟們陸陸續續都來了，大家見面也不交談，只彼此略略點頭，便神情嚴肅的找個空位坐下。懷湘則是帶了孩子在屋裡跟懷湘的弟弟妹妹們一起看電視，兩個山上下來的孩子沒看過電視，對電視非常好奇，目不轉睛的看。懷湘心裡卻是有點忐忑不安的注意著院子的動靜，她不知道火爆脾氣的父親會怎樣處理這件事。

　　"toyay maki rngu nya yama Maray qa ga, ana qeri magal cyugal mpayat kneril ga nway yuwaw nya nanak."

　　「這馬賴女婿如果有本事，儘管去娶個三妻四妾都是他自己的事，沒關係。」父親一開口就是中氣十足，話雖說沒關係，但顯而易見他非常不滿的口氣，葛拉亞下來的人個個眼望火堆神情尷尬的默默聆聽。

"ana ga, aring myan cipoq qmyat si ktay nyux krahu laqi myan kneril qani hya ga, iyat myan snpung mha posa msqeri msqenut sa simuw qu 'laqi myan qani hya ay."

「可是我們的女兒從小養到那麼大，卻不是打算要送給你們去污辱、去受虐待的喔！」父親眼睛看著馬賴，右手指著屋裡懷湘的方向說，馬賴從少年的時候就對懷湘當軍官的父親非常畏懼，現在即使已經娶了他的女兒，還是習慣性的有點怕他，何況這次懷湘回來告了他的狀，岳父的眼神更是令他不安。

"minuqu qu 'laqi ta wayal qasa ga, wal ta pgluw gaga ta Tayal kbalay qu zyuwaw rwa."

「當時孩子作錯事，我們按照泰雅族的 gaga 把事情處理好了，不是嗎？」父親說。

"懷湘 laqi maku qani ga, iyat myan minsulung inlaxan na syup buling qu laqi qani hya ay, wal myan iblequn pgluw gaga na Tayal musa sqliq ngasal mamu ay."

「我這個女兒懷湘，不是我們當成不要的垃圾丟出去的，她是我們按照泰雅族的 gaga 好好嫁到你們家的喔！」磊幸目光朝後山來的人看了看，聽得出來他真的很在意自己的女兒被他們說是「妳自己要嫁來的」，聽得出來他火氣漸漸往上升，但隨後強忍下來。

"aw! ana mamu son nanu sqenut laqi mu, nway saku ini kal nanu kun hya, ga, iyat nbah pswal son mamu sqani mtswe kneril nha qu kwara yanay ni Maray qani hya ki."

「好！就算我不去計較你們怎樣虐待我的女兒，但是馬賴的這些亞耐（妻舅）也絕對不會肯讓他們的姊妹被污辱啊！」說著眼光朝圍坐在火堆四周的懷湘的堂兄弟們掃視。他們的表情一個比一個嚴肅，看馬賴的眼神更是凌厲得令人害怕，馬賴只在剛入座的時候看了他們一眼之後就再也沒有抬過頭了。

　始終低首不發一語的馬賴還是維持一樣的動作，但可以感覺到他的身子微微的顫抖。空氣像是漸漸凝結起來，整座院子只聽到火堆燃燒木頭的「劈劈啪啪」聲，以及夜風拂過圍籬的「呼呼」聲，吹得火焰忽左忽右的飄搖著，火堆四周每個人的臉龐被火照得忽明忽暗，異常安靜的氣氛令人窒息。

　「咳！」葛拉亞來的伯父乾咳了一聲，這時候所有在場的人知道他要說話了，全場安靜下來。

　"ana sami wal min'uqu ga, yutas."

　「雖然我們真的不對了，親家。」伯父低著頭很誠心的說。

　"anay skita 'laqi ni ina ki Maray, laxi ta balay psyaqih hya ki, yutas."

　「但是請看在媳婦和馬賴的孩子的份上，我們千萬不要互相仇視啊！親家。」伯父說著，也看了看火堆四周其他的人，他望了望懷湘的公公，公公明白他的意思便站了起來。

　"ay! knan balay wal min'uqu kmal ke la."

　「啊！我真的是說錯話了，」公公終於開口說話。

　"ana yan nasa ga, nway anay maku spuwah quwaw qani ru galaw na quwaw qani kwara inqehan maku. yaqih sami balay la."

　「雖然是那樣，我藉著這酒把我犯的所有過錯都『拿去』

（消去）吧！我們真的錯了！」他站起來舉起手上的酒杯說，說完就用手指沾了杯中的酒往身旁地上灑下去，然後仰起頭，將酒一飲而盡。他坐回自己的位置，低著頭等待磊幸的回應，磊幸深吸一口氣看了看眾人，隨後拿起酒杯也用手指沾酒灑在地上，這是敬祖靈的意思，然後也把那杯酒一口喝乾。這樣就完成了和解的儀式，這道歉和解的儀式在沉重的氣氛中結束，忐忑不安的馬賴也終於鬆了一口氣，畢竟他逃過了一場被亞耐們狠狠「教訓」一頓的命運。

磊幸現在知道女婿家赤貧的景況了，所以對葛拉亞親家的賠罪要求非常低，他只象徵性的要了一千元，然後意思意思買一點點汽水、鹹魚等分送給懷湘的堂兄弟們，最後還剩下三百元就塞給懷湘。經過這件事之後，懷湘終於知道原來父親當初說「不要回來抱怨」其實只是個氣話，父親原來還是疼愛自己的。

第二天，懷湘就帶著兩個孩子，隨馬賴和公公他們一起回後山葛拉亞部落的家去了。

"iblaq mlahang hi su nana lki."

"sgaya ta la，懷湘。"

「妳要好好照顧自己的身體啊！」「再見了，懷湘。」雖是一大清早就出發，但亞大米內和幾個早起的鄰居們卻都在路邊和她揮手道別，馬賴牽著夢寒，懷湘背著兒子腳步沉重的跟在他們後面慢慢走。他們搭上第一班客運車，往山下鎮上去搭專跑後山的計程車，汽車往山下疾駛而去，窗外那熟悉的景物也

急速往後飛馳，回首遙望親愛的拉號部落，突然想起當初亞大們送嫁時，忍在眼眶的眼淚和不捨的表情，回想這些年所走的路以及所受的困頓折磨，才明白當時她們淚水所代表的意義。

不久，懷湘發現自己又懷孕了，在志文三歲的時候，她生下了第二個兒子志豪。深山的日子一逕如此單調乏味，山林溪澗、流雲飛瀑，雖是美景天成，但對懷湘來說，它們卻似乎全蒙上了一層灰色塵埃，隨著她低落的心情一起黯然失色。畢竟，比起外面的世界，深山的生活是相對困頓的，物資也極為匱乏，雖然已經很努力的工作，但食指浩繁，一切所需似乎永遠不能滿足，特別是那日復一日、永無止境的勞動，總是壓得人喘不過氣來。

自從上次在拉號處理了那件事之後，懷湘在家中似乎得到比較合理的待遇，雖然她還是上山工作、外出打零工，但公公和馬賴偶爾也會一起去幫忙，現在馬賴對她也比較講理了，甚至晚上想找她「辦事」，還稍微會尊重她的意願，不太會像以前那樣使用暴力勉強她了。

春天，懷湘上山種香菇約十天，這趟上山工作大約十幾天，卜大也剛好被請去打工，風趣的他常常讓懷湘開懷大笑，是她生活中難得的快樂時光。很愛在卜大身邊跟前跟後的雅拜當然也來了，懷湘雖然是三個孩子的媽媽，但跟他們大家一樣不過二十出頭，幾個年輕人每天一起工作、說笑、玩鬧，時間一下子就過去，也不覺得工作那麼辛苦。

承襲母親漂亮的外形，懷湘的異性緣一向就很好。大家雖然都看得出卜大很喜歡懷湘，但眾男總是喜歡親近美女的，有兩個金斯蔀來的年輕人就特別愛對懷湘獻殷勤，很樂意為她跑腿、耍寶逗她開心、幫她分擔工作。卜大的用心當然更不用說，他們都對懷湘猛獻殷勤，三人暗地裡還會互相較勁，看誰比較強壯，能搬動最粗壯的段木；誰比較會工作，在段木上打洞的速度最快；誰能讓懷湘笑得最多，誰跟懷湘多說了幾句話，讓她多看了幾眼都能令他們得意洋洋。

　　從小父母不在身邊，懷湘渴望被愛，早熟的她在念書的時候便非常喜歡閱讀愛情小說，經常沉醉在小說戀愛男女之間的浪漫甜蜜、曖昧情愫、愛恨糾纏……想像自己就是小說裡美麗的女主角，與英俊瀟灑又有才華的男主角相知相戀，陶醉其中。因此，國中的年紀認識了生命中的「第一男主角」馬賴學長，就把平常隱藏在心中的幻想投射在兩人的關係上，毫無遲疑的一頭栽進了自己編織的愛情故事裡，扮演這愛情故事的第一女主角，完全沒有考慮實際的條件與小說情節相差有多遠。一直到懷孕、結婚，面對噩夢般殘酷的現實才驀然驚醒，但木已成舟回頭無路，一切都來不及了。

　　懷湘知道男孩們對自己有好感，但為了不要引起他們之間的衝突，也不要讓別人對自己有所議論，她就裝著不知情，跟每個人都保持基本的良好關係，既不拒人千里，也不獨厚一人，親疏遠近拿捏得恰到好處。年紀輕輕也沒在外歷練過就能有這種周旋的本事，應該是住在烏來時的耳濡目染和遺傳了媽媽哈娜的基因使然，「清流園之花」的女兒怎能沒有幾招對付

男人的手段呢？只是懷湘太早步入婚姻，生活在先生暴力性格的陰影之下，又鎮日為餬口夜以繼日的勞動，這些本事她根本沒有機會和心情發揮在馬賴身上。

卜大非常喜歡懷湘，多次一起上山打工的機緣，他們成了無所不談的朋友，也常聊很多彼此的生活，卜大知道了懷湘困頓的環境以及婚姻生活上的苦衷，就時常找機會幫助她，蓋香菇寮也是其中之一，兩人雖然互有好感，但礙於懷湘身為有夫之婦的身分，他們盡力維持單純的朋友關係，不敢越雷池一步。只是，不知道是因為這次種香菇冒出了兩個明顯對懷湘有意思的對手，還是卜大認為時機成熟了，他趁黃昏收工時，兩人並肩坐在山頂一座巨大岩石上休息的時候，試著向懷湘告白，並且希望她可以慎重考慮讓他來照顧她後半生的生活。

「我們可以離開山上，到山下去住，我什麼工作都可以做。」卜大對懷湘說，兩人同時往一個方向眺望，遠處是一峰高過一峰、蒼巒疊翠綿延不絕的青山，「妳不必工作，我養妳就可以了。」他左臂伸過來輕輕的環住懷湘的肩膀。

「不可能的，」懷湘任他摟著肩沒有推掉他的手臂，她動也不動的望著遠方的山頭，搖了搖頭，「我會被我 yaba（爸爸）打死，」彎起雙腿抱住膝蓋，眼光依然停在遠方，「唉……」輕歎一聲，悠悠的說，「我……絕不能讓我的孩子……像我一樣，變成沒有媽媽的人。」說這話時，她原本迷濛遠望的眼神閃過一絲明亮而堅定的光芒，傍晚的涼風吹來，美麗的臉龐拂著幾絡髮絲。卜大轉過身來面向懷湘，輕輕幫她把髮絲撥開，然後將她嬌小的身軀一把擁入懷中緊緊的抱住，「噢……懷湘，

妳答應我啊！」抱住懷湘的雙臂箍得她幾乎喘不過氣來。

　　懷湘被他這突如其來的動作嚇了一大跳，「不要這樣啦！」雙手用力推著想要掙脫，卻完全動彈不得。卜大強壯的雙臂溫柔而堅定的擁著懷湘，把她的臉頰緊緊按在他厚實的胸膛上，「不要再那麼辛苦了，讓我好好照顧妳……還有妳的孩子……」喘著氣在她耳邊誠心誠意的說著，原本震驚的懷湘慢慢安靜下來，身子漸漸放軟而自然的靠在卜大懷中，他身上散發出男性的氣息和那堅韌的肌肉讓懷湘感到無比的安定和幸福，她是多麼希望時間就凝結在此刻，不必再回到充滿缺憾的現實世界啊！天色轉暗，夜風吹過山頭寒意漸濃，卜大擁著他夢想已久的女人一點都不願放開了，他低下頭情不自禁的親吻了她的額頭，懷湘閉著眼睛沒有阻止他，卜大雙手捧起她的臉就要往她唇上吻去，「嗯……」懷湘輕輕把臉轉開，卜大的嘴親在她的頭髮上了。「我們不可以這樣，」懷湘睜開眼睛突然清醒過來，她用力推開卜大站了起來，「以後都不可以再這樣了，我們回去吧！」說完跳下岩石急忙往香菇寮的方向走去，卜大失魂呆站在石頭上，忘了去追她。

　　「懷湘……卜大……你們在哪裡呀？可以吃飯囉！」這時，岩石後面的樹林傳來雅拜的呼喚，「好像是在那個石頭那邊。」「對呀！我好像看到卜大耶！」金斯蔀來的兩個年輕人也一起來找他們了。聽到一連串的對話，卜大才回神過來，跳下岩石，與懷湘一前一後走去跟他們會合，「卜大你每次都這樣，有好的地方都不跟我說。」雅拜嘟起嘴向卜大撒嬌，「哪有啦？懷湘說那裡有野兔的窩，我們去看能不能打幾隻野兔給大

家加菜啊！」卜大隨口亂編，單純的雅拜也隨便就相信了。五個年輕人便有說有笑的一同往香菇寮吃晚餐休息去了。

這次上山種香菇，懷湘領了三、四千元工錢，經過金斯蔀的時候，她特地買了一瓶米酒，還有一些鹹豬肉和魚罐頭回家。公公煮了一鍋白米飯、鮮香菇湯、炒青菜，這樣，他們的晚餐就吃得很豐盛了。大家一起喝了一些酒，心情都很好。當晚懷湘正酣睡時，突然被馬賴搖醒：「懷湘……懷湘，起來一下。」他說，「唔……做什麼啊？」在山上工作了十幾天，懷湘又累又睏。

「陪我去一下，出去一下啦！」馬賴難得喝了酒還那麼和氣，簡直有點像要請求懷湘了。

「去哪裡？」她真的很睏很累，揉了揉眼睛問，「去祕密基地！」馬賴在她耳邊悄悄說。懷湘突然轉醒，「祕密基地」？那似曾相識，卻似乎已經好遙遠的地方呀！那夜，他們便在月光下，離屋子一段距離的芒草叢中……溫存。馬賴喘息的聲音隨著微風穿過芒草葉梢消失在黑夜中。懷湘緊閉雙眼，腦海中似有若無的不斷閃現一個熟悉的身影，那厚實的胸膛、強壯的手臂，那充滿陽剛味的氣息、吻在臉頰上溫熱的唇……「啊……啊……」她忍不住喊了起來。懷湘，結婚七年，第一次知道什麼叫做「滿足」。

懷湘常常會下山到拉號幫父親務農的工作，馬賴偶爾也一起來幫忙，他們會把孩子都一起帶來，往往一住就是一、兩個月，磊幸的新房子蓋得很大，懷湘一家人住在三樓加蓋的房

間，裡面床、桌椅、衣櫃一應俱全，孩子們都很喜歡住在外公這裡，因為這裡的房間比起後山那個家，簡直是太豪華了。

"biq mu 懷湘 maku qutux lituk slaq qani hya."

「我這一畦田地是要給我的懷湘的，」有一天，磊幸在大家插秧休息的時候，指著面前一畦大約一百多坪的田地，對前來幫忙的堂弟說。雖是跟堂弟說話，事實上是講給所有人聽，懷湘和亞大比黛也都在場。

"baha hmswa, laqi maku balay uzi rwa, ru cingay balay wal nya sraw mtzyuwaw ngasal, baha maku ini biqiy cikay rhyal lpi? "

「因為，她也是我真正的孩子啊！而且她幫助家裡做了非常多的工作，我怎麼可以不給她一點土地呢？」亞大比黛把臉轉開往別處看，假裝沒有在聽。堂弟則是直點頭，"aw balay ke su qani hya wah." 「是，你說的話沒錯。」懷湘自己是從來沒有想過以後可以來分父親的土地，不過，聽到父親這樣說，她心裡還是非常快樂，不是因為土地，而是喜歡父親疼愛她的感覺。

懷湘的公公在葛拉亞有二兒子陪伴，他剛從軍中退役，回到山上工作，這個兒子比老大馬賴勤勞多了，山上的工作做得很認真，懷湘非常放心把香菇寮和山上的作物都交給他照顧。

在岳父面前馬賴是一點都不敢偷懶的，即使晚餐後跟岳父一起喝了幾杯酒，也完全不敢發酒瘋亂罵人。反而是當岳父喝多了，說話開始大聲起來，找岳母比黛的麻煩時，他還要幫忙把岳父架開，帶離現場。雖然住在拉號很好，不管吃的、穿的、用的都比在後山好太多，但馬賴懶散的習慣和內心的自卑

讓他很不喜歡住在岳父家，常常就藉故回葛拉亞的家去，留下妻子和孩子們住在這裡。

「我想，我們搬到山下來好不好？」有一天，懷湘跟馬賴商量，「你看孩子在這裡都能吃得飽、穿得好，我想讓夢寒轉學到山下念書，山上的家離學校太遠，她上學很辛苦，而且那裡都是代課老師，以後她怎麼跟得上外面的學生。我們去鎮上找工作賺錢，好不好？」懷湘努力的說服先生。

「是啦！我們家就是窮，葛拉亞就是落後，你們這裡什麼都好。」馬賴的自卑讓他變得非常敏感，「妳的意思就是說我們山上不能住，學校不能讀是嗎？那住在山上的人都應該去死就是了啦！」提到搬下山、轉學、找工作……自卑加上生性懶散的馬賴馬上變得很不耐煩，回答的話一點邏輯都沒有，反正就是很不爽。

「你知道我不是那個意思，」懷湘繼續遊說他，「山上的工作有爸爸和你弟弟在做，我們下來工作賺錢，山上、山下兩邊一起賺比較快，我們還是可以常常回山上去啊！」馬賴皺著眉頭，雙手抱在胸前，很不滿意的大力呼吸。他其實一點想法都沒有，這麼多年，家中真正在為家計操勞奔忙的人並不是他，而是妻子。因此，家裡有什麼重大的計畫，都是由懷湘來決定，馬賴最多就是為難她一下，嘴上給她難堪而已。

「要搬下來可以，不過，我有一個條件，」他說，「我們出去租房子，我不要住在你爸爸家。」

後來，他們搬到了拉號與山下小鎮中間的一個客家村莊──內灣小村，這裡過去是很熱鬧的聚落，有戲院、旅館、小

吃店、牙科診所，短短約一千公尺的街道兩旁各類商店販賣日常所需。這裡還有一座小火車站，有條鐵路支線到達這個村莊，過去是爲運送煤炭。後來本地煤礦開採困難，開採成本高，品質卻不如價錢低廉的進口煤炭，於是工業用燃煤轉往國外進口，這裡的礦坑紛紛停採。少了來來往往的礦工消費群，小村莊許多商店也無法繼續維持而關門大吉，戲院也因此倒閉，成爲廢棄的大空屋。

懷湘就在戲院後面的小巷子裡租房子，這是位在二樓的舊房子，推開已經撞歪關也關不密的紗門進去，採光不佳，稍嫌陰暗的屋子有客廳、廚房、浴室和三個小房間，木頭格子的玻璃窗上掛著舊舊的花布窗簾。

「哇！這就是我們的新家喔！」「呵呵……這裡好好喔……」孩子們剛來到這二樓的小房子，開心得到處看，尤其是志文和志豪兩個小男生，對房子的樓梯特別有興趣，在樓梯上上下下的玩，一下子跑進屋裡來，一下子又跑出屋外樓梯間。夢寒進房間幫媽媽整理衣物，馬賴在客廳研究那台前承租人留下來的舊電視機，電視發出「嚓嚓嚓」的雜音，螢幕裡的影像一條一條切得亂七八糟。馬賴注視著螢幕，把電視上的室內天線調過來調過去。「啾呼！」小鬼從外面呼嘯著衝進來，「碰！」門重重撞了一下，「呀！」小鬼又呼嘯著衝了出去。

「砰！」他把天線摔在地上，「阿文、阿豪，你們給我過來。」對著門外怒吼。「媽媽……爸爸又在罵人了。」夢寒聽到爸爸的吼聲，嚇得趕緊靠在媽媽身邊，懷湘立刻把正在摺疊的衣服放下，起身往客廳走去。

「給我站好！」馬賴手上是廚房拿來的軟水管，看到孩子腳上一條條的痕跡，懷湘知道他們已經被打過了。兩個小男生並肩靠著牆壁罰站，六歲的志文雙手緊貼兩腿側站得直挺挺的，一動也不敢動。才三歲的志豪則是兩腿發抖，忍著不敢哭出聲音，臉上卻已經是淚水、鼻涕直流，不時用手臂擦拭，更是弄得一臉涕淚模糊。「你們再不乖啊！再不乖，我就打死你們。」他邊罵邊用水管指兩個小鬼。馬賴管教孩子完全沒有原則，心情好的時候隨便他們怎麼鬧，他連管都不管。心情不好的時候，即使孩子沒做什麼，也會把他們抓過來胡亂教訓一頓，他教訓孩子從來沒有把原因說清楚，始終只有一句「你們不乖」，至於應該要怎樣「乖」，他從來也沒說過。總之，孩子都知道，爸爸心情不好的時候，最好安安靜靜的，離他遠一點，否則，被他抓過來就「有理三棍棒，無理棍棒三」。

　　「以後要乖乖的，知道了嗎？」懷湘雖然心疼孩子，但她知道這時候不能去「救」他們，不然會引起馬賴更激烈的反應，甚至連她一起毒打一頓，這是她多年慘痛的教訓得到的經驗，「你們如果乖乖的，爸爸就不會打你們，就會愛你們了啊！知道嗎？」兩個孩子吸了吸鼻涕，點點頭，「那就快去跟爸爸說對不起。」她繼續打圓場，她知道這場災難快結束了，這也是多年教訓之後得到的結論。不管什麼原因引起的家暴，最後一定要這樣做為結論，就是「大家都對不起爸爸」。

　　「爸爸，對不起！」「對不起！爸爸。」兩個孩子怯怯的走過去，對著眼睛盯看電視螢幕的父親深深一鞠躬道歉。

　　懷湘幫孩子辦了轉學手續，開學之後，夢寒念四年級、志

文上一年級了。學校在火車站後面，離家十五分鐘左右的路程，兩姊弟每天手牽手一起走路上學很方便。她很快就在竹東鎮上找到一份在餐廳端盤子、洗碗的工作。每天早上做完家事，就騎著機車去上班。這機車是父親「偷偷」買給她的，「不要跟你亞大比黛講喔！她會很囉嗦。」磊幸提醒女兒不要讓亞大比黛知道，這是他們父女的小祕密。

懷湘對環境的適應力很強，她在餐廳工作，就像在山上一樣的認真勤勞，對人有禮也不計較工作量，很快便贏得同事的好感，知道她的家庭狀況的，都很同情她的處境。

「妳可以把客人吃的剩菜打包回去呀！」同事秀芳跟她說，「其實那些菜都很乾淨啦！回去重新熱一遍就可以吃了啊！」她是竹東的客家人，在餐廳的同事大多數是年紀大的婦女，只有秀芳跟懷湘年紀最相近，她二十八歲，只比懷湘大三歲，兩人很快成為好朋友，「沒關係，我也會幫妳注意，看哪一桌吃得比較乾淨，再叫妳打包回去。」她很貼心的替懷湘著想。

於是，懷湘每天會趁下午兩點到五點之間的空檔，帶著打包好的，餐廳客人吃剩下的菜肴，騎半小時的車回到家，把食物處理好，好讓馬賴和孩子當晚餐吃。然後再騎車匆匆趕回去上班。五點又開始上班一直要做到餐廳打烊，洗碗盤、打掃拖地、桌椅整理好了才能下班，然後一個人騎車在山路上奔馳，差不多十點左右才到家，馬賴和孩子們通常都睡著了。即使每天這樣辛苦，但懷湘心中卻是充滿希望的，她相信只要繼續努力工作，這個家的未來是會愈來愈好的。

搬到內灣快三年了，馬賴還是一直沒有找到「適合他」的工作，偶爾有人介紹工作給他，他總是做沒兩天就先把老闆給辭了，不是嫌工作太操勞，就是老闆太摳，同事太爛，反正就是不適合就對了。偶爾，岳父磊幸會把他叫去拉號幫忙農事，也會算工錢給他，但馬賴很不喜歡去岳父家工作，或許內心明白自己靠妻子在養，還靠岳父特意找機會資助金錢，那一直就存在內心深處的自卑感讓他很不舒服，所以每次從拉號工作回家，他一定藉故喝酒找懷湘麻煩。

　　這天中午，餐廳辦了三十桌的囍宴，進來的客人都是泰雅族的面孔，他們也用泰雅族語交談，懷湘感覺好親切。

　　"minkahul simu inu? "

　　「你們是從哪裡來的？」趁端菜的時候問一下客人，「我們是玉峰那裡的，妳是 Tayal（泰雅族）喔？」「對呀！我先生是葛拉亞那裡的。」客人知道她是泰雅族人，很高興的跟她聊了一下，很快的把關係圖牽過來牽過去。發現那人的堂姊是嫁給了卜大家族的長輩。懷湘搬下山一年多之後，積極主動的雅拜終於如願嫁給了他心儀已久的卜大。

　　"blaq balay na squliq Buta qasa, qnzyat ru m'tayal balay."

　　「那個卜大非常好，是勤勞而標準的泰雅人。」那人知道懷湘認識卜大，就告訴他卜大的近況，也給予卜大很好的評價。

　　"aw ga, balay ki, blaq utux ni Yabay uzi."

　　「是啊！雅拜的命也很好……」懷湘聽到卜大結婚了很替他高興，只是，心中不知為何有著些微的失落感，她輕輕歎息了一聲便轉身繼續去忙了。

懷湘忙了整天剛回到家，便看見馬賴一個人坐在客廳看電視——不，應該說是電視在看他，因為電視開著，他卻是坐在電視機前張著嘴打瞌睡。懷湘拖著疲憊的身子，輕手輕腳開門進屋，「嗯！妳去哪裡？怎麼這麼晚才回來？」馬賴醒來了，口氣很不友善。

　　「今天餐廳辦桌，中午就辦了三十桌，晚上又有六十桌，忙到好晚才下班。」懷湘說，「你今天不是去跟爸爸工作嗎？你很累就早一點去休息啦！」

　　「我肚子餓了，」馬賴說，「妳去幫我煮麵，我想吃麵。」懷湘把包包放下，一邊脫下外套一邊跟老公商量，「我今天好累喔！你自己把我下午拿回來的菜弄熱吃了，好嗎？有你最愛吃的滷蹄膀喔！」她把外套掛在門後的掛勾上，就走進房間去拿換洗衣物，準備洗澡。

　　「碰！」突然有一隻拖鞋從客廳砸向夢寒的房間，「碰！」又一隻砸往兩個男孩的房門，「夢寒、阿文、阿豪，你們全部給我起來！」馬賴憤怒的大吼。「咚咚咚」兩個房間立刻打開，三個孩子全都趕緊跑到客廳來立正站好，他們之所以那麼快就跑出來，其實是因為都還沒睡著，孩子們每天都要等到媽媽回家，來到床上看一看他們之後，才會真正的睡著。

　　「你們去煮麵給我吃！」馬賴指著三個孩子大吼，三人嚇得不知道該怎麼辦。

　　「好啦！好啦！我去煮麵給你吃，」懷湘放下換洗衣服，趕緊跑到客廳幫孩子解圍，「你等一下，我很快就煮好了。」她知道，現在不是跟那頭發狂的野獸講道理的時候，只能順著他的

毛摸，全家大小才能全身而退。懷湘以最快的速度煮了一碗湯麵，小心翼翼的端了出來。

「你的麵煮好了。」她把麵端到馬賴前面的茶几上，馬賴看了看麵，再看看懷湘和孩子們。爸爸生氣了，他們全部就自動靠牆罰站，誰都不敢跑去睡覺。馬賴用左手把擱在碗麵上的筷子撥掉，右手把那碗麵拿起來慢慢的把碗傾斜，熱騰騰的麵條便和著肉湯「啪答、啪答」全墜落到地板上，「碰！哐啷……」他把碗往水泥地上用力砸下去，瓷碗碎片向四處噴射，嚇得孩子們立刻抱著頭蹲了下來。

「哼！我不想吃了。」他雙手扠腰對懷湘說，然後氣呼呼的走進房間睡覺去了。「好了，你們都去睡覺吧。」懷湘摸摸孩子們的頭，心疼的要他們趕快上床睡覺去。「媽媽我幫妳收拾。」夢寒到角落拿了掃把和畚斗掃地上的碎片和麵，懷湘提了水桶和拖把，母女兩默默地把地上的湯汁清理乾淨。

逃離

搬到內灣之後，懷湘上班有穩定的收入，加上他們偶爾回拉號打工，山上香菇園、林木、作物的收入。現在，家裡的經濟愈來愈有起色，他們換了一台彩色電視機、裝了電話、買了一台卡拉 OK 伴唱機，懷湘還分期付款幫馬賴也買了一輛摩托車，以便他出去打工（或找工作）時能夠代步之用。可是，馬賴酗酒的習慣卻愈來愈嚴重了，他幾乎每天都要喝酒，喝了酒脾氣又暴躁，常常亂罵甚至亂打人，孩子們都非常怕他。

有一天晚上，懷湘比較早下班，馬賴騎車下山找工作還沒回來，孩子們在屋子裡正開心的跟媽媽說話、彼此笑鬧著，「媽媽，明天是我們的家長日，妳明天早上可以來我學校嗎？」志文問媽媽，「好啊！早上我就可以去，不過，因為我還要上班，所以只能去一下下喔！」懷湘說，「耶！媽媽說可以去啦！」志文高興的拍拍手跳來跳去，「媽媽，妳也要來我的學校（指教室）喔！」一年級的志豪跳到媽媽懷裡，撒嬌的抱著媽媽的脖子搖來搖去，「我當然也會去看你啊！」懷湘把他的手掰開，「很晚了，你們也該去睡覺啦！」說完起身往浴室走去。

「啊……爸爸回來了。」忽然，夢寒大聲提醒大家，屋裡的孩子頓時安靜下來，只聽到安靜的村莊外，由遠而近的傳來一陣「噗噗噗」的機車聲，孩子都聽得出來那是爸爸的野狼

一二五摩托車聲。「快快快，我們快點去假睡！」孩子們嚇得趕緊衝進房間去，一溜煙便無影無蹤。不久，馬賴就開門走進屋裡，「阿寒、阿文、阿豪，你們全部給我出來。」懷湘在浴室聽見客廳的馬賴對孩子們大吼，知道他又喝醉要找人的麻煩了，她趕快擦乾身體，穿了衣服出來。

「啊！你回來了喔？工作的事還順利嗎？」她用最溫柔的口氣關心的問他，「屁啦！什麼爛工作，叫他們請鬼去做算了。」這幾年，外面所有的工作不是「王八蛋」就是「爛」，不然就是「不適合我（馬賴）」，懷湘早已經習慣了，關心的問他只是為了緩和他暴怒的脾氣。「喔！既然這樣，那就不必去做了，我們慢慢再找也沒關係，反正我有在上班，家裡還可以過啦！」

「碰！」一隻拖鞋往夢寒房門砸去，「上班了不起啊？」「咻——碰！」另一隻拖鞋飛過懷湘眼前往兩個男孩房門砸了過去，「全部給我出來！沒有聽到嗎？」也不知道為什麼那麼生氣，馬賴緊咬著牙發出「喀喀喀」的聲音，雙手緊握拳頭，就像是要跟仇家一決生死的樣子。孩子們一個一個走出房間，可以感覺他們每個都害怕得微微發抖，「去罰站！誰叫你們不乖？」馬賴用力捶了木茶几桌面，桌上的鑰匙串叮叮咚咚跳了起來。其實不必他說，孩子們全都自動靠牆罰站去了。

「啊呀！你們以後要乖啦！這樣爸爸就不會生氣了，知道嗎？」同樣的戲碼又重新開演，這是一定要的，「你們不乖啊！快來跟爸爸說對不起。」懷湘轉過身來，「你會不會餓？我去幫你煮東西吃好嗎？」小心翼翼的問他，「嗯！不必煮。」這

口氣和態度馬賴有滿意，所以就放他們一馬。

「爸爸，對不起。」三個孩子邊道歉邊鞠躬，「哼！下次再不乖，我就打死你們。」總是這樣結束，馬賴沒有拳腳、棍棒伺候他們就算是喜劇了。

隔天早上，懷湘特別化了淡妝，穿上一套正式的洋裝前往參加學校的家長日，兩個孩子看見媽媽來了都非常高興，一直跟同學介紹「這是我媽媽」，親師座談還沒結束，懷湘就匆匆離開，騎車趕去上班了。

「媽媽，我們老師說你很漂亮耶！」志豪很高興的說，懷湘依例趁午休時騎車回家送菜看回來，兩個孩子都已經回到家來，「我們老師也說妳很漂亮，還說妳很年輕啊！」志文也跑來跟媽媽說。「是喔？那要跟你老師說謝謝呀！」懷湘說。

「對啦！對啦！妳很漂亮，我很醜啦！」馬賴跟一個鄰居在客廳喝酒，兩人有說有笑，聽到孩子說的就不以為然的回應，那口氣顯然非常不滿。「大嫂真的很漂亮啊！馬賴哥，你好福氣娶到這麼漂亮的太太呀！」鄰居附和著孩子的話。

懷湘拿了打包回來的菜就到廚房去整理。她把適合下酒的菜裝成一碟，拿出來給他們吃，「這個滷牛腱和客家小炒很好吃，給你們配酒啊！」「喔！那麼好，謝謝大嫂！」那客家鄰居連聲謝謝，她剛把菜端到桌上，突然就聽到馬賴用泰雅語說 "ktay ki, ini maku gali kira ki, qutux qani."

「看著啊！看我等一下不把這個人給『拿下』（指痛揍一頓）才怪啊！」他眼神發出寒光，緊咬著的牙齒「喀喀喀」發出聲響，雙手握拳、鬆開，握拳、鬆開，鄰居卻是一點都沒有察覺

任何怪異。

「你趕快走，」懷湘彎腰整理桌面，順勢在他耳邊匆匆提醒，「他要發酒瘋了，你快走。」那人錯愕一下，隨即起身告別，「啊！馬賴哥，我有事情先回去了。」講完也不等回答，立刻轉身匆匆離去。

"qutux qu lkpngan qani."

「哼！這個膽小鬼！」看到鄰居匆匆逃離，馬賴冷笑起來。對於先生日漸加劇的暴力傾向，懷湘內心非常擔憂，她倒不是怕自己被打，這些年，家裡內外一切大小事務，都是她在承擔和發落，加上拉號娘家對她的支持，馬賴平常已經不太敢隨便對她動手動腳。她最擔心的是孩子們，馬賴只要心情不好就會拿小孩子出氣，罰站是最便宜的，有時候還要辱罵、挨打。志文有一次因為把電視遙控器搞丟了，被馬賴打到兩腿一條一條黑青瘀血，用來打他的竹棒整個都開花斷裂，懷湘下班回來看了好心疼，一面幫孩子抹藥，一面掉眼淚。夢寒有一次也被打得很莫名其妙，那天懷湘剛好休假在家，夢寒從學校放學回來，一進門看到媽媽在家就很高興的說：「媽媽，老師選我代表班上參加學校的繪畫比賽唷！」「真的啊？妳好棒喔！」懷湘正在挑菜，那是她早上從拉號帶下來的一大籃茼蒿，準備晚上煮火鍋用。

「出去，出去！」馬賴突然對夢寒大吼，「出去！重新再來來一次，沒禮貌。」他憤怒的站起來，拉了女兒背在肩上的書包往門外推，「啊！」夢寒差點撞到門框，「為什麼要這樣？我怎麼沒禮貌了？」她嚇得哭了出來，卻不知道自己做了什麼得

罪父親。

「啪！」馬賴一巴掌打得女兒左臉頰立刻五條紅痕，「啊呀！你幹麼亂打她？她做什麼了啊？」看到馬賴舉起手又要打下去，懷湘一個箭步上前護住女兒。

「沒有禮貌，」馬賴大聲罵，「看到人不會叫，我最討厭沒有禮貌的人。」他說，「都讀國中了還不懂禮貌，出去，重新來過。」他還是很憤怒的叫女兒重新再來。「阿文、阿豪，你們也一起出去，全部給我練習禮貌。」兩個男生早就在房間門縫看到這一切，爸爸一叫立刻跑出來，三個孩子走出門去，先把門關上，然後開門進來，「爸爸好！」每個人一進門對馬賴鞠躬問好，「大聲一點！」他對還在哽咽的夢寒說，「爸爸好！」夢寒深深一鞠躬喊著，「嗯！以後要有禮貌，知道嗎？」他說，「知道了。」三個孩子一起回答。

「你乾脆跟他離婚算了，」秀芳每次聽完懷湘訴苦，都會氣得叫她離開馬賴，「把孩子一起帶走，反正現在也是妳一個人在養孩子啊！」她說。雖是這樣沒錯，但懷湘還是不希望自己重蹈父母的覆轍，她認為孩子應該要有爸爸、有媽媽住在一起才是個完整的家。「那妳自己要為自己打算，」秀芳說「不要把所有的錢都讓他知道，要存一點自己的私房錢，萬一需要用到的時候，就可以拿出來用了。」秀芳是客家女孩，雖然還沒結婚但很懂事，她很心疼好朋友的處境，常常教懷湘要對自己好一點。

這一天，餐廳輪到懷湘休假，她把家事打理完，馬賴的午餐準備好就騎了車上山看父親。

"wal mqumah ngahi slaq kyahu qasa yaba su." 「妳爸爸到下面那裡的田園去幫甘藷除草。」她剛把一包餐廳帶來的筍絲滷蹄膀放在餐桌上，亞大比黛那尖細的嗓音就在身後響起，"nanu say maku rmaw mqumah." 「那我去幫他除草。」懷湘回答。雖然平常上班很辛苦，但休假的時候卻常往父親家幫忙工作，父親是她摯愛的親人，是世界上唯一真心疼愛她、從不讓她失望的人。

雖是初夏，但六月的陽光卻已經開始發威，才十點多就讓人有點受不了的炎熱，她拿了一頂斗笠往頭上戴，就直接朝田地走去。"aba!" 「爸！」嫁到以泰雅語為主的後山部落之後，她就常以泰雅語跟父親說話，即使已經當了媽媽，懷湘對父親還是像小時候一樣的撒嬌，遠遠就要讓父親知道她來了，通常父親也會立刻答應她的。她快步往甘藷田走去，改種其他作物的梯田，有比人高的玉米株隨風搖曳，也有綠油油的甘藷田，其中最方正最大的一塊種著玉米，正是磊幸曾經說過要給懷湘的那塊田地。"aba! aba! cyux su inu?" 「爸！爸！你在哪裡？」父親沒有回應她的呼喊讓她很不習慣，玉米株擋住了她的視線，也不知道父親為什麼不回答她。她撥開玉米擋在身前的長葉子，看到了倒在甘藷田中的父親，他身體往前彎曲，跪在甘藷田中，一手支撐著身體，一手握拳像要捶打左胸，黝黑的臉痛苦的扭曲著。"aba! nyux su hmswa la?" 「爸！你怎麼了？」她一看不對勁直接踩過甘藷葉子，立刻飛奔到父親身邊，「呃……呃……」父親看見她來便試圖跟她說話，然而卻痛苦得說不出話來，"uwah! anay misu spanga." 「來！我背你。」她蹲下

去想都不想抓著父親的雙手就往背上拉，也不知道她哪裡來的神力，竟然真的把高大壯碩的父親給背了起來，她連背帶拖非常吃力的跨過甘藷園，穿過玉米田往家裡的方向去。

　　"ay! hmswa? hmswa yaba su la? "「哎！怎麼了？妳父親怎麼了？」好不容易到了田邊小路上，鄰居看見趕緊跑過來，一把將磊幸從懷湘背後接過去背起來，"nhay hazi say kmal mama su Watan ha, nyux mnbu yaba su la gusa, aras pkita sinsiy gusa. nhay! "「趕緊去跟妳的瓦旦叔叔說，說妳父親生病了，請他帶去看醫生。快！」"aw! aw!"「好！好！」懷湘二話不說立刻衝往叔叔家去，公務員的瓦旦收入穩定，妻子米內持家有道，幾年前退休，買了一輛小車，家中也安裝了電話，在部落算是少數有汽車的人家。

　　"mama Watan! mama Watan! cyux mnbu yaba mu la, aras mkita snsi ha ma?"「瓦旦叔叔！瓦旦叔叔！我爸爸生病了，可以帶他去看醫生嗎？」

　　"hmswa? hmswa yaba su ？"

　　「怎麼了？妳爸爸怎麼了？」正蹲在院子修理狗屋的瓦旦看到姪女氣喘吁吁一臉驚慌的模樣就知道事情不妙，丟下手上的老虎鉗起身往懷湘那頭問。

　　"baqaw ta, cyux mxal skutaw nya ru ini qbaq mkangi la!"

　　「不知道啊！他的胸口在痛，而且他不能走路了！」她跑得滿頭大汗，邊喘邊說。「啊！」瓦旦直覺事態嚴重驚呼一聲，立刻快步往哥哥家走去，沒走幾步便見磊幸被鄰人背著非常吃力的往這裡走來。瓦旦看了立刻轉身跑進家中拿了車鑰匙

來不及換衣服就衝出去發動車子。

"ay ay, nanu nyux mamu bhyagun qani? ana ga kryaxa ta ha ru usa ga."

「哎哎！你們這是在追趕什麼？我們至少先吃個午餐再去呀。」正在廚房準備午餐的米內嬸嬸看到先生衝出屋外，好奇的追出來看，此時兩個男人已經將磊幸「裝」進後車廂，所以她不懂這是怎麼回事。"懷湘，nyux sqani pila ru 健保卡 ni yaba su, aras."

「懷湘，這裡有錢和妳爸爸的健保卡，帶去。」比黛也追了過來，把一個包包遞給懷湘。懷湘接過錢包就和叔叔、鄰居們上了車往山下疾馳而去。

從山上到鎮上的大醫院，即使飆車也要五十分鐘左右，加上磊幸在甘藷田裡早已發作不知道多久，當他們終於趕到醫院時，磊幸已經陷入重度昏迷，在醫護人員盡力搶救之下，卻依然回天乏術而因心臟衰竭不幸過世了。

父親的驟逝讓懷湘傷痛欲絕，世上最愛她也是她最愛的親人離開了，她整個人被挖空了似的無神。那樣深沉的哀慟連馬賴都感受到，也暫時不敢亂發酒瘋了。

「喂？妳要找誰？」電話那頭是既熟悉又陌生的聲音，懷湘知道那就是媽媽哈娜，她們母女幾十年幾乎沒有任何聯絡了，只有在烏來外婆家巧遇過一兩次，媽媽的電話還是舅舅給懷湘的。她搬下山之後打了幾次電話給媽媽，她總是有意迴避懷湘似的敷衍幾句就匆匆掛斷電話，後來懷湘也就不再打電話找哈娜了。父親過世了，她並沒有要告訴媽媽的意思，可是米

內嬸嬸提醒她還是應該打個電話告訴媽媽。

"ana hmswa ga, yaba su ru yaya su balay kwara nha, baha su ini kyaliy yaya su la, yasa qu gaga ta ita minqyanux hya."

「無論如何，他們兩人是妳真正的父親和母親，妳怎麼可以不告訴妳的母親呢？這是身為人應該要懂的道理啊！」

於是懷湘在米內嬸嬸家打了電話給媽媽哈娜，「喂！我是懷湘，」長大之後，她既不能叫哈娜「媽媽」也再沒叫她「阿姨」了，就像跟亞大比黛說話一樣，總是避免稱謂直接把話講出來，「我要跟妳說，呃……我爸爸死了，是心臟病。」「啊！他走了……喔……這麼早就走了……怎麼會這麼早……」哈娜對這突如其來的消息顯然受到很大的震撼，喃喃自語不敢相信。「嗯……這個禮拜六，我們就要在教堂給他辦殯葬彌撒，然後把他安葬。」懷湘心中有一點點期待母親過來送送父親。「喔……懷湘……呃……我可能不能去送妳爸爸，我很忙……喔……星期六剛好有事情啊！真的很抱歉啊！懷湘。」哈娜結結巴巴的講了不能來的理由，其實經過前幾次的聯繫，懷湘心中早有心理準備她是會這麼說的，雖然一樣是失望，但也沒那麼意外。

在瓦旦叔叔和大伯以及親友鄰里的協助之下，父親的後事終於辦好了。失去至親的懷湘非常傷痛，畢竟，父親在她生命中不論生活或感情上，從未背棄過自己。潛意識始終認為自己「不好」的懷湘，只有從父親疼惜的關愛中，可以悄悄肯定自己應該是「好的」。然而，這世上唯一可以讓她肯定自己生命價值的父親就這樣驟然離她而去，懷湘完全無法面對，她哀痛

欲絕整天失魂落魄、渾渾噩噩的過了大約半年才慢慢回過神。她知道自己總是要面對現實，她有三個孩子要養育，她還要繼續為家庭努力工作。

懷湘的公公偶爾會下山到內灣來探望兒子一家人，常常一住就是十天半個月，在農忙的時候也會去拉號幫忙工作。這一天，懷湘休假回到拉號去幫亞大比黛工作，公公剛好在內灣所以也一起去。馬賴則是留在家裡，說是要照顧孩子，幫孩子們煮飯。其實，懷湘早已經把午餐和晚餐要吃的食物都處理好，他只需要弄熱就可以吃了。

「我有事情要出去，中午妳就回來煮飯給妳公公吃喔！」亞大比黛吩咐懷湘，「我晚上才會到家，妳晚上把我曬的衣服收進來，然後煮飯給妳弟弟、妹妹吃，你們吃完晚餐再回去內灣。」她交代家事給懷湘，完全自然得像過去一樣。「喔！我知道了。」懷湘也像回到過去那樣恭敬的答應她。「喔！還有啊！妳記得去辦一下戶籍謄本和印鑑證明，然後把身分證和印章拿給我一下。」她說，「喔！好！妳要這個做什麼呢？」懷湘好奇的問，「啊！沒什麼啦！我要去把妳爸爸那些田地資料弄一弄，你們兄弟姊妹全部都有，妳這幾天趕快拿來啊！」比黛有點不耐煩了，「喔！我知道了。」懷湘答應她。

還沒到中午的時候，懷湘和公公正跪在水稻田裡除草，忽然看到馬賴葛拉亞的一個表哥篤賴（Turay）突然來了，他是馬賴媽媽堂姊的兒子，年紀比馬賴大很多，女兒都結婚，他也已經當外公了。

"wiy... Turay swa su nbah mhtuw sqani pi?"

「咦……篤賴，你怎麼難得出現在這裡呀？」公公看見他出現在這裡真的覺得很意外，畢竟篤賴跟親家磊幸並不常來往，他只是在迎娶懷湘和那次「道歉儀式」的時候來過這裡而已。

"ingat nanu yuwaw mu, si hmut mhkangi ga."

「我沒什麼事，隨便走走而已啦！」篤賴說。

"a... nanu hata tama ngasal ha, kryax ta sqani ki, Turay."

「啊……那麼，我們先回家坐坐吧，中午在這裡吃飯喔，篤賴。」懷湘算是這裡的主人了，趕緊招呼客人回家坐，她也正好先回去煮午餐。

"tama cikay ha ki, haku phapuy mami ha."

「先坐一下喔！我先去煮飯了。」懷湘打開電視，倒了一杯茶水給他，然後到阿慶伯的小店買了一瓶米酒回來要請客人喝，在部落這是當主人基本的誠意。篤賴在客廳坐一坐，又站起來往門外看一看，顯得心神不寧。

"laxi saku an saki mami ay. mnaniq saku la."

「不要幫我添飯喔！我吃過了。」吃午餐的時候，懷湘添了一碗飯端給篤賴，他直搖手說吃過了，公公則是餓得自己已經先吃了。

"nanu ana nbuw cikay ayang lpi. baha su si yangay sami maniq lpi?"

「不然，至少喝一點湯好了吧！你怎麼可以一直看著我們吃飯呢？」懷湘又舀了一碗熱湯端給他，拗不過主人的心意，

篤賴接過那碗湯慢慢喝了起來，他喝著湯，還不時往屋外瞧。

"nbuw ki yutas mu cikay ga, Turay."

「跟我公公喝一點酒吧！篤賴。」懷湘幫每個人倒了一杯酒，她舉起酒杯敬篤賴和公公。

"ay... nbuw simu nanak wah, iyat saku kun hya. yaqih maku mnbuw quaw qlyan hya wah."

「哎……你們自己喝吧，我不要喝，我是不喜歡在大白天喝酒的。」公公其實什麼時間都喝酒的，今天竟然說不喝，懷湘也不以為意的就跟篤賴喝了一小杯酒，畢竟，她代表這裡的主人，有義務招待客人。

"ay, nyux simu smzyogun gan la, haku la, haku lki."

「哎！我讓你們麻煩了，我該走了，我走了喔！」才剛吃完飯，沒聊幾句話篤賴就急著告辭要回去了。

"cisal ta ha, nanu tqohun su lpi? "

「我們再聊聊啊，有什麼事情讓你那麼急呢？」公公留他再坐坐，篤賴還是說要回去了。

"aw, nanu thuhway musa ki."

「好吧！那你慢走啊！」懷湘起身送客，陪篤賴邊走邊聊，走了一段路之後才跟他揮手道別。

下午，懷湘和公公繼續下田除草，到了傍晚，公公就說他不在拉號吃晚餐了，他要自己先搭車回內灣去。

"yutas, qaniq ta sqani ha ru pgluw ta musa gbyan ga."

「公公，我們先在這裡吃完晚餐，然後我們一起回去呀。」懷湘說。

"ay... haku lama mhngaw ngasal knan hya wah, m'uy saku la."

「哎……我還是先回家休息，我很累了。」他說。既然如此，懷湘也不勉強他，就拿了錢讓公公自己搭車下山回家。她自己是不可能提早回去的，因爲她還要把亞大比黛交代的事情做完。

原來，公公之所以執意要先回去是有原因的，今天篤賴突然出現在磊幸家讓他覺得很奇怪，他在觀察篤賴和媳婦之間的互動之後，心裡就自己有了結論。

"sazing hi nha qani ga, maki yuwaw nha."

「這兩個人之間，一定有問題。」公公一回到家就跟兒子告狀，說媳婦跟篤賴有說有笑，不幫他添飯卻幫篤賴添飯、舀湯、斟酒。

"memaw nya wal son smatu qu Turay qasa."

「她甚至還送那個篤賴出去。」他說。事實上，在懷湘拉號的家族來說，她今天所做的只是基本的待客之道，公公家很少跟親友往來，是不注重這些的，所以他看在眼裡就覺得媳婦這樣的行爲有問題。馬賴聽到自己的老婆竟然跟表哥有曖昧，怒氣直上腦門。

"qutux qyaqih qa."

「這個混帳東西。」一拳打在茶几上，「碰！」的一聲，孩子在房間裡知道爸爸要發作了，全都不敢出聲音非常害怕。

"rima maku pnung mha cyux rangi nya kneril hogal qu Turay qasa ma squliq."

「我老早就聽過人家說那個篤賴在外面有一個女朋友，」公

公說。

"ga, aw baq sa ina gaw, ay ay talagay qa la."

「原來是媳婦啊，哎呀……哎呀……這真是的。」公公搖著頭非常不以為然。馬賴坐在椅子上，眼睛盯著電視看，卻已經「喀喀喀」的開始咬牙切齒起來。

懷湘把亞大比黛交代的事情做完之後，便騎車下山回家。她在樓下停車的時候，馬賴就已經知道她回來了。

懷湘爬上樓才一開門，就撞到怒髮衝冠的馬賴，「妳這個賤女人！」馬賴一把抓住她的頭髮直接把她摔進客廳，「啊！」懷湘來不及反應，整個人摔倒在地上，「你幹麼打我？」她雙手撐地坐起來，轉頭問馬賴。

「幹什麼打妳？問妳自己啊！」他一腳踹下去，懷湘被踹得趴在地上，馬賴還不停手，「碰！」把她抓起來再朝牆壁用力摔過去，「碰！」懷湘重重撞在牆上，牙齒咬破嘴唇，左下唇立刻冒出血絲並腫了起來，「怎樣？會賺錢了，是嗎？」抓起她的頭髮再往椅子上摔過去，「碰！」嬌小的懷湘像一只布娃娃，被狂怒的馬賴抓過來、摔過去一點反抗的力量都沒有，「賺錢買酒給男人喝，是嗎？」馬賴布滿血絲的雙眼瞪得大大的怒視著懷湘，「妳也會偷玩男人了啊？啊？」他愈說愈怒，毆打妻子的力道也愈大。

「爸！不要打媽媽啦！」三個孩子在門縫偷看外面的情形，雖然非常恐懼，但實在不忍心看媽媽被打成這樣，鼓起勇氣衝了出來，反而是告狀的公公躲進房間，當成什麼都不知道。

「我沒有男人啊！」懷湘被打得莫名其妙，馬賴在說什麼她一點也聽不懂，「你又在發酒瘋了是嗎？」她搖搖晃晃的站起來，背後一陣涼意才知道自己衣服破了。她伸手摸了摸背後的衣服，「啪！」馬賴一巴掌又打了過來，「碰！」懷湘來不及躲開，又被這巴掌打到跌在地上，臉上、手臂上多了幾道血痕，「媽媽！」夢寒和志豪跑過去抱住媽媽，哭了起來。「爸爸，不要打媽媽了啦！」志文全身發抖，卻還是用顫抖的聲音求爸爸不要再打媽媽了。

　　「走開！」他用力把三個孩子拉開，孩子們恐懼的啜泣、發著抖縮在客廳一角，不忍心看媽媽的慘狀。

　　「呼……竟敢給我玩男人，」他喘著氣，怒火完全沒有因為孩子的懇求而稍微轉小，反而像是愈搧愈旺的烈火愈打愈起勁，「玩到我表哥去了，啊？」馬賴像一頭瘋狂的野獸，懷湘完全無力招架，只能用雙手無奈的擋暴風雨般的拳打腳踢。懷湘掙扎的站起來，要往房間躲去，「賤女人！」馬賴一把抓住她的前襟，用力往下扯，懷湘的上衣「唰！」的一聲，從胸前裂到肚子，裡面的胸罩露了出來。「啊……」懷湘雙手護住胸前，奮力掙脫馬賴的拉扯，轉身朝門外狂奔而出。

　　懷湘連滾帶爬的下了樓，衝出公寓大門就拚了命的逃離地獄般的屋子。「媽！媽快跑啊……」「想跑？妳給我回來！」"ina... ina...."「媳婦……媳婦……」屋裡傳來孩子和大人的呼叫聲，公公竟然也出來了。懷湘緊抓著裂開已經不成型的衣服，打著赤腳把眾人的呼聲遠遠拋在背後，不顧一切的往拉號的方向狂奔而去。

"ina! ina...."「媳婦……媳婦……」公公和孩子下樓在她後面追著她跑，可是沒多久，她的背影就消失在黑暗中，公公他們追了大概兩公里左右就放棄而轉回家去了。懷湘狂奔了一陣子，聽後面沒有追她的聲音，狂奔的腳步改成疾行，她再走約兩公里之後，確定沒有人追來，就放慢腳步在半夜的山路上慢慢往父親家走去。沿山壁開鑿的馬路右邊是山、左邊是河川，她一個披頭散髮、衣衫不整的女人，打著赤腳單獨走在半夜三更的山路上，她忘了哭，也不知道要害怕，只是不停的往前走去。半夜的山路漆黑難辨，還好天上一彎上弦月，照出一條模糊的道路，她偶爾會踩到路面上的窟窿而跌倒，但這些跌跌撞撞的痛，在她早就傷痕累累的身上也增加不了多少的痛了。

快走到拉號部落的時候，懷湘才開始把剛剛那場莫名其妙的浩劫，一點一點抽絲剝繭的慢慢整理起來，她想起來馬賴說的「玩到我表哥去了，啊？」那句話，再對照今天下午公公奇怪的反應，恍然大悟原來馬賴毒打她是爲了今天下午篤賴來到拉號的事。所以，一定是公公先回家的時候，跑去跟兒子說了自己的閒話，馬賴才會震怒而毆打她的。這樣一想通，她便又氣憤又委屈的哭了起來，忍住的情緒一旦開始流淚，所有的怨恨、委屈、傷痛全都爆發出來，「哇……嗚……嗚……啊……嗚……」她便在半夜的山路上放聲狂哭，淚水像決堤的河水不斷湧出，淋溼了她裸露的胸膛。

「亞大！亞大！」走到父親家時，大約凌晨五點，亞大比黛也快起床了，聽到有人在外面敲門，趕緊出來看看是誰。

「咦？懷湘，妳這麼早來做什麼？啊……妳的衣服，馬賴

打妳是嗎？」亞大看到傷痕累累、一身狼狽的懷湘，不用問也知道怎麼回事，趕快開門讓她進來。懷湘和這位後母之間的互動從來就沒有屬於溫情的部分，所以，即使像現在這樣的狀況，彼此也不習慣表現關懷的一面。「我有衣服在樓上，我要先洗澡。」懷湘說。「電視下面的櫃子抽屜有藥，妳拿去擦一下，玉鳳剛好放假回家，等她起床我就叫她上去幫妳的背後也擦一下藥。」大妹妹玉鳳國中剛畢業沒多久，就跟以前國中的學姊一起到外面上班了，說是在桃園一家紡織廠當作業員。亞大比黛剛剛說的這幾句話已經是她嫁到磊幸家以來，對懷湘說過最關心她的話了。懷湘還記得以前上學，布鞋都已經開著大口好幾天了，亞大卻視而不見，必須等懷湘自己開口要求，她才拖拖拉拉的不甘不願的拿錢給她自己去買。可是對弟弟、妹妹們卻完全不一樣，鞋子只要稍微舊一點就會買新的給他們，而這只是差別待遇中的一件事而已，生活上許許多多的不公平對待在懷湘看來，也只是再一次證明自己「不好」而已。

天亮之後，妹妹玉鳳上樓幫姊姊擦藥，玉鳳從小是懷湘在照顧的，兩人感情很好，看到姊姊身上青塊紫一塊的傷痕她非常不忍，「姊夫太狠了吧，他真的好可怕。」玉鳳說。

「他每次發酒瘋就是這樣，唉……」懷湘不知道該怎樣跟妹妹解釋，國中剛畢業的她長得亭亭玉立了，但感覺上還是個無憂無慮的孩子，懷湘想想自己在她這個年紀已經是一個孩子的媽媽了，感慨的歎了口氣。

在爸爸家休息了一下，懷湘還是搭客運車到竹東上班去，同事問起身上的傷痕，她就說是騎車跌倒摔傷的，其實大家都

看得出來那是被毆打的痕跡，傷成這樣還要勉強來上班，苦命人賺辛苦錢，沒有人忍心拆穿她。秀芳看到好友傷成這樣非常心疼，「妳下班後到我家住吧！」她說，「妳回去一定會再被打。」

「可是，我的孩子怎麼辦？」懷湘最放心不下的就是孩子們，「馬賴最近常常發酒瘋，孩子每天都很害怕。還有，我不回去他們就沒東西吃啊！」

「不行啦！妳至少過幾天再回去，等他冷靜下來再回去吧！」秀芳說，「做爸爸的不至於把自己的孩子吃了吧！妳不是說妳公公在嗎？他會照顧他們啦！」秀芳堅持要懷湘住到她家，懷湘沒有代步的摩托車也就只好暫時住到她家。

兩天後，懷湘從葛拉亞的鄰居婦女口中聽到一個消息，婦人是來喝喜酒的，在與懷湘寒暄時，順便告訴她。

"baqun su Turay mamu? minhyan na pemukan 十分寮 ma."

「妳知道你們的篤賴嗎？聽說他被十分寮的客家人給揍了，」婦女壓低了聲音跟懷湘說。

"aw mnwah ngasal yaba su Rahaw ha mrwa? suruw nya lga, masa 十分寮 lm ru...."

「據說他先到了你父親拉號的家啊！之後他就前往十分寮……」

鄰居婦女說篤賴到拉號那天在十分寮被人圍毆受傷住院了。原來他跟一個住在十分寮的客家有夫之婦交往，這件事早已被注意了，是那女人的先生找人來堵他的。

"han... yan nasa ga...."

「喔……原來是那樣啊……」懷湘這才恍然大悟，自己是代篤賴受過了。原來那天篤賴約女人在拉號磊幸家會合，兩人要一起出去的，女人後來沒有出現，難怪篤賴心神不寧，飯也吃不下，沒一下子就走了。等不到那女人，他就直接前往十分寮看她為什麼失約，就這樣被人在馬路上毆打成傷。這件事已經傳遍葛拉亞，當然，懷湘的公公和馬賴也一定知道了。這件令懷湘莫名其妙被痛毆的事件終於水落石出，讓她哭笑不得也深感委屈無奈。但是，還有一個消息更是讓她驚訝。

"wi! Kahul su Kraya ga? "

「咦？妳是從葛拉亞來的啊？」隔壁桌的一位大嬸看到懷湘跟鄰居婦人在說話，耳朵早就豎了起來，沒多久就忍不住轉過身來加入她們的談話。

"nanu ki'a su baqun Buta rwa? "

「那麼，妳應該知道卜大吧！」她說。

"yaqih balay utux nya, wal rasun 'laqi nya ktu qu kneril nya Yabay qasa la...."

「他的命不好，他那個妻子雅拜被她肚子裡的孩子帶走了，」大嬸搖搖頭歎息著。

"a... nanu maha su? "

「啊！妳說什麼？」懷湘從篤賴事件的真相中，才慢慢要調整自己被誤會痛毆的委屈無奈，突然聽到這個消息，讓她更是異常震驚，差點把捧在手上高高一疊剛整理的小碟子給摔下去。

"balay ga, kntan maku squ ki'a zik osa nya qasa ga, memaw

balay moyan qani kinqthuy kakay nya gaw, m'ba' lga, siqan balay ki."

「眞的啊！我在她大概快要離開那時見過她，她的腳大概這麼粗呢！腫得厲害，眞是可憐啊！」大嬸兩隻手圈起來比了一個雙腳腫大的樣子，原來雅拜懷孕時患了嚴重的妊娠毒血症，血壓飆高，整個人水腫得很厲害，大嬸說雅拜在前一段時間就在睡夢中與腹中約四個月的胎兒一起往生了。

"ay... siqan balay ki...."

「唉……眞是可憐啊……」懷湘震驚得眼睛、嘴巴張得大大的，旁邊的賓客也是此起彼落的歎息著。想起過去與雅拜一同上山工作的情形，她眞不敢相信這麼年輕活潑的女孩，竟然因爲懷孕的關係，便匆匆告別親友，早早離開了人世。「唉……」她長歎一聲轉身繼續忙碌，內心卻是百感交集，想想自己經歷了多少的折磨，再怎麼困苦艱難，也平安的生下了三個孩子；怎麼雅拜嫁給勤奮、負責任又體貼的卜大，卻竟然是這樣的命運。一想到卜大，懷湘心上一陣暖流盪漾，雙頰突然熱了起來，她下意識的用手掌敷了一下雙頰，有點心虛自己不該在這樣的時候還在胡思亂想。一整天的工作中，篤賴和卜大這兩個消息在懷湘心中不斷重播，各種情緒交雜之下，使她心不在焉的出了不少小差錯，還好沒有什麼大礙，只是覺得這一天格外漫長，身心特別疲倦。

關於篤賴的事件，現在終於眞相大白，懷湘鬆了一口氣，「我今天可以回家了，」她說，「秀芳，妳中午載我回去好嗎？妳送我到樓下就好了，不必上樓，我拿菜去給他們吃，下午就

自己騎車來上班。」雖然身上的傷痕還沒痊癒，被毆打的慘狀歷歷在目使她餘悸猶存，但只要想到孩子們恐懼的樣子，做媽媽的也就忘了一切，只想趕快回去保護他們。

「這個菜晚上可以弄熱給孩子們吃，」懷湘就像平常一樣帶著餐廳的菜肴回家，馬賴坐在客廳看電視，他手拿著遙控器對著電視「啪啪啪」不斷轉台，兩人都沒有再提前兩天的事情。

"nyux su lga? ina."

「妳來了是嗎？媳婦。」公公在房間睡午覺，聽到媳婦的聲音就走出來看她。

"yaqih balay bnkis hya lga, min'uqu saku balay la, laxi si inlungan su ki, ina."

「人老了就是這麼不好，我真的搞錯了，妳不要放在心上啊！媳婦。」這是他最誠意的道歉了。

"nway la, yutas."

「沒關係了，公公。」懷湘說。

"ini qyaqih qsliq maku, laxi ta 'an skal qu wayal hya la, yutas."

「我沒有難過了，過去的事情我們不要再提了吧！公公。」她說。馬賴雖然聽到他們的對話，但還是一句道歉都沒跟懷湘說。等懷湘要去上班的時候，馬賴把家裡的無線電話拿給她，「這個壞掉了，妳拿去竹東修理一下。」電話就是那天晚上馬賴摔壞的，懷湘拿了電話就出門上班去了。

從後山搬到內灣已經三年多，馬賴酗酒成癮，飲食作息不正常，幾年下來，外貌變得黯淡枯槁，如今已不復當年田徑隊長的壯碩健美，甚至夫妻床第間事也常常力不從心，「性」匆

匆執矛跨馬宣戰，往往三下、兩下便棄械投降，他自己是非常挫折，懷湘卻反而高興落得輕鬆。對於每天為家計勞碌奔波的懷湘來說，一場好覺遠比有性無愛的性愛重要多了。懷湘本來就長得像「清流園之花」的媽媽哈娜一樣漂亮，只是多年在山上忙碌的工作，加上生養子女，完全沒有時間、精神和金錢去注重外表的修飾。現在上班從事服務業，她必須保養外貌，有錢可以幫自己添購漂亮的服飾、保養品、化妝品，也變得愈來愈會打扮自己，於是，二十八歲的她還是顯得那麼年輕貌美，跟頹廢老態的馬賴兩相對照，外形實在天差地遠。

這些年，懷湘忍受著馬賴對她的各種身心摧殘虐待，即使過去曾經有那麼一點情感的寄託，在這樣煎熬的生活中也早已消磨殆盡，懷湘現在對馬賴早已經沒有什麼感情可言。對於性事，在她的內心是極度厭惡排斥的，每次都像是被強暴一樣痛苦，所幸，她後來慢慢找到一種讓自己減輕痛苦的方法。這是他們到葛拉亞野外的「祕密基地」那次，懷湘第一次體驗到性愛無以倫比的美妙感受，那天，她學會了如何讓自己在這樣的狀況之下能夠減少痛苦。於是，每當夜晚的風暴來臨，她便將雙眼緊閉，讓思緒掙脫風暴，離開身體天馬行空的到處翱翔，等待風停雨歇，身邊的馬賴轉身呼呼大睡時，「唉……」思緒總隨著她一聲無奈的輕歎，靜悄悄的墜跌回這不忍細想的現實。

懷湘從小就經驗了支離破碎的家庭，到處寄居的童年，以及後母冷酷磨練的少年，她對於弱勢的人總是多了一份同情，所以馬賴無業、酗酒、暴戾的性格雖然讓她和孩子吃盡了苦

頭，但在她內心的最深處卻是同情馬賴的。就像她無怨無悔的為整個家庭、孩子的付出，她照顧馬賴，甚至是配合他生理上的需求，在懷湘看來都是一樣的，是她必須承擔的責任，至於這些為什麼全部都是她一個人的責任？這個她卻從未想過，或者是她根本也不願意認真去想的問題了。

懷湘因誤會而慘遭毆打的事情，被米內嬸嬸知道了，她告訴先生瓦旦。瓦旦聽了非常生氣，做叔叔的必須幫這個姪女伸張正義，於是集合了家族長老，把親家和馬賴都找來詢問。懷湘的公公自知理虧，不斷的認錯道歉，馬賴則一樣低頭不語。像馬賴這樣無緣無故毆打人家嫁給他的女兒，照理說是會被他的妻舅們重重修理一頓的，但瓦旦看在親家誠心道歉的份上，也不必得理不饒人，再想想姪女終究是要在他們家生活下去，最後就像上次馬賴「踩過狗屎」那次一樣，只象徵性的「處罰」他們一點鹹魚和豬肉，分送給懷湘的堂兄弟們，讓他們知道這件事已經和解了，以後在路上遇到馬賴就不可以再「教訓」他了。

經過這次「毆打」和「和解」事件，馬賴的脾氣變得更加詭異而令人捉摸不定了，孩子們只要看到他開始變臉就會不自主的發抖。「會賺錢了，是嗎？」似乎那天他罵懷湘的話語當中，正是他內心最深的吶喊和恐懼，這些就是令他無力承受而必須透過暴力去紓解的壓力和恐懼吧！

「媽，爸爸叫我們來拿修理的電話。」這天中午，夢寒和兩個弟弟一起到餐廳來找懷湘，「爸爸說到妳這裡來拿修理電話的錢。」懷湘把錢拿給孩子，「你們快去拿電話，這裡多一百元

給你們，夢寒妳帶弟弟去買點東西吃喔！不要在竹東逗留，要趕快回家去。」孩子很開心的拿了錢就回去了。

下午休息時間，懷湘一樣帶著餐廳的菜肴騎車回家，她到家了孩子卻還沒到，「嗯？他們怎麼比妳還慢回來？」馬賴還是在客廳一瓶酒配電視機，「我是直接騎車回來，他們要等巴士會比較慢啊！」懷湘說。沒多久，孩子們回來了，「電話修好了，」夢寒把電話拿給懷湘，「還有剩下的錢在這裡。」她把錢從口袋掏出來還給媽媽。

「出去，出去，出去，重新再來一次。」馬賴站起來生氣的把三個孩子趕了出去，三人立刻出去，一個一個重新走進來，每個都恭恭敬敬的對馬賴鞠躬：「爸爸我回來了。」馬賴「哼！」的一聲斜眼看了懷湘一眼。

「電話拿來！」馬賴伸手叫懷湘把電話拿給他，「給你！」懷湘走近他把電話遞了過去，馬賴把電話拿在手上翻過來翻過去的看了一會兒，突然他舉起手上的電話「碰！」的一聲往對面牆壁重重的砸了過去，電話的外殼和裡面的零件「乒乒乓乓」的散開落了一地，孩子們都嚇得不敢出聲音，「哼！」馬賴冷笑一聲，繼續喝酒看電視。

晚上，懷湘在餐廳接到夢寒從公用電話亭打來的電話，「媽媽，我跟妳說，妳走了以後，爸爸說等妳下班回來的時候，他要殺妳。」夢寒的口氣非常緊張害怕，「媽媽，妳不要回來吧！他會殺妳的。」女兒說，「我不能講太久，我要回家了，再見！」電話急急忙忙就掛了，懷湘呆呆的拿著話筒，腦海一片空白，話筒發出「嘟嘟嘟」的聲響驚醒了她。這是她第一次

聽到馬賴要「殺」她，她不知道這句話真實的成分有多少，也不知道那跟馬賴常常說的「打死妳」有什麼差別，整個晚上她在餐廳像個遊魂一樣工作，秀芳知道她心情不好就幫她多做一點。

今天是領薪水的日子，下班的時候懷湘把薪水袋放在包包裡塞進摩托車坐墊底下，「這十元我放在口袋裡好了，」她把薪水袋裡的一個十元零錢倒出來，笑著跟秀芳說，「萬一有什麼事需要打電話，這十元可就很好用囉！」她是在開玩笑，但真的順手把十元塞進長褲後面的口袋裡，然後跟秀芳道別騎車回家去了。

到家樓下，懷湘把車停好了想到女兒說的話，有點擔心馬賴是不是說真的，她想一想就先上樓看看狀況再說好了，於是便輕手輕腳的上樓，慢慢轉開鑰匙，「呀——」輕輕把門推開，首先是迎面撲鼻的酒味，這是時常有的事也不稀奇，但當她再走近一步，透過電視螢幕閃爍的亮光，赫然看見黑暗的客廳茶几上躺著一把亮晃晃的獵刀，馬賴手上拿著一杯酒，看到妻子回來馬上把酒杯往她的方向砸了過來，「砰！唰！」他沒有射準，酒杯砸在牆壁上，碎了一地。

「什麼了不起！」馬賴拿起獵刀「呼！」一下站了起來，「看我把妳殺了……」還沒等他說完，懷湘早就拔腿往樓下逃了出去，「回來！」馬賴也追了下來，「想跑去哪裡？」他喝了酒腳步比較遲鈍，但還是在後面追。懷湘不敢回頭看他，沒命的往前狂奔而去，感謝黑夜的保護，懷湘跑到了火車站附近就不見了蹤影，馬賴在內灣街上繞來繞去吼著、叫著，一個醉漢

在街上發酒瘋，沒有人出來理他，不久就自己搖搖晃晃的回家去了。

懷湘出了家門就拚命往前狂奔，聽到馬賴追了過來她更是沒命的逃，她知道自己一定跑不過曾經是田徑隊長的馬賴，所以要找個地方躲起來才可以。她奮力往前逃，完全不管前面是哪裡就專往黑暗的地方去，看到左邊的火車站，就左轉往火車站的方向去。上了站外廣場的階梯，躲進車站後面的黑暗處，車站後面有個堆放廢棄物的角落，她就往那堆廢棄物裡鑽去，縮著身子躲進一片爛木板底下，當她把自己藏好了之後，才開始害怕得全身發抖。

懷湘躲了一陣子，確定馬賴沒有追過來之後，慢慢的推開木板走了出來。她摸了摸褲子後面的口袋，拿出那枚救命的十元銅板走到車站外面的公用電話，撥電話給竹東的秀芳。

「妳趕快去包計程車來我家，」秀芳聽到馬賴竟然真的要殺懷湘，嚇得連說話都在發抖了，「我會下樓去付車錢，妳趕快去找計程車。」懷湘掛了電話就到計程車司機老邱家去敲門，請老邱載她到竹東去。雖然已經很晚了，但老邱知道她的狀況之後，就二話不說的出來開車載她下山到竹東秀芳家。

紅塵一場

　　「妳真的不可以再回去了，」秀芳跟懷湘說，「跟這種人在一起生活，實在太危險了。」她說。

　　「可是，我的孩子不能沒有人照顧。」懷湘永遠把孩子擺在第一位。秀芳看她還在猶豫，進一步分析給她聽，「如果妳昨天晚上真的被他給殺了，妳的孩子還是一樣沒有人照顧啊！」她說服懷湘一定要離開那個恐怖的男人，「就算沒把妳殺死，萬一把妳殺成重傷，誰照顧妳和孩子呢？不如妳暫時離開他到別的地方賺錢，不要讓他找到妳，妳還是可以供應孩子們的生活費用啊！」

　　「嗯……好像也只能先這樣了。」懷湘點頭接受了秀芳的建議。

　　懷湘逃出來之後怕被馬賴找到，不敢再到餐廳上班，她把餐廳的工作辭了，打電話給在桃園工作的妹妹玉鳳，希望能跟她一起到紡織工廠去上班。妹妹答應隔天就去接她上桃園，秀芳知道她有了去處，就放心了。

　　「這個錢妳先拿去用，妳唯一的十元已經打電話用掉了，不是嗎？」隔天一早，秀芳拿了一疊鈔票塞在懷湘手中，「我整理了幾件換洗衣服，妳拿去穿吧！只是可能大了一點，這只是暫時的，妳就將就一點了。」秀芳提一個包包拿給了懷湘，真虧她想得周到，懷湘逃離魔掌的時候，身上就只有一枚十元

硬幣和那一身衣褲而已，連剛領的薪水都丟在摩托車後座，根本來不及拿出來。嬌小的懷湘的確比秀芳小了一號，但還是可以穿她的衣服。

　　「秀芳謝謝妳，等我領到錢就寄還給妳啊！」懷湘好感恩這個朋友的貼心，「可是，我還不知道他們工廠會不會要我……」國中沒畢業的她其實有點擔心自己不被錄用，但還是得去試看看。

　　「衣服就送給妳穿了，這樣妳才會想念我啊！呵呵……」秀芳笑著說，「錢也不必急著還我，我一個人沒老公、孩子要養，錢到我手上只有亂花，放在妳那裡生利息啦！」她說。

　　快中午的時候，玉鳳果然來到竹東接姊姊北上。她搭了一輛紅色的轎車來，開車的是一個年約三十的男子。「姊，這是我朋友小潘。」玉鳳介紹她的朋友，「這是我姊。」跟那男子說。

　　「妳自己要保重囉！」秀芳出來送他們上車，特別叮嚀懷湘，「記得保持聯絡，有事打電話給我喔！」懷湘點了點頭，滿懷的感激不知該如何表達，「秀芳，真的謝謝妳，再見了。」只能簡單道別，轉身坐進轎車裡，揮揮手告別了親愛的朋友，前往人生的下一站。

　　在車上跟妹妹簡單的敘述了昨天被追殺的經過，以及秀芳分析之後毅然決定離家的原因，車上男子聽了她的故事也很憤慨，「這男人也太可惡了，妳這樣做是對的啦！還好妳逃得快哩！」他說。兩姊妹只稍微聊了這些，就各想各的心事慢慢安靜下來，還好車上的音響播放著流行歌曲，氣氛才不會因為沒有交談而尷尬。

車上了高速公路之後便一路飛馳北上，懷湘雙眼望著窗外急速變換的風景，內心卻是酸鹹苦澀難以形容的煎熬。首先想到的是三個可憐的孩子，媽媽不在身邊的日子，不知道他們還要面臨怎樣的磨難；然後，她想到自己將要面對的，完全不可知的未來，「唉……」她閉起眼睛，輕輕歎了一口氣，輕得車上沒有人聽到。

　　車子從新竹上高速公路之後開了好久，大約一個多小時了卻還沒有到桃園，懷湘結婚之後就再也沒有出過遠門，所以對外面世界的概念是模糊不清的，但她知道桃園跟新竹是兩個相連的縣，怎麼需要那麼久的車程？她就覺得很奇怪了。「桃園怎麼那麼遠呢？」她問前座的玉鳳，「喔！呃……我們不是去桃園啦！」妹妹說，「我是要帶妳去基隆，呃……我在那裡上班。」妹妹回答得吞吞吐吐。

　　「妳不是說妳在桃園的紡織工廠工作嗎？那妳後來是換去基隆的工廠工作了嗎？」懷湘問，「喔……我到了再告訴妳啦！」玉鳳說。既然換到基隆上班，前幾天回家為什麼不說呢？懷湘本想繼續追問，看到前面一個收費站到了，她就好奇的往外看，一整排長長的收費亭上面五個大字「汐止收費站」，車子果然早就超過桃園來到台北境內的汐止，再往北就到基隆了。

　　車子下了高速公路之後，面前出現的是停滿船舶的基隆港，不久車子就鑽進基隆市區的街道了。小潘在街角找到一個停車位把車停了下來，「我們先下車去吃點東西，」玉鳳帶姊姊到基隆廟口附近吃了一些小吃之後再回到車上，懷湘想妹妹現

在應該是要帶她先回住處安頓一下，沒想到玉鳳說：「我要上班了，先到我公司去一下喔！」車子開進一條巷子，停在一家店門前，「姊，妳人下來就好了，東西放車上。」懷湘把包包放回車上，下了車還來不及看那是什麼店，就被妹妹帶了進去。

「姊，客串一下喔！」妹妹拉著她進到大廳，「趙媽，這就是我姊姊啦！」玉鳳對坐在大廳沙發上抽著菸的女人說，「喔！妳姊姊呀，好啊！好啊！」那趙媽看起來不像年輕人，也不像一般的中年人，總之就是一種說不上什麼年紀的女人，她穿著一套黑色三件式俐落的合身套裝，但頭髮卻是浪漫的大波浪鬈髮，她很快速的把懷湘從頭到腳打量一遍，點了點頭就繼續吞雲吐霧。

「這個給妳穿，把妳的衣服換下來掛在這裡。」妹妹帶她進到一間狹窄的更衣室，兩側橫桿上掛滿了長長短短的禮服。玉鳳遞給懷湘一件黑色的旗袍，她自己也拿了一件寶藍色的旗袍自顧自的穿了起來，「我先出去化妝，妳換好了就出來大廳找我喔！」玉鳳很快就換裝完畢出去，留下懷湘一個人在更衣室裡呆呆的拿著旗袍不知道這是怎麼回事。

「呀──」更衣室的門突然打開，進來了一位小姐，「妳新來的喔？」她看了懷湘一眼，很快的挑了一件禮服直接脫下身上的衣服換了起來，「沒關係啊！妳換妳的。」說完繼續把禮服穿好就出去了。她剛出去沒一會兒，兩位小姐有說有笑的開門進來，她們看了懷湘一眼又繼續談話，「李課長說今天要帶幾個朋友來喔！」一位小姐對另外一位說，「妳是說那個禿頭的李課長嗎？他出手還滿大方的，人也不錯。」另一個小姐回

答她。這下子懷湘心裡終於明白妹妹在這裡大概是上的什麼班了。她還來不及驚訝的時候，玉鳳就開了門進來，「姊，快點啦！妳還要化妝啊！」事已至此，她也只好暫時「客串」一下了，懷湘把自己的衣服脫下來，換上妹妹拿給她的黑色絲絨旗袍，這旗袍胸前繡了一枝梅花，銀色的花朵有盛開的、半開的，也有含苞待放的，懷湘雖然生了三個孩子，勞碌的生活卻讓她始終保持了苗條的身形，穿上這件合身的旗袍，身材看起來是那麼玲瓏有緻，「啊！」懷湘輕呼一聲用手遮住了胸前，因為她驚訝的發現這件優雅的黑絲絨旗袍，絲絨的部分只蓋到乳房的一半，上面的部分接上黑色透明薄紗，她的半個乳房和乳溝在薄紗輕掩之下若隱若現，「噢！」又一聲驚呼，立刻空出右手抓住裙襬開衩的部分，她又看見這件旗袍右邊的開衩已經高到臀部的一半了。「走了，走了……」妹妹根本沒有注意到姊姊的反應，拖著她到大廳化妝去了。

　　大廳裡一整大圈的沙發上，三三兩兩的小姐們散坐，聊天的、化妝的，有人抽菸，還有人正在吃便當。懷湘化完妝一手遮住前胸，另一手抓著旗袍右下襬，很不自在的坐在沙發上，「嗯！妳這樣看起來很美啊！」趙媽走過來跟懷湘說，「對了！妳記得不要把真正的身分告訴客人，也不能讓客人知道你真正的名字喔！」她說。「喔……好，」懷湘答，「呃，那……那我是誰呢？」她偏著頭傻傻的問。「呵呵，你可以取個自己喜歡的名字啊！」趙媽笑了起來，「水水呀……小柔、萱萱、可欣呀……很多啦！好記、好叫的就可以了。妳要取哪個名字？」

　　「喔……那可欣好了。」懷湘沒有特別的想法，跟著趙媽點

的名字隨口選了一個名字。

　　開車載她們來的小潘晚上帶了三個朋友前來捧場，小潘熟門熟路的在大廳跟趙媽打招呼，然後帶著「婉君」（玉鳳）再點了兩個小姐，「妳姊也算一份。」小潘跟「婉君」說，妹妹向懷湘招了招手，幾個男女勾手的、搭肩的、談談笑笑走進包廂裡，「可欣」低著頭一手遮著前胸，一手抓住旗袍右下襬，慢慢跟在他們後面走了進去。

　　一進去，「可欣」便好奇的東看西看，包廂中央一張矮桌，桌四周環狀的紅色絨布沙發，裡頭的燈光比大廳柔和了許多，這燈光照得每個小姐五官皮膚顯得更立體而粉嫩。他們四男四女很熟練的男女穿插而坐，「可欣」右邊是妹妹的朋友小潘，左邊是小潘帶來的朋友。小姐們一進包廂就開始跟身邊的男伴閒聊，每個小姐都使出渾身解數好讓身邊的客人開心。「可欣」完全不知道她該怎樣開始，正尷尬的時候，小潘隔著「可欣」跟他朋友說：「她是第一次坐檯，你要好好對她，不要嚇壞人家啦！」「哦……第一次呀？這個我喜歡。」那人看了看「可欣」轉頭跟小潘挑了挑眉毛。

　　他們叫了酒和小菜，小姐們立刻幫男客斟酒、夾菜，其樂也融融。懷湘第一次跟陌生男人靠得那麼近，身上的旗袍讓她非常不自在，可是眼看其他小姐們都跟身邊的客人聊開了，她想自己也該做點什麼，「呃……你好！」懷湘終於擠出一句話來，「妳好啊，不要緊張啦！我又不會吃掉妳。」男客說，「喔，沒有，呃……我幫你倒酒。」她趕緊拿起桌上的啤酒幫客人倒酒，她兩手忙著倒酒，瞥見身旁男客雙眼盯著自己的

胸部，「啊……」左手立刻放下酒杯急著去遮透明黑紗裡的胸部，「呵呵呵……」男客見她驚慌的樣子並沒有生氣，反而覺得有趣而笑了起來。

「妳怎麼稱呼啊？」男客問，「我……」懷湘正要開口又突然停了下來，剛剛差點脫口說出「懷湘」，又想起趙媽的叮嚀，於是停頓了一下，一雙無辜的大眼睛閃呀閃的，「我跟妳說，妳不要把妳真正的名字告訴客人喔。」男客似乎忘了自己也是「客人」，反而熱心的教她怎樣保護自己，「對對對，妳不要跟別人說自己真正的身分喔！」小潘也附和著。

「我叫可欣。」懷湘記起來自己現在的名字，小聲的告訴客人。「嗯……可欣，來！喝一點酒吧！」那客人竟然幫她倒起酒來了，「喔……我自己來、我自己來……」懷湘趕緊搶下酒杯，幫自己倒了一點酒，懷湘在山上的時候，除非必要不然她是不喝酒的，客人看她不是很會喝，也就不勉強她。酒店愈晚愈熱鬧，包廂裡的男女喝酒的、划拳的、唱歌的、玩親親抱抱的……隨著酒精的催化，每個人的情緒處在亢奮狀態，男人說話愈來愈大聲，酒愈喝愈「阿沙力」，鶯鶯燕燕、小姐們更是個個使出媚功好把男人伺候得心花怒放，甘心情願把口袋裡的鈔票掏出來。「巧巧、巧巧，請轉三番」「小倩、小倩，請轉八番」，包廂不斷傳來請小姐「轉番」的廣播，「婉君」和其他小姐整晚進進出出各包廂賺檯費。糊裡糊塗就被妹妹帶來酒店「客串」的懷湘，不敢相信自己竟然下海當了酒女，但既然「遇到了」也就硬著頭皮去面對，懷湘在懵懂驚慌中度過了她第一次當酒店小姐「可欣」的夜晚。

下班後小潘把她們載回到玉鳳租的小套房，小潘走了之後兩姊妹終於可以單獨面對面的談話，「這沒什麼啦！只是陪客人喝喝酒、玩玩而已，也沒有做什麼亂七八糟的事情啊！」兩姊妹擠在化妝台前對著鏡子卸妝，玉鳳一面小心的撕下眼皮上的假睫毛，一面故作輕鬆的跟姊姊說，「我不想讓『我媽媽』知道那麼多啦！她會囉哩囉嗦的，煩死人了。」玉鳳從小沒有聽過懷湘叫亞大比黛「媽媽」所以每次跟懷湘提到媽媽的時候都會說「我媽媽」，懷湘也很習慣說「妳媽媽」如何、如何。

　　「我想，我暫時在這裡幾天，等妳姊夫冷靜下來我就要回去了，」懷湘說，「不過，妳放心，我不會跟『妳媽媽』說的。」她知道這個妹妹讀國中的時候就愛玩，愛交男朋友，國二那年暑假還因為離家而中輟了一年，回來後勉為其難的把國中念完，一畢業就跟朋友到「紡織工廠」上班去了。只是沒想到原來妹妹是到酒店來上班，而且看起來還很熟練的樣子。

　　懷湘躺在床上輾轉難眠，整顆腦袋不斷重複播放她逃離馬賴魔掌的過程，整顆心掛念著可憐的孩子們，不知道他們這兩天過得怎樣？她內心雖是極度酸苦，但淚水似乎已流乾，「唉……」只暗暗的歎了口氣，聽著身旁妹妹規律的呼吸聲，在黑暗無神的睜著眼「觀看」腦海中一幕幕走馬燈似的過往畫面，不知道過了多久才昏昏沉沉睡去。

　　隔天下午，玉鳳帶姊姊到美容院洗頭髮、吃飯之後就到「公司」準備上班了，這次她看清楚了店門外閃著霓虹跑馬燈的招牌上閃著大大的兩個字：金船，主要因為這裡離基隆港很近，來店的客人也以靠港的船員、海軍官兵為主。

懷湘從小多舛的命運，她在短短的二十幾年當中經歷了常人一生都難以承受的磨難，這些痛苦的磨難卻造就了她適應環境的能力，以及聰明而善於察言觀色的敏銳心思。在酒店，她拿出當年第一次上山學習種香菇的精神，認真觀察身邊的小姐如何應付各種客人，學習怎樣做個稱職的酒店小姐，幾天下來，她就可以熟練的招呼客人，不像第一天那樣手足無措了。不過，比起其他老練的小姐，新進來的「可欣」就是有一種難以形容的氣質，讓男客特別想要愛護她，即使她不會划拳、不愛喝酒，客人都不會生氣，看著她楚楚可憐的無辜眼神，那有意無意遮胸、護腿的肢體動作，反而讓男客們有一種想要英雄護美的心態，對她更加有興趣，常常點她的檯，希望一親芳澤的男人一個接著一個來捧她的場。

　　「叫那個『喝茶的』來啦！」不知道為什麼，客人對於「可欣」不愛喝酒的事真的不介意，還戲稱她是「喝茶的」，進門就跟趙媽點「可欣」的檯。在酒店，如果一個小姐不陪客人喝酒，那就像是開紓壓按摩店卻不幫客人按摩一樣的失職。

　　一個禮拜之後，趙媽把這週的檯費結算給她，雖然是初來乍到的生手，但趙媽看她有自己的一套方式能夠把客人伺候得很滿意，所以很喜歡介紹客人給她。懷湘領到了酒店上班的第一份薪水，一萬五千多元，這差不多是在餐廳一個月的薪水了，若是在後山打工，必須要從早到晚很辛苦的工作，辛苦勞動五十幾天才有這個工錢。

　　即使是這樣，懷湘心裡一直認為自己在酒店執壺賣笑只是暫時度過難關的「客串」性質，她每天都在想念著家鄉的孩

子，也擔心家族的親友（特別是疼愛她的瓦旦叔叔和米內嬸嬸）知道自己「逃家」之後的反應如何，於是決定隔天要打個電話回家，看看馬賴有沒有比較冷靜。

　　「嘟……嘟……嘟……」領了錢的隔天，懷湘打了離開之後的第一通電話回家，「喂……誰？」酒喝太多沙啞的聲音，一聽就知道是馬賴，「喂，呃……馬賴，是我啦。」她小心的回答，「嗯……懷湘？妳在哪裡？」聲音提高了，顯然有點驚喜，「妳趕快回家啊！小孩都很想念妳了，這麼多天妳到底去哪裡呀？」馬賴說。聽到「小孩」兩個字，懷湘憋了好幾天的思念整個就要爆開了，握住話筒的手微微顫抖，但她必須冷靜，好辨識對方真正的心意如何，「呃……你們都好嗎？我也很想念他們啊！」忙著問家人的近況，沒有回答先生的問題。「小孩不在家，他們都去學校上課了啊！妳趕快回家啊……」馬賴催促她回來，起初聽不出情緒如何，但漸漸轉成罕見的溫和口氣，繼續遊說妻子，「懷湘，妳快點回來啦！我沒有怪妳，也不會再打妳了，真的。」懷湘本來就極度思念三個孩子，一聽到先生這麼說，馬上想飛回家去，可是過去那些痛揍的暴力畫面立刻閃現腦海，「可是，我怕你會騙我，我回去，你又打我怎麼辦？」她說。「啊呀！對不起啦！是我不好，我真的不會打妳了，妳回來啦！懷湘。」道歉認錯了，馬賴的口氣聽起來還真的有誠意。「喔……那……好吧，我這幾天就回家，你真的不可以再打我囉！」再確認一次，「真的啦！妳快點回來，現在就可以回來了啦！」馬賴的口氣聽起來很開心，想到終於可以見到孩子們，懷湘不禁流下了欣喜的眼淚。

懷湘辭了酒店的工作，跟趙媽和妹妹玉鳳告別，「可欣，妳以後如果有需要，沒關係，儘管回來。」不知是因為看中可欣在店裡工作的「潛力」，或是真心憐惜這苦命的女子，趙媽跟她擁別的時候在耳邊叮嚀她。「趙媽，謝謝妳！我以後有空會來看妳的。」懷湘揮揮手告別趙媽，也告別了這段客串的酒店生涯。

　　懷湘上午搭上火車，從基隆到台北再換南下列車到新竹，從新竹轉乘內灣支線的小火車，過了中午才到內灣小村莊。一下車就先趕往車站旁的小學去看兩個兒子，「媽媽……」「阿文、阿豪……」多日不見，母子相擁又笑又淚，「我太急著趕回家，路上沒有買什麼東西，給你們一人一百元，自己買喜歡的東西吧！」懷湘拿了兩張百元鈔各給他們一張，「哇！好多錢喔！」「啊！謝謝媽媽！」兩個小男生不曾得過這麼大筆的零用錢，高興得又跳又叫，「好囉！你們進教室去上課了，我先去姊姊的學校看她。」懷湘催促兒子回教室繼續上課，「媽媽妳等我們一起回家好嗎？」志文央求著，「對呀！媽媽，等我們啦！」志豪雙手緊緊抓著懷湘的手，生怕媽媽一離開又要不見了，「我要先去看寒寒啊！看完姊姊我就回家等你們。」看完兒子，懷湘也想馬上去看看女兒。

　　離開了兒子的學校，立刻前往國中去看女兒。「寒寒……」「媽，我好想念妳喔！」兩人見面又是一個大大的擁抱，驚喜與思念的淚水溢滿了眼眶，「媽，妳去哪裡了？大家都不知道妳在哪裡……」「寒寒，我好想念你們喔！我不在家，不知道你們怎樣了……」兩人同時開口，急著想知道彼此近況。「寒

寒，我看妳還是先去上課好了，等妳放學回家，我們再好好講這幾天的事情。」

　　「啊！媽媽！」相聚的狂喜尚未鎮定，寒寒卻突然驚呼一聲，「媽，妳千萬不可以回家，爸爸會殺妳！」她一臉驚恐的說，「呵呵，放心，不會了啦！妳爸爸已經答應我說他不會再打我了。」懷湘說，「他騙妳的、他騙妳的！」女兒雙手猛搖，「星期日早上妳打電話回家，我們都在家，爸爸說的話我都聽到了。」寒寒說，「我好高興知道妳要回來，可是爸爸掛完電話的時候就很生氣，他說：『很會躲啊！看著，等她回來我就把她殺了。』媽媽，妳趕快逃吧！不要回家……嗚……」知道媽媽處境危險，卻又捨不得跟媽媽分開，內心矛盾拉扯著寒寒，傷心得哭了起來，「真的嗎？啊……」聽了女兒的話，霎時一股寒氣從頭頂貫穿到腳底，整個人從心冷到全身，她完全相信性格變異、喜怒無常的馬賴真的會這樣做。那天在電話中，她是因為思念兒女心切，才會相信先生的道歉和承諾，「寒寒，那……我只好繼續躲起來，等妳爸爸真的冷靜之後才能回家了。」她無奈的伸出雙手再把女兒擁進懷中，「嗚……可是，我不想讓妳走啊！媽媽，嗚……」夢寒抱住媽媽把頭埋進她懷中放聲大哭。「寒寒沒關係，爸爸總有一天會清醒的，你們在家要聽他的話。」懷湘一邊安撫女兒，腦海則快速思考下一步該如何做，「寒，這裡有一萬塊你拿好，家裡有什麼需要用到的再拿出來給爸爸，」她從錢包拿出一疊鈔票遞給還在拭淚的女兒，夢寒接過鈔票，眼神空洞悲傷，責任沉重，「把我的電話記下來，有什麼事或想念我的時候都可以打給我，但千萬不可

以讓妳爸爸知道。喔！我是在工廠跟妳的玉鳳阿姨一起工作。」她給了女兒聯絡電話，「妳要找我就在中午以前打喔！我是上夜班的。」她說。「嗯……好！」夢寒聽到可以隨時聯絡媽媽就放心多了，吸了吸鼻子，抹去臉上的淚痕點了點頭。「妳是大姊，要照顧弟弟喔！告訴阿文和阿豪，媽媽很快會再回來看你們，叫他們要聽爸爸的話，不要惹他生氣。」

「噹……噹……噹噹……」母女倆在操場邊榕樹下說了許久，上課的鐘聲響了起來，「我要走了，我還會再來看妳，妳要好好讀書喔！知道嗎？」拍了拍女兒的肩膀，夢寒緊緊握著捲成一根圓柱的鈔票，吸了吸鼻水點點頭答應。

「寒寒，妳媽媽來看妳唷？」遠遠走來一群女生，是夢寒的同學，「媽媽再見！」也許是怕同學看到自己掉眼淚，趕緊跟媽媽道別轉身往同學那裡走去，「媽，妳一定要再來看我喔……」不放心轉頭再次叮嚀，「好，一定會的。」懷湘用力點頭。

離開女兒的學校，懷湘一點都不敢逗留在小村莊，腦海中不斷重複出現女兒驚恐的眼神，和「他會殺妳」那句話。是的，瘋狂的馬賴眞的會殺了自己的，怎麼會相信他的話差點自投羅網，都是因爲太想念孩子了。經過小火車站前的馬路，她轉頭伸長脖子瞄了火車站旁邊那個堆廢棄物的角落，想起被追殺的那天晚上，躲在裡頭的狀況，愈想愈恐懼，便加快腳步走到汽車招呼站，搭上往鎮上的客運車離開了小村莊。

"wiy... 懷湘？takinbsyaq ini ktay la isu! "

「咿，懷湘？多久沒有看見妳了啊！」懷湘一上車，就被

一位後山來的族人認出來，她是以前曾經一起去採松子的婦女。

"baqun su zyaw na Buta ga? Sgalu balay kiy...."

「你知道卜大的事情了嗎？真的令人同情啊……」婦人知道懷湘以前跟卜大交情不錯，便談了起來。

"baqun mu la, yaqih utax nya, ki'a cyux hmswa misuw qani lpi?"

「我聽說了。他的命不好，不知道現在他怎麼樣了？」懷湘很關心。

"suruw ni Yabay lga, wayal mluw 遠洋 lma, ru baqaw ta ini nuyx lga? pira kawas lpi...."

「雅拜（過世）之後，據說他去了遠洋（漁業船）。然後，不知道現在是不是回來了，幾年了啊……」婦人也不確定，「唉……」懷湘算算雅拜過世也快三年了，心想不知卜大有沒有再續弦？無論如何，誰嫁給他應該都是幸福的。

懷湘離家之後，馬賴的父親就長住在兒子家裡，負起了照顧孫子們的工作，馬賴則是有一搭沒一搭的出外打零工，賺點微薄的工資養家，領了錢就去買酒喝，家用常常是不夠的，得靠父親從弟弟那裡拿點錢補貼，日子總是處在拮据邊緣。

「爸，這是媽媽叫我拿給你的錢，她今天有來學校看我。」夢寒一放學就把媽媽給的錢交給爸爸，馬賴正窩在沙發上，一身汗臭加酒味，眼神渙散盯著電視。「嗯？她有回來看妳？她有沒有說她現在在哪裡啊？」看到鈔票馬賴眼睛立刻亮了起

來，一把將錢奪了過來，「沒有，她只說她在工廠上班，把錢拿給我就走了。」女兒搖搖頭。「喔！媽媽說她以後還會再來看我們。」懷湘拿給女兒的這筆錢適時解決了他們房租過期好幾天的窘境，也貼補了家裡的日常所需，馬賴也就不去追問夢寒關於妻子的下落。

懷湘離家出走的消息輾轉傳到了娘家，親友們雖知懷湘嫁過去之後艱苦的處境，但在泰雅族的 gaga 來說，婚姻遇到無法解決的問題應該尋求家族長輩的支援，正式協談解決之道。無論真相如何，一個女人這樣直接離家出走，在泰雅族的 gaga 上是說不過去的。既感覺理虧，親友也就不方便再過問到底發生什麼事情。

「妳還是躲得遠遠的，不要讓他找到妳了。」懷湘離開小村，到鎮上找好友秀芳，還了當初應急的款，聊到馬賴要把她給「殺死」的事，「好吧！看來也只能暫時先回基隆去了。」她歎了一口氣。好姊妹躺在床上聊了這段日子的種種，「唉！好不容易有了自己的家庭，現在變成這樣，孩子也沒有媽媽。」懷湘幽幽說著，心中無限感傷，自己的母親跟她不親又改嫁，失去了完整的家庭，內心孤單的童年，她不希望子女也步上自己的後塵，在後來的婚姻生活上即使再辛苦也要忍著，絕不輕言離開。「哎，我跟妳說啦！賺錢才是妳現在最重要的事情，其他的不要去想了，沒有錢，孩子連活命都難了，還談什麼？」秀芳鼓勵她努力賺錢，可以獨立自主也可以資助孩子生活。兩人忘了時間聊到天都快亮了，才依依不捨的昏昏睡去。

懷湘提著行李又回到了酒店。趙媽看她回來很高興，其他

的小姐對這樣進進出出的狀況習以為常，也沒有人特別問起。「可欣小姐請轉三番……可欣小姐……」她化了妝、換上緊身旗袍，又開始了執壺賣笑的生涯。

有「雨港」之稱的基隆果然經常下雨，這是一個飄雨的夜晚，店裡的公播帶放送女歌手婉轉的歌聲，「窗外下著濛濛雨，心裡一段衷曲，難忘記往日，難忘記舊事……」沒跟男人跳過舞的「可欣」肢體僵硬的與客人跳著三貼舞，「沒關係，妳放輕鬆，我帶著妳就好了，很簡單的。」中廣身材頭頂微禿的客人緊緊摟著她，在包廂裡隨著歌曲旋律跳著慢舞，應該是遺傳了媽媽「清流園之花」哈娜的韻律感，她從小就有歌舞的天分，很快的腳步就跟上節奏了。懷湘雖然非常不情願被這樣一個滿口酒味、「長輩」級的男人緊緊摟著跳舞，但她想起秀芳叮嚀的，「賺錢才是妳現在最重要的事情，其他的不要去想了……」將心中的排斥壓了下去，用在山上應付被先生強行親熱時的招數，刻意讓身體的感覺放空，心思天馬行空到處翱翔，在酒店也一樣管用。於是，思緒果然隨著歌曲飛出酒店，回到遙遠的故鄉，啊！那崇山峻嶺、衣食匱乏的後山部落，採樹子的深山、飄著烤香菇味的工寮、父親的田園、山下小村租來的小屋……往日一幕幕在腦海中展演。

孩子們都好嗎？他們晚餐在吃什麼？歌聲突然灌進耳中，喚醒她回到現實，「彷彿一場夢，夢醒人在何處……」是啊！這是一場夢嗎？為什麼我會在這裡？「細雨一絲絲，就是我的淚珠，窗外依舊是濛濛的細雨」，眼淚忍不住悄悄的從臉頰滑了下來。

妹妹玉鳳離開了酒店，因為跟男朋友有了愛的結晶，便結婚去了。懷湘獨自留在基隆繼續打拚，趁著上午的空檔找了舞蹈老師認真的學各種交際舞，積極練習酒店的各種「專業技能」：划拳、喝酒、勸酒，跟客人打情罵俏、炒熱氣氛，不到半年完全脫胎換骨，變得更加豔麗而迷人，最重要的是她成熟又善解人意，靜如處子動如脫兔，可優雅含蓄也可熱情如火的特質非常受歡迎，成為酒店的紅牌小姐。每天晚上指定她坐檯的客人絡繹不絕，整晚就像隻花蝴蝶從這一番轉飛到那一番，客人續番再續番。結算薪水的時候，她被自己的賺錢能力嚇了一大跳，這裡一個月的收入，她在餐廳要將近一年才賺得到。

　　懷湘有著母親哈娜的美麗，到了這個環境之後才發現自己的交際手腕也很了得，「可欣」的客人什麼類型都有，常來捧場的是許多年輕活力充沛的海軍官兵，「可欣」很會也很敢玩，比起十七八歲的小姐，她飽經世故不會亂耍小姐脾氣，特別受到他們的歡迎。她也有磊幸直率勇敢又講義氣的性格，對弱勢的客人特別多一點關懷。店裡很多年輕的小姐對老頭子客人不太有耐心，懷湘不一樣，他們即使老到可以當她爺爺，還是會很撒嬌的叫他「大哥」；有一群瘖啞人士特別喜歡點「可欣」的檯，更愛跟她情歌對唱，不管他們「唱」得有多離譜，「可欣」還是會把自己該唱的部分以最認真的態度唱出來。有些瘖啞人士同時也是聽障，聽不到音樂和拍子，但還是拿著麥克風「啊⋯⋯啊⋯⋯呀⋯⋯呀⋯⋯」大聲的唱，沒拿到麥克風的也跟著各唱各的大聲高歌，往往整間酒店最吵的反倒是他們這一番。

有一位非常愛慕「可欣」的瘖啞客人最愛跟她情歌對唱了，有一次他唱得太投入，「啊……啊……呀……呀……」閉著眼睛搖頭晃腦的享受跟紅牌美女「可欣」的深情對唱，音樂早就結束了也不知道，繼續「啊啊」的高歌，「可欣」拿著麥克風靜靜的等他唱完；客人張開眼睛看到螢幕的畫面早就播放完畢，才尷尬的放下麥克風，「可欣」假裝沒看見並忍住不去笑他。這群瘖啞人士出手很大方，常常競相送禮物給「可欣」，名牌包、高級服飾、黃金項鍊，一個比一個大方；基隆有一位很有名氣的盲眼按摩大師也很愛來捧「可欣」的場，她知道怎樣伺候這位盲眼客人，他喜歡喝什麼酒、配什麼菜，酒杯的位置要怎樣擺放他才方便拿取，所有的特別習慣她都知道，總是伺候得大師舒舒服服，心甘情願將大把大把鈔票往這裡送；有一位看起來失意落寞的中年男子來店消費，「您有熟識的小姐嗎？」趙媽問他，「沒有。」他答，「那有特別喜歡什麼類型的小姐呢？我可以幫您介紹。」又問，他手一揮答：「隨便。」於是趙媽就找了沒有檔的小姐去陪他坐。這男子來了好多次都是「隨便」，有一次「可欣」剛好難得的空檔，趙媽便讓她去坐這先生的檔，以後每次都指定點「可欣」的檔，從此再沒有「隨便」了。

　　「哼！騷貨。」「還不是靠那張嘴會說，喝酒，她還差得遠哩！」「不知給了趙媽多少好處，趙媽偏心她啦！」「可欣」在店裡如此受歡迎，相對影響了其他小姐的業績，遭到嫉妒和排斥。但這一行就是這麼現實，每個人各憑本事賺錢，沒什麼好說的。

一年後「可欣」攢下一筆不小的錢，她學會開車並且買了一輛轎車代步，去看孩子都自己開車。「哇！好漂亮的車，媽媽妳會開車了喔？這是妳的車嗎？」某個週末她跟女兒約在秀芳的餐廳外見面，兩個弟弟也一起來了。母子四人一起搭車出發兜風，吃飯逛賣場買衣服和文具用品，非常開心。回程的車上，孩子們談到了父親，「爸爸說我今年畢業的時候就要搬回山上了。」夢寒說。「為什麼？阿文和阿豪還要在內灣讀小學啊！」懷湘說。「可是爸爸說沒錢，房租太貴了。」女兒說。「我不是都有拿錢給你們嗎？夠你們付房租和吃飯了。爸爸還是不去工作嗎？」「沒有！他沒有去工作，都是喝酒、喝酒……」「沒有！他每天都去買酒喝，上次喝酒醉騎車回來在半路上跌倒哩！」孩子們七嘴八舌的跟母親「告狀」。「那，爸爸還常打你們嗎？」她最擔心這一點了，「現在比較少打了。」夢寒說。事實上，懷湘離家之後，馬賴必須扛起所有照顧家庭的責任，即使工作依然沒有好的結果，但至少懷湘的金錢支援是穩定的。馬賴現在身為家裡最重要的支柱，雖然比以前累，但自我受到肯定，心中有成就感，脾氣也就比較不那麼暴躁了。但那也只是小小一點點的滿足，面對生活上許多繁瑣的事務、經濟的壓力、孩子的教養、工作上的困難、自己的未來……他還是很容易心煩，「還是很愛罵人，也會摔杯子和碗。」「對啊！我們都很害怕他會打我們。」「媽媽妳回家好嗎？」最小的志豪從後座站起，摟著媽媽的肩膀說。「不行啊！媽媽需要工作賺錢，要給你們讀書啊！」懷湘無奈的說。

　　懷湘也會回去看看亞大比黛和弟弟妹妹們，每次開車回去

就買了大包小包的禮物，從叔叔、伯伯家一路發送到鄰居們，只要她回部落，家家戶戶都拿得到她的禮物。

"baqu su nanu cyux nya pcyogun hogal?"

「你知道她在外面是做什麼工作嗎？」收到她那麼大手筆的禮物，鄰居們私下也會議論一下，但後來多半還是幫她說話的多。

"ay, baha ini lpi? pingyaran ni yaya nya aring cipoq lru ini ani sgalu na mlikuy nya uzi, baha ini si qehun mqyanux nana hogal lpi?"

「唉！怎麼不會這樣呢？她從小被媽媽拋棄，丈夫又不疼惜她，自己一個人在外面不得不想辦法生活。」"aw balay qu ke su qani uzi la." 「啊你說的這話也是有道理的。」懷湘從小到大的景況，部落親人都看在眼裡，於是便有了這樣的說法。"siqan balay laqi qani wah." 「這孩子真可憐啊！」雖然人們心中明白懷湘在外面從事什麼職業，但終究體諒並接受了她的苦衷，對她有了公平的論斷。

雖然亞大比黛從懷湘小時候就待她不好，但她還是樂意為父親的家效勞。父親過世之後，玉鳳嫁人了，亞大比黛必須單獨撫養兩個弟弟、一個妹妹。對一個沒有穩定工作的中年婦人來說，即使在山上，金錢開銷不大，但光是一家四口人要吃飯，對她來說就是沉重的負擔了。所以，亞大比黛三不五時打電話要求懷湘匯錢資助家裡，她總是二話不說就去匯款。懷湘每次放假回來，在家人的禮物之外，食物、衣物、小家電、弟妹們的文具用品……什麼都買來給他們，要回去時一定三萬、五萬的拿錢給亞大比黛幫助她養家之用。雖然父親離開了，但

這裡終究是自己的家，弟弟、妹妹都是自己的手足，關於金錢
這部分，懷湘對家人是很慷慨大方的。

家園夢

　　「可欣」成爲酒店的紅牌小姐，每晚捧場的客人絡繹不絕，其中也不乏動了眞情的男人，酒店的氣氛本就容易使男人意亂情迷，若是黃湯下肚，在酒精的催化下就更容易使人神魂顛倒了，男人們爲了博取美人歡心，使出渾身解數。不管是眞有本事還是吹噓誇大，總之，小姐們只要施用一點手腕，就不怕這些大爺不乖乖掏出口袋的錢，競相成爲火山孝子。對小姐來說只要虛與委蛇一番，金錢、名表、金飾馬上輕鬆到手，簡直是本小利多的好生意；若是被「大肥羊」級的有錢大老闆看上了，獲贈鑽石、房子、車子……也不是沒有。紅牌的「可欣」當然是許多癡情男子夢想中的理想情人，誰都想要探下這朵美麗溫柔的解語花據爲己有，這一點懷湘卻有她自己的原則，「我已經結婚有小孩了。」當對方告白的時候，她一定會誠實的將自己的眞實身世告訴對方，這在酒店裡算是一種冒險，畢竟男人來到這裡花錢，總希望陪自己的是「幼齒」「嫩妹」之類的少女，誰會花錢找一個結過婚生過孩子的「歐巴桑」陪酒呢？很奇怪的是，幾乎沒有一個告白的男人因此打退堂鼓，反而在知道了她的故事之後，激起「英雄救美」的雄心壯志，「離婚吧！讓我照顧妳。」「離開他，我會用一生去疼惜妳。」「既然這樣，那妳還期待什麼呢？」「我帶妳離開這裡，跟我在一起生活吧！」懷湘總是搖搖頭，「這就是我的眞實狀況，我們

最多就是維持這樣的關係，如果你不能接受，那就只能隨緣了。」沒想到不但沒有嚇跑客人，她真誠坦白的態度反倒感動對方，認為她是真的把自己當朋友而不只是花錢的客人，體諒她的苦衷並且尊重她的意願，得不到她卻也願意繼續相挺，介紹更多的客人捧她的場。

　　馬賴在女兒夢寒國中畢業後真的搬回後山部落去了，因為在平地一直「找不到」工作，回到部落至少可以有上山打零工的機會，當然最主要是山上有爸爸和弟弟可以依靠，雖然做為家庭的支柱帶給他成就感，相對的勞心勞力和必須負擔的責任讓他感覺壓力太沉重，生活上馬賴已經習慣過去跟懷湘之間的模式，那就是天塌下來必須有人幫他頂著。

　　懷湘在酒店上班兩年多之後，在基隆近郊貸款買了一間位在八樓的公寓房子，坐落在基隆港東面，一個背山面海的社區。她第一次擁有了真正屬於自己的房子，三房兩廳雙衛的標準公寓。她鋪上實木地板，客人送她一整組高級皮沙發，兩間臥室一間裝潢成女孩房是給夢寒的，另一間男孩房是給阿文、阿豪兩個兒子的，她的房間則是樓中樓那間套房。她在面海的窗子掛上了粉紅色的蕾絲窗簾，整套的粉紫色床組也是一層層的蕾絲花邊，連垃圾桶都套著蕾絲布套，柔軟的雙人床坐著一隻半人高的泰迪熊，大大的化妝台上瓶瓶罐罐的化妝品、香水、飾品井然有序排列著。她的房間不像是一個歷盡滄桑的女人的房間，倒像是屬於一個從未遭受人生辛酸的、備受寵愛的寶貝女孩的閨房。

　　有了自己的房子，她更加認真的賺錢，除了繼續資助孩子

們的生活費，房屋貸款的壓力也讓她必須比以前更認真工作。有兩個比較談得來的姊妹在附近開了另外一間店叫做「紫羅蘭」，「可欣」也插了一股投資，她在「金船」的客人知道「紫羅蘭」是她開的，紛紛帶人來捧場，「可欣」在兩家店之間跑來跑去招呼客人。她在「金船」的客人原本就常常因為爆滿必須等候而掃興，現在多的客人可以移轉到「紫羅蘭」，並沒有影響「金船」的客源，所以趙媽沒有太多意見。這樣兩家店跑來跑去雖然累人，但懷湘的收入更可觀了。

　　母親節快到了，街上到處是促銷母親節商品的廣告。父親過世之後，懷湘常常想念起母親哈娜，哈娜住在北投，懷湘從來沒有去過她家。今年的母親節，她突然很想去見見母親，她挑了一條不算小的黃金項鍊要送給媽媽當禮物，也幫湘怡、湘晴兩個同母異父的妹妹各挑了一條漂亮的黃金手鍊，到舶來品店買了一盒原裝進口的高麗人參禮盒要送給媽媽的外省人老公，當然她還特別選了高級水果禮盒一起帶去。她跟趙媽請了半天假，早上就開著車往北投去，她小時候跟著外婆去過媽媽北投的家幾次，舅舅給了她詳細的住址，大概知道媽媽住在哪一帶。車開到了媽媽家附近的巷子，懷湘把車停在路邊，想先打個電話給媽媽。拿起公共電話話筒撥了號碼，「嘟……嘟……嘟……」等待的時刻，突然感到有點猶豫，有種想把電話掛掉的衝動，畢竟過去的幾次接觸，她心底深深感覺媽媽似乎對她有一種說不出來的「拒絕」感。「喂？找誰？」是個年輕女孩的聲音，這應該就是妹妹吧！「喔。喂，我……我是……我要找哈娜，她在嗎？」她結結巴巴的回答，不知道自己該說

是誰？「哈娜？」女孩愣了一下，「是誰呀？找我的啦！」婦人的聲音，那就是哈娜了。"wey, ima sa?"「喂！是誰啊？」哈娜聽到對方稱呼她族裡的名字就知道是娘家打來的，「喔。喂，我是……我是懷湘，」聽到媽媽的聲音很激動也很緊張，「我想說，母親節快到了，我想說，送個母親節禮物給妳……」「啊……懷湘啊！好久不見了，妳還好嗎？禮物……禮物不用啦……真的不用。」哈娜說，「可是，我現在已經在妳家巷子口了，我拿上去送妳就回去，我下午還要上班……」「呃……懷湘，對不起啊！我人不舒服，現在不能招待妳，改天好嗎？不好意思啊！」懷湘握著話筒，一種熟悉的感覺湧上來，那種被排拒在外的孤獨感充滿了她每個細胞。「喔……改天……」這似乎是預料中的結果，所以即使孤獨失望的感覺衝擊著她，但也不太意外，「不好意思啊，懷湘，不得已ㄏㄚˋ……對不起啊……」哈娜不斷的致歉，「呃……沒關係，妳好好保重身體，祝妳母親節快樂！」她輕輕淡淡的說。「哎！母親節，妳打個電話給 yaki（外婆）ㄏㄚˋ！」哈娜說。掛了電話，懷湘百感交集，開著車轉回基隆，在她心中只是再次證明了自己「很不好」，媽媽還是一樣不想要她而已。

「爸爸騎車跌倒住院了。」清晨，懷湘接到女兒打來的電話。夢寒國中畢業後沒有繼續升學，她跟幾個同學一起到中壢的工業區找到了電子工廠作業員的工作，放假的時候會到基隆找媽媽，住在屬於自己那間漂亮的房間；兩個男孩放長假的時候，懷湘也會跟他們聯絡，開車到竹東接他們北上基隆度假。

馬賴回到後山部落，弟弟開墾了山上的田園種起水蜜桃、甜桃、蘋果等高冷水果，農忙時馬賴就會去打工賺錢。他在工作時認識了一名年輕寡婦，新婚不久先生就因車禍意外身亡，她帶著三歲的遺腹女回到娘家，上山包水蜜桃打工的時候認識了馬賴，孤兒寡母的背景讓馬賴特別喜歡照顧她，沒多久雙雙墜入愛河，進進出出毫不避諱黏在一起了。「啊！很嚴重嗎？住在哪間醫院？」懷湘嚇一跳，「在竹東的榮民醫院。」女兒說，「喔，媽，我跟妳說喔，爸爸他⋯⋯他有女朋友喔！」夢寒早就聽弟弟們說了，回家的時候也看過那個女人，只是一直在考慮要不要告訴媽媽，這次媽媽如果去醫院探視，一定會跟那個女人相遇，不如早一點告訴她。「女朋友，是喔？」突然聽到這樣的消息她愣了一下，「喔，我知道了，沒關係。」掛上電話之後她才能好好的檢視一下自己對這消息的反應。很震驚，她萬萬沒想到馬賴魔鬼一樣暴力的男人竟然還有女人會愛上他；有點訝然失笑，過去那段生不如死的日子，她以為馬賴老早就失去了去愛人的能力，竟然還會交女朋友；有一點點憤怒，想到自己對家庭如此無怨無悔的付出，馬賴竟然背叛她去愛別人；一點點失落感，父親過世、母親冷淡、先生又背叛，她感覺自己的人生怎麼這麼無奈。「唉⋯⋯」基隆港的海風帶著鹹水的味道拂過臉頰，「唰⋯⋯唰⋯⋯」海水重複拍打著海岸，她魂不附體、漫無目的的走在海堤岸邊，思緒像這海浪一波未平一波又起。想著想著望向海洋的視線漸漸模糊一片，眼淚不聽使喚的落了下來，然而她清楚的知道這是為自己悲涼孤單的命運而哭，完全不是因為在乎馬賴的劈腿行為，知道他有了新

歡，懷湘的內心深處反而有鬆了一口氣的感覺。

　　一進到病房，馬賴病床邊椅子上坐著一名少婦，手中抱著一個熟睡的小女孩，看到懷湘進來神色慌張的趕緊起身，抱著孩子就往病房門外走去，直到懷湘離去都沒有再看到她。幾年過去了，雖然馬賴躺在病床上不能動彈，但看到他，懷湘還是忍不住會害怕。簡單談了幾句近況和傷勢，一個是對目前的工作難以啟齒，一個是對過去施暴的行為內疚，對剛剛在病房那個女人的關係很難交代，夫妻倆各懷各的心事。沉默了一會兒，懷湘拿出一個信封袋擺在床邊的小櫃子，「這裡有兩萬塊，你自己好好保重。」「喔，不用啦！呃，謝謝妳了。」「那我要走了，好好照顧你的身體，再見了。」沒停留多久她就離開醫院了。

　　大概一星期之後，馬賴出院回山上休養了，三個月後，馬賴透過夢寒告訴懷湘請她回來「解決事情」，懷湘心中隱隱然知道是什麼事情，她在醫院看到馬賴的神情跟過去完全不一樣，顯然那個女人在他心目中真的占了很重要的位置，攤牌是遲早的事。他們約在竹東的一家咖啡館。懷湘想，他竟然也知道咖啡館了，該是常帶那個女人下山浪漫約會吧！馬賴跟父親一起來，懷湘則是單槍匹馬一個人來，兩年多來風塵打滾開了眼界，什麼場面、什麼人、什麼事都見過，解決自己的事就不想麻煩長輩了。當然最重要的是她認為今天會走到這個田地，自己也有一定責任。果然，馬賴提出了離婚的要求，懷湘不太意外，但公公說的話卻出乎意料之外，"bali cikuy wal myan hriqun, magal sami isu." 「我們當初娶妳的時候，也不是花得很

少費用。」公公竟然要求她「賠償」五十萬元，"qayat myan laqi ki."「我們是要養孩子用的啊！」他看到媳婦驚訝的眼神，趕緊補充說明。"aw, nway qeri."「好，沒關係。」懷湘答應了他們的要求，婚是他要離的，這個要求實在不合理也不盡人情，但這結果也算合她的意思，她不能想像自己有一天還可以跟馬賴回到依舊破落的深山木屋過那樣的生活。雖然心中很不願意讓自己的孩子跟她一樣失去完整的家庭，但實在是無可奈何的選擇，於是，她用五十萬幫自己贖身，終於從恐怖的枷鎖中脫困，獲得了真正的自由。

　　山上雖然地廣人稀，住家之間的距離動輒以一座山為單位。但是，部落有自己傳統的「網際網路」，只要族人有什麼大小新消息，很快就可以透過這樣的「網路」傳遍整個部落。所以，馬賴跟懷湘離婚的消息，很快的便攻占了部落「茶餘飯後」的頭條，主要是因為馬賴父子竟然拿到了為數不小的「贍養費」，這在傳統父系社會的泰雅族部落來說，離婚協議竟讓女方「賠錢」給男方，簡直是瞠目結舌、驚世駭俗了。妻子過世之後，遠洋跑船再回來的卜大當然也知道了，這幾年始終未再婚的他，聽到消息心中立刻便有了一個願景，只不知是否能夠如願。

　　懷湘來到基隆工作已經三年多，酒店賺錢似乎很快，陪酒的工作看起來也很輕鬆，但事實上，煙花紅塵中生張熟李打滾久了是非常疲倦的。尤其歲月不饒人，每當她下班回到住處，滿身菸酒氣味的坐在化妝台前，摘下閃閃發亮的耳環，將臉上的彩妝一點、一點慢慢卸除時，那整夜蓋在厚重彩妝之下的肌

膚和情緒顯露在鏡中，兩者都是同樣的疲倦和無奈。特別是店裡新進了年輕美貌的小姐，或是有姊妹找到了好的歸宿，歡歡喜喜結婚去的時候，懷湘的情緒就會低潮好一陣子。尤其這一年，倦怠感特別明顯。

這時候，疲憊的生命闖入了一個男人。阿發，是眾多追求懷湘的男人之一，也是酒店的常客。他比懷湘小兩歲，幽默風趣，英俊的外形很是討喜。他知道懷湘離婚之後，追求她的行動就更加的勤快，三天兩頭直往店裡跑，等她下班，幫她開車送她回家，在這樣殷勤的追求之下，兩人關係愈來愈親近。

懷湘已經是成熟獨立的女人，這幾年在酒店看盡了各色男人，來到店裡的男人，她只需打量一下，與他交談幾句，就大概能知道這是什麼類型的男人，想要的是哪一種風格的服務。這種對男人精準的掌握度，除了使她受到客人的歡迎而業績長紅，自己更是一天比一天充滿自信。這樣的態度也反映在她對自己身體和情慾的主控權上，雖然在男人的世界陪酒賣笑討生活，虛情假意的現實娛樂之外，她內心依然存有真實的情感，小女人那種渴望被呵護、被愛的需求。這幾年也遇到幾位能夠談得上真心話的客人，後來發展為真正的男女朋友，甚至更進一步的關係。懷湘雖然不幸在婚姻中遭遇馬賴暴力的對待，特別是性事上的「迫害」，使她好長一段時間對於性愛之事極為厭惡排斥。但是現在，三十歲的她，擺脫了惡劣婚姻的枷鎖，經濟的穩定讓她對生活有了安全感，她不再排斥性事，並能在性愛中充分享受其中極致的美妙。

記得她上班一段時間之後，她被交往一陣子的艦長男友帶

出場，這是懷湘離開馬賴之後第一次和別的男人「在一起」。他們兩人雖然早已熟識，但對於性事她心中還是不免因為過去不好的經驗而感到忐忑不安。在情調浪漫的汽車旅館房間，他們在飄著粉紅玫瑰花瓣的大理石雕浴池中親暱的享受鴛鴦浴，整間房散發淡淡玫瑰香味，柔和的燈光，空氣中飄著似有若無的柔美音樂，即使如此，懷湘總有一層淡淡的揮之不去的烏雲停駐在心頭，說不上是什麼樣的心情。

他們喝了一點紅酒，柔軟大床四周垂繞粉紫輕紗帳幔，懷湘被艦長男友緊緊抱在懷中，一雙大手在她嬌小的身軀到處遊走、探索，溫熱的唇親吻著她⋯⋯「嗯？欣欣，妳、妳怎麼在發抖？妳害怕嗎？」男友突然發現懷中的她竟然顫抖著，很驚訝的看著她。

「噢，我⋯⋯不是⋯⋯」懷湘自己也不知道為什麼會這樣，「別害怕，如果不想要，我們就不要做。嗯？」抱著心愛的女人早已慾火中燒，忍著就要爆開的熱情難受至極，看到她的反應，卻依然憐惜的把她往懷裡緊緊抱著、安慰她。他就這樣抱著懷湘、親吻著她，藏不住愈來愈急促的喘息，放緩動作，小心翼翼的「駕馭」著她的身體和不安的心緒。漸漸的，輕柔的樂曲中，他的愛慾之火慢慢將懷湘那道不知名的防禦之牆燃上了小小的火苗，隨著他的引導，懷湘緩緩放鬆，不久，那道防禦之牆不知何時已經燃燒殆盡化為烏有，懷湘不知不覺隨著艦長男友的導引，航向浩瀚無垠的幸福大洋。他們時而像是隨著起伏規律的浪潮優游自在的往前航，時而乘風破浪直衝向波瀾壯闊的浪漫海洋。時空在此刻，像是凝滯不動，又像是

永無止境。「啊……」當他們同時達到最高浪顛，動人心魄的愛之曲便在那一瞬間畫上了完美的休止符。懷湘依偎在艦長懷中，似有若無的音樂兀自輕輕流瀉在空氣中，男友厚實的胸膛因喘息不斷起伏。懷湘闔上雙眼，靜靜享受這甜蜜的時刻，耳朵貼著男友的胸膛傳來由急速漸趨平穩的心跳聲，思緒卻如百變的海洋，一下子平靜無波，一下子浪濤起伏。「原來，性愛可以是這麼美好的境界；原來，一個女人是可以被這樣溫柔細緻的對待啊……」想著想著，那段不堪回首的過去，那些生不如死的夜晚，一幕一幕呈現，與剛剛那趟美麗浪漫的海洋之旅在腦海交錯播映。她百感交集，忍不住流下無以言說的淚水。

可惜，酒店女子的愛情往往如清晨朝露，很難見容於現實的世界，總在太陽升起萬物甦醒時，花葉上的露水即便再如何晶瑩剔透楚楚可人，也只能無奈的化作一縷水煙，匆匆消逝於虛空中。懷湘這幾年在酒店裡發展出的幾段愛情，都是如此，充滿期待，但最後總是在無奈中戛然而止，包括引領她重新認識自己身心情慾的艦長男友。

這一年的情人節，阿發請花店送來九百九十九朵玫瑰，純白色的點點滿天星襯著紅玫瑰，愛心形狀的巨大花束占滿了酒店大廳，花束中央插著一張粉紅色禮卡，上頭寫著「可欣小姐，情人節快樂！──阿發」「喔！」每個人一進門紛紛發出讚歎的聲音，雖然其他小姐也陸續收到花束，但很難跟這九百九十九朵玫瑰的壯觀相比較了。這一天「可欣」成為大家羨慕或嫉妒的焦點，無論如何，阿發這舉動讓懷湘非常感動。

「嫁給我吧！我給妳一個溫暖的家。」這晚，阿發包了「可欣」整晚並帶出場，他們手挽著手親密的走在基隆海港的堤岸步道，高壯的阿發停下腳步，面對懷湘，雙手按著她相對嬌弱的肩膀，「呃……你……」懷湘被他突如其來的舉動嚇了一跳，驚訝得說不出話來。

　　「我們結婚吧！」阿發用堅定的眼神望著她飄移而猶豫的眼睛。

　　「啊！你在說什麼呀？」懷湘終於搞清楚狀況，但還是沒有能夠思考阿發說的話到底是認真的還是在試探她的反應。

　　「我會給妳一個溫暖的家，照顧妳、疼妳……」阿發見她還在猶疑，便一把將她緊緊摟進懷中，在她耳邊輕輕訴說，阿發健康的肌膚，渾身散發陽光、微微發汗的男人味，強而有力的臂膀、低沉的聲音和著漸漸急促的呼吸聲讓懷湘頓時感到天旋地轉，大約有一秒的時間，一種熟悉的曾經有過的幸福感（或是某個人），快速充滿心中旋即消逝。「嗯……」她才剛剛要定神時，兩片溫潤溼熱的唇緊緊的壓上她的，「答應我……」他邊吻著她邊在她嘴中呢喃著、請求著，「嗯……嫁給我，嫁給我……」懷湘本來就對阿發比其他男人喜歡多一點，今天被他的情人節禮物轟了整晚，這下聽到他說「給妳一個家」，懷湘整個人都癱軟了。「家」是懷湘這一輩子不斷在追求而不得的夢想，一整晚的虛榮和感動，加上此時此刻阿發那無以抗拒的男性魅力，但壓垮駱駝的最後一根稻草，是阿發口中承諾的「家」。

　　冷冽海風呼呼吹過，阿發強而有力的臂彎和結實的胸膛讓

懷湘感覺到無以倫比的溫暖與安全感，她將這感覺擴大、再擴大成她夢想中的家園，於是她乖乖點頭「唔，嗯……嗯！」「妳答應了！」阿發喜出望外，放開懷湘開心得雙手高舉在海堤邊跑過來跑過去，「啊！妳答應了……呦呼！妳答應囉！哈哈哈！」

　　真的要結婚了，懷湘心中才開始擔憂，不知道阿發的家人怎樣看待她這樣的女人，不過這一點阿發卻早已有了說法，他跟家人說懷湘從事的是服飾業，有自己的事業、存款、房子、車子，是個女強人，有這麼好條件的女人願意嫁給阿發簡直可以少奮鬥很多年，家人當然沒有意見了。於是他們順利的結了婚，阿發也順理成章的搬到懷湘的公寓，這屋子終於有了男主人。

　　婚後，懷湘辭去「金船」的工作，拿了一筆為數不少的錢，將「紫羅蘭」的股份轉給那兩位姊妹，她便和阿發兩人甜甜膩膩的度過了幾個月只羨鴛鴦不羨仙的蜜月生活。

　　半年後，懷湘有了身孕。三十四歲的高齡加上這幾年喝酒、抽菸、晨昏顛倒的酒店生活，身體狀況畢竟跟年輕時不可同日而語了，整天頭暈嘔吐、嚴重的害喜讓她憔悴得不成人樣，懷起孩子實在很辛苦。而婚前誓言要「照顧妳、疼妳、愛妳」的阿發，卻讓懷湘非常失望，原來他沒有固定安穩的職業，以前說的「五金行外務經理」根本是個幌子，他只是在自己叔叔開的鐵工廠接接小工程，常常是賺了一筆錢就休息，把錢花完了才又想去找零工賺錢。就是這樣沒有定性，外表條件這麼好的阿發，卻沒能交上一個固定的女朋友，家人很替他擔

心。難怪後來有個女強人願意「收容」他，家人會鬆了一口氣，盡力成全他們的婚事。懷孕後期，懷湘發現阿發最糟糕的是有打牌賭博的習慣，每次出去打牌就是通宵達旦，輸贏總在好幾萬之間，這對於已經沒有固定收入的懷湘來說，愈來愈是個沉重的負擔了。

「拜託！打牌也不是什麼大不了的事情，有那麼嚴重嗎？」出門三天兩夜沒消沒息，一回到家當然被懷湘責怪，他聳起肩膀雙手一攤、眉毛一挑，對妻子的質問很不以為然，「三十萬準備好了沒？兩個月以後就可以 double 拿回來，是我好朋友才讓我參一份喔！」懷湘氣呼呼的走進閣樓房間，阿發跟在後面，她邊走邊叨念，不久前他才「投資」失敗了二十萬，現在又來要錢。懷湘扠著腰站在房門口不讓阿發進來，「我哪來的三十萬？上次投資什麼二十萬已經拿不回來就算了，你不要再亂投資了啦！」「妳很奇怪喔！我也是為了我們這個家的經濟能夠更好，剛好有機會，妳應該支持妳的老公吧？」「我沒錢了。」懷湘氣得用力把房門「碰！」的一聲給關了，將阿發拒於門外。阿發的真面目在這段時間漸漸顯露，懷著身孕的懷湘想起來就背脊發涼，沒想到在煙花界閱人無數的「可欣」竟然會看走眼栽在這痞子手上。

結婚一年多，懷湘生下了女兒「小竹」。小竹五官很立體，圓亮的眼睛，皮膚白淨，非常可愛。阿發並沒有因為當了爸爸決心認真工作養家，反而覺得小嬰兒太吵而時常往外跑，一出門打牌往往三、四天見不到人。回家倒頭一睡就是二、三十個小時不起床，搞不清楚他在外面忙什麼，還好阿發再怎麼樣不

負責任至少不會動手打老婆，這一點是比馬賴好一點了。懷湘靠著過去一些積蓄在家專心養孩子，然而，房貸加上日常開銷，阿發工作收入不正常，又常常向她要錢，這樣下去再多的積蓄也有花完的一天，這是懷湘心中的隱憂。

「姊姊，我媽媽出事了。」一天傍晚，懷湘接到妹妹玉鳳的電話，「怎麼樣？」她關心的問，「她下午從山上回來，剛好下大雨，經過很會崩山那個路段，被土石流砸到了，剛好巴杜（Batu）經過，把她背回家，現在在醫院急救，一直昏迷不醒。」妹妹著急地邊說邊哭了起來，「好，我知道了，我馬上就過去看看。」阿發不知道又去哪裡鬼混，懷湘立刻收拾小竹的衣物、尿褲，用背帶把小竹綁在胸前，活像個安全氣囊。懷湘開了車匆匆往南疾馳而去。

「很抱歉，我們已經盡力了。」醫生對剛趕到的懷湘和弟弟、妹妹們宣布亞大比黛急救失敗，玉鳳和她的老公牽著三歲的兒子，大弟弟嘉明和他年輕懷著身孕的老婆傻傻的站在旁邊沒有任何主意，其他的弟弟、妹妹們都圍在亞大比黛身邊哭成一團。「你們是要現在拔管，還是先載回家才拔呢？」護士問唯一看起來比較冷靜的懷湘，亞大比黛的嘴裡插著呼吸管，靠著機器仍在不斷「哈——吸——哈——吸——」的「呼吸」著，然而生命監測儀螢幕上的每一條波線都靜止成一道水平線了。「就在這裡拔掉吧！」懷湘說。

懷湘雖然不是亞大比黛生的女兒，但無論如何她還是這個家最大的女兒，弟弟、妹妹們只知道傷心，完全不知道該怎麼

辦，於是她毅然決然扛起了處理亞大比黛後事的責任，幸虧有叔叔、伯伯和鄰居親友的協助，總算順利的把亞大比黛的後事辦完了。喪禮那天，她基隆的姊妹們送來一對高高的罐頭塔並合包了一個十幾萬的奠儀送來，幾個變成朋友的客人知道「可欣」的「媽媽」過世，紛紛訂製罐頭塔、大花圈送來，奠儀更是一個比一個大包，這使得亞大比黛的喪禮在部落空前的浩大，讓懷湘又感動又有壓力，沒想到煙花紅塵世界的人竟然這麼講義氣，她知道這人情欠大了，這些以後都是要還的。自己「退出江湖」之後，收入早已不可跟過去相提並論了。

　　阿發一直到正式的喪禮前一天才趕到山上，懷湘也沒興趣追究他到底是在幹什麼了。辦完亞大的後事，她也該打道回府了。「姊姊，收到的奠儀扣掉所有的花費，還有十幾萬，就收在我這裡了。」高中畢業的二妹玉婷可以算是四個兄弟姊妹中比較精明的一個，「還有啊！我媽媽的意外險理賠金，那是要給我們四個的。」她說。「嗯！我知道，我要回去了。」懷湘想起同事和客人那些人情債，心情沉重，但也沒有跟弟弟、妹妹們多說什麼，帶著小竹和阿發開車回基隆去了。

　　日子過得很快，小竹三歲了。這三年已經把「可欣」過去所賺的積蓄給花光了，家裡靠著阿發打零工賺錢過日子，他那一點點錢實在很難維持一個家的開銷，何況他還是經常出去打牌，總是輸多贏少的。家裡的經濟狀況一天不如一天，貧賤夫妻百事哀，兩人經常在為錢吵架，終於，房貸開始繳不出來了。「乾脆把房子賣掉還錢給銀行，我不想等法院來查封房

子。」懷湘說。「隨便妳啦！經濟不景氣工作難找，我也沒辦法啊！」阿發兩手一攤，沒有意見。「你不是說要給我一個家嗎？原來這就是你承諾的家。」看著眼前這無能的男人，除了不會打老婆之外，真的一無是處，懷湘心想自己怎麼會這麼……這麼……倒楣？兩次結婚都遇到了差勁的男人，嫁給馬賴算是年紀小不懂事，跟阿發結婚卻是自己已經在紅塵十丈的煙花界打滾多年了，簡直不能原諒自己，「呵呵……」悲哀到了極點只能乾笑兩聲。「阿發，我們結婚時想的『家』好像很不一樣啊！我看我們乾脆離婚算了吧！阿發。」這次懷湘主動要求離婚，「我可以照顧小竹，你隨時可以來看她，說不定你還要再娶，帶著孩子會拖累你的。」她很誠懇的跟阿發商量。「那，妳要去哪裡呢？」阿發似乎並不意外，事實上這三、四年兩人面對家庭生活的態度很不一樣，感情早已漸行漸遠了。「我要回山上去，回我爸爸的部落，我的親友都在那裡。」她說。「隨便啊！我沒差啦！可是，妳賣房子的錢應該要分我一半吧？我也付過貸款啊！」阿發竟然只關心這個，「哼哼，賣了再說吧！呵呵……」懷湘很認真的再看阿發一眼，「阿發，你真的認為你該分一半嗎？還是在跟我開玩笑？」看到懷湘冷笑盯著自己看，阿發愣了一下，不知道她到底在想什麼？笑什麼？「我不是要跟你計較，只是要讓你知道，你從我這裡拿去『投資』的錢，你在我買的房子白吃、白住、白睡老娘，我都沒有說話了，你是拿了多少錢付房貸呀？更別說我還要幫你養女兒了，你該給我們贍養費才對哩！竟然要跟我分一半，你是在開玩笑吧？哈哈！」懷湘氣到大笑。

懷湘跟阿發結婚第四年就離婚了，因為房貸的壓力只得將房子急售出去，沒賣到好價錢，還了貸款之後只剩下四十多萬，她就帶著這些錢回到山上，準備在父親承諾要送給她的那塊土地上蓋個小房子住下來。

　　「欸！姊姊，爸爸的土地沒有妳的名字喔！妳看這白紙黑字，全部都是給我們兄弟姊妹的，就是沒有妳的名字啊！」姊妹們推派精明的玉婷來跟懷湘攤牌，亞大比黛過世之後，意外險的理賠有八百多萬，大弟弟嘉明之外，三個弟弟、妹妹拿了一筆錢合建了一棟大大的三樓透天厝分著住在一起，嘉明和妻兒則是住在父親原本的房子，剩下的錢四個人均分了。「可是，爸爸說過要把種甘藷那塊田留給我的，那一天你媽媽和堂叔都在，他們都知道啊！」懷湘非常驚訝，怎麼會這樣，「我不知道怎麼回事啊！我們都是按照法律來的喔！妳可以去地政事務所調閱地籍資料啊！白紙黑字是錯不了的。」玉婷事不關己的說。至此，懷湘恍然大悟，父親過世後亞大比黛曾經跟她要了印鑑證明和身分證件，原來就是要辦理拋棄繼承的。「姊姊，我們房子還有一個空房間啦！如果妳要來住也是可以的。」玉鳳帶著老公、孩子一起搬回娘家住了，她畢竟跟懷湘在基隆有過「革命情感」，住在一起也同事過，看到姊姊的窘境就升起了同情心，「謝謝妳，玉鳳。等我有了自己的房子就會搬出去的。」人走到這個地步，也只能低頭了。

　　近十年台灣解除戒嚴，原本是甲種管制區的部落開放了入山管制，經濟好轉也帶動了假日觀光休閒的風氣，入山遊玩的

遊客愈來愈多，假日上山的遊客更是絡繹不絕，他們最喜歡在
路旁買些山上的農特產，所以，路旁平整寬闊可停車的地方就
設了許多專賣農特產的攤子。不過，這些攤子的生意人幾乎都
是平地人，畢竟，原住民的傳統文化是分享的文化，並沒有作
買賣這一部分，所以，要讓原住民拿著自己的蔬果作物擺在路
旁等著顧客挑揀選購，這件事情在心理上是很難適應的行為。
不過，懷湘在外面打滾多年，接觸不少來店捧場的老闆和生意
人，甚至也投資過「小吃店」當股東，所以不排斥作買賣這件
事，何況她真的需要想辦法過日子。於是，懷湘讓四歲的小竹
去上公所的托兒所，她則在農特產攤子旁邊弄了一間小小的檳
榔屋，屋外掛上「抹懷舒檳榔」的招牌賣起檳榔來了。

　　泰雅族是屬於台灣中北部中高海拔的原住民族，也許是因
為北部中高海拔過去沒有檳榔這種植物，所以傳統的泰雅族人
是沒有在吃檳榔的，近代跟外界頻繁接觸之後才知道什麼是檳
榔，也開始學會吃檳榔了。懷湘是第一個想到在部落開檳榔攤
的人。這個主意也真不錯，一開張就先吸引了遊山玩水的遊
客，這些年在平地流行起「檳榔西施」文化，賣檳榔的女郎穿
著清涼養眼的服裝，許多醉翁之意不在酒的男客人喜歡光顧，
其實，多半是想親近一下「檳榔西施」，讓眼睛吃冰淇淋的。

　　「抹懷舒」的字面總會引起男遊客的遐想，紛紛停車藉買
檳榔之便，看看賣檳榔的女郎是要怎樣「抹懷」來讓客人「舒
爽」一下？其實，這「抹懷舒」是泰雅族語 mhway su（謝謝你）
的意思，懷湘每次解釋之後，客人總會開懷大笑，雖然沒有被
「抹懷」，但買檳榔學了一句泰雅族語，遊客還是很開心，而且

還會介紹上山玩的朋友一定要光顧懷湘的檳榔攤。

　　雖然已經是四個孩子的媽了，但三十七、八歲的懷湘拜命運多舛之賜，身材始終苗條，胖不起來，猛一看還真的會以為是個年輕的「檳榔西施」哩。當然，她過去在「金船」、「紫羅蘭」學的灌迷湯、讓人心甘情願把錢掏出來的本事只需用小小一點點在她的檳榔攤，就可以為自己的業績提高兩三倍了。客人停車買檳榔，她提高音調用婉轉的娃娃音的招呼著「老闆」、「董仔」、「帥哥」、「哥哥」，不管是偏著頭甩一下頭髮，或是眼神流轉微笑一瞥，一切風情盡在不言中，總有辦法讓男客人捨不得太快離開，下車吃吃豆腐、占點嘴上的小便宜都好。當然過去那個「金船」的大紅牌「可欣」小姐可不是省油的燈，兩三下便可以讓對方心花怒放、心甘情願掏錢出來，「一千拿去，免找了。」「啊好啦！妳這裡有多少？全部包起來啦！最好連妳也一起包給我啦！」男人要在女人面前逞能什麼樣子都有的，看在懷湘眼裡都是很好的賺錢機會，賣檳榔奉送打情罵俏是很平常的事。

　　不過，懷湘雖然非常需要賣檳榔的收入養女兒和支付日常開銷，但「可欣」那一套她是完全「不忍心」用在自己部落族人的身上的，原住民來買檳榔，她不會撒嬌拗他們多買，還會打折並多送幾顆給他們。只是，「可欣」的魅力還是不小，部落很多男人還是忍不住想辦法親近她。光顧她的生意當然是基本的，送菸、送酒、送自家種的蔬菜水果，或山上打的野味什麼的也很多。

　　有個小學時高她一屆的學長，結婚沒多久老婆跑了，現在

專門在山上打零工，小時候兩人也沒有「青梅竹馬」過，不知怎麼見到回來賣檳榔的懷湘驚為天人，一天到晚往檳榔攤跑，「我從小就很喜歡妳欸。」他說。「是喔？那你怎麼不娶我呢？」懷湘逗他。「妳那麼漂亮，才不會嫁給我哩！」嘴上這麼說，心裡是十萬個希望她能看上自己。有天傍晚，穿著黑色雨靴的學長剛從山上騎機車下工回來，他從長褲口袋掏出了一疊千元鈔票遞給懷湘，「這給妳，我們今天領錢。」他這幾天到山上幫人家砍草整理竹園，那是他全部的工錢，「你幹麼給我錢？」懷湘很詫異，「妳很辛苦在養小孩，我幫妳一下啊！」他說。「噢！不用啦！我幹麼要拿你的錢？我自己會賺錢好嗎？神經病啊你。」「算我跟妳買檳榔啦！檳榔先不用給我，以後慢慢拿。」懷湘看到他一臉汗水，衣服都是污泥，一陣陣汗水味飄散過來，她想起自己過去在葛拉亞部落上山打工的日子，這樣勞力換來的辛苦錢，她是一點都收不下去的，「吼唷！我不會拿你的錢啦！你又不是我的老公。」懷湘連打情罵俏的遊戲都不跟他玩了，直接拒絕他。「啊——好啦！我就知道妳不喜歡我。」學長很失望。

　　部落還有個中年男人，已經結婚有孩子的人，家裡一大片山坡種植甜柿，經濟狀況不錯，務農的他幾乎一萬年沒有拿過筆了，竟然浪漫的寫起情書，對懷湘告白自己是多麼的愛慕她，想約她出去喝咖啡。懷湘不可能跟他發展什麼男女關係，這部分她是很理智的，一個帶著孩子離了婚的女人要抬頭挺胸在部落生活，有許多界線是不可以隨便跨越的。自己在懵懂無知的少女時期闖下的錯事，慘痛的代價是幾乎付出了自己前半

生。如今為了生活，儘管可以跟部落以外的男人打情罵俏，但對自己族裡的男人她則是盡量「止乎禮」，完全以族人的模式互動，避免自己與孩子在部落中遭到非議。

　　這一天，路過的遊客因為下雨天而沒有平日的一半，懷湘坐在小小的檳榔屋裡，整理著一片一片的荖葉，打算把沒賣掉的檳榔冰起來，乾脆早一點打烊回家。突然，一輛機車騎過來停在攤子旁邊，「要買檳榔嗎？」懷湘立即起身，提高聲音、臉上堆滿職業性的甜美笑容。「啊！」「懷湘……」兩人一對看，同時發出驚訝聲，「原來是你。」懷湘看清楚穿著雨衣的騎士竟然是卜大，著實嚇了一大跳。「我聽說妳在賣檳榔，所以過來看看是不是真的在這裡？」卜大走近檳榔屋，懷湘仔細看了蓋在雨衣帽裡他的容貌，二十年不見，那個笑起來陽光似的青年卜大，如今在他中年的面容上，明顯的刷上一層厚厚的歲月風霜，雖是驚喜見到舊識懷湘，但眼中的滄桑感，卻是掩藏不住的。

　　「下雨啊！我的屋子太小了，不能請你進來坐。」只容一人的簡單檳榔屋，還好有一片小小的遮陽棚。卜大走過來翻開雨衣帽，靠著檳榔屋的窗台跟懷湘對看。「呃！你要不要吃檳榔，免費的喔！」懷湘被他瞧得有點不自在了，「懷湘，妳這幾年過得好不好啊？」卜大好像沒聽到她說的話，眼神似乎想穿過時空，回到過去，悠悠的問她。「我，呵……」那麼簡短的一句問話，卻是多長的一個答案啊！這些年所發生的事太令人疲憊了，懷湘連想都不願去想，只用一個無奈的笑聲回

應他。「你呢？你現在在做什麼？」她問。「我在山上種水蜜桃啊！還有天山雪蓮，也有一點甜柿。」卜大還是像年輕時一樣那麼勤勞。「真好，一定賺了不少錢啊！」懷湘笑笑，「呃……你後來，我知道你去跑遠洋啊。回來之後……」懷湘本想問雅拜過世後，卜大是否再婚，卻莫名其妙的有點結巴。「遠洋回來啊！我聽人家說你跟馬賴離婚。很想去找妳啊！後來，妳好像又結婚了，呵……」幾句話說完，也無奈的笑了一聲。

「我後來也結婚了，在竹東買了一間房子，兩個小孩在竹東讀書，他們的媽媽住在竹東照顧他們，我在山上照顧水果。」「噢！真好，很幸福啊你。」懷湘衷心替卜大感到欣慰，但內心深處淡淡的遺憾不免襲上心頭。小小的檳榔屋，兩人一裡一外聊了好久、好久，雨都停了，卜大還不知道把雨衣脫掉。

「咻——美女！」一輛機車停下來，清亮的口哨聲傳來，男子食指在空中畫著圈圈，比了一個五。「喔！包葉五十，馬上來唷！」懷湘看到生意上門，俐落的包了幾顆裹著荖葉的檳榔，腰肢款擺的走過去把檳榔遞給客人，「不用找了。」男子拿了一張百元鈔票給她，「帥哥，謝謝喔！」懷湘笑容可掬的跟他道謝。「我該回去啦！小竹快要放學了。」兩人契合的心性還是像以前一樣，感覺才一下子卻已經聊了一個下午。在他們的談話中，卜大知道懷湘再婚又離婚的經過，其實，他從懷湘在餐廳的摯友秀芳那邊，聽說懷湘這段日子過得拮据，卻不知道她經歷了那麼多的辛苦。懷湘則是從中得知卜大在婚姻裡的許多無奈，年輕貪玩的妻子總是放著孩子不顧，整天跟一些姊妹淘與卡拉 OK 裡男男女女鬼混，愛喝酒玩樂，脾氣又超大，念

了幾句就要尋死尋活，離家出走的。搞得卜大山上忙果園、山下忙孩子的忙昏了頭。

「這個給妳，妳要好好保重，我會再來看妳。」卜大似乎早已準備好，從雨衣裡面拿出一個信封袋，從小窗戶遞進懷湘的工作檯，「這是什麼？啊！不要這樣啦！」懷湘拿起信封袋往裡面一看，裡面是一疊厚厚的千元鈔票，「我不能拿你的錢啦！」「算我給小竹的，當作長輩給她買禮物啦！」卜大邊說邊騎上機車，「呼」的一下，匆匆離開了。這之後，卜大偶爾下山，就會彎過來看看她，兩人聊聊天交換彼此的生活近況，就像親人一樣互相關心。卜大的果園經營得很好，水果長得碩大甜美，又懂得將水果管理分級包裝，所以，每年到了收成時期，老客戶早就把他的水果訂購一空了，從來不用煩惱銷路。卜大在經濟上，比起部落其他只認真花體力照顧果樹，卻不喜歡用心思在經銷上的族人好很多。

懷湘靠著賣檳榔的收入，加上先前賣房子的錢，暫時可以不去煩惱基本的生活開銷。不過，住在弟弟、妹妹們的家，沒有自己私人的空間她是很不習慣的，特別是幾個妹妹的交友複雜，家裡半生不熟的人來來往往，男男女女也搞不清楚到底誰跟誰是什麼關係。「媽媽，幫我簽名。」有一天，已經念小學的小竹帶回一項功課，那是家庭資料調查的作業，其中有一項是「我的家有＿＿＿人」，小竹就在空格裡填上「很多」，因為家裡總有陌生的叔叔、阿姨來來往往。有偶爾出現的，真正的阿姨卻說，「小竹，這是我的姊姊，我們就是一家人，叫阿姨。」有

短期間頻繁出現的人，也有長住之後離開的，她小小的腦袋搞不清楚這些大人到底算不算自己家裡的人。作業上的答案雖然看起來有趣，令人莞爾一笑，但做為母親，懷湘是憂慮的。

過去的自己年紀太輕，加上必須花費很多的心力去應付比自己還不適應婚姻生活、失心瘋的馬賴，三個孩子都沒能好好教養，他們人生的組曲從小就變了調。夢寒在工廠當作業員算是最穩定了，阿豪跟阿文最後也只能在山上跟著叔叔、爸爸，還有後母、妹妹，繼續上山打零工維生。兩個兒子偶爾騎著野狼機車下山找懷湘，看見他們發育不良的瘦小身軀，豪豪染金黃色頭髮、抽著菸，她完全無能為力，只能暗自歎息。所以，對於目前正在成長、可以全力教養的女兒小竹，她更加小心呵護了。也因為這樣，似乎漸漸能夠體會媽媽離開她之後的「冷淡疏離」，媽媽或許無能為力，或許真有她自己的顧慮與苦衷吧！

「嘉明，我想要在你的頂樓加蓋一間我自己的房子，這樣比較方便。可以嗎？」回山上賣檳榔也三、四年了，懷湘攢了一點積蓄，認為也該給自己和女兒一個獨立而安穩的家，於是去跟弟弟商量。「呃……這個，加蓋啊？嗯……」嘉明是脾氣溫和稍嫌無主見的弟弟，他對這個從小照顧自己的姊姊就像長輩一樣的尊敬，但他十分顧忌脾氣驕縱的年輕妻子，不知道老婆大人會不會同意這件事。「我是尊重你的意見啦！你覺得這樣可以嗎？我也是不得已才這樣決定，如果有辦法就不會這樣為難你了。」懷湘早就知道嘉明被老婆壓得死死的，先告訴他只是讓他感覺被尊重而已。「沒關係，我等一下還會去跟你老

婆說。」她說。「喔！這樣很好，可以啊！我沒有意見啦！」姊姊願意自己去跟老婆提，嘉明鬆了一口氣，連聲答應。

　　「大姊，這樣好嗎？不太方便吧！頂樓加蓋我們的房子會不會受不了壓力啊？萬一地震屋子垮下來怎麼辦？妳要不要另外找地方蓋房子比較好呢？」弟媳十幾歲未婚懷孕，嫁給大她七歲的嘉明，人長得是不錯，只是率性嬌縱而不懂人情世故，有話直說也不怕得罪人。「喔！我不是在『問』妳可不可以，是在『告訴』妳『我要在妳房子的頂樓加蓋我的房子』，懂嗎？」懷湘被這不懂事的小鬼惹毛了，語氣加重一個字一個字的說，「妳不知道我爸爸那棟房子我也有持分嗎？不知道的話，妳去地政事務所調閱房屋所有權人的資料，白紙黑字是不會錯的。」她用妹妹玉婷對她說的話修改一下說給弟媳聽，現在的懷湘早已不是過去那個單純而逆來順受的懷湘了。

　　「啊？怎麼會這樣，那他們蓋新房子的時候說這棟給我們，所以我們少分了六十萬欸！」弟媳很不服氣，「那是他們媽媽的保險金，怎樣分配的我管不著，不過，我爸爸這棟房子我是有份的，這持分讓我在買基隆那棟公寓的時候，不能享有原住民首次購屋的優惠和補助。」她想起這筆帳，還是很不甘心，「我只是要蓋個簡單的鐵皮屋，那會有多重？如果妳怕房子被壓垮，那我們申請分割，把妳現在住的房子分一分，我就住在屬於我的那部分，也省得我花錢蓋房子。」懷湘一點都不怕這個弟媳，她也是很能直話直說的。聽到這裡，弟媳早就沒立場囉嗦了，「那，隨便妳啦！他們真的很過分，還說這房子是我們的了。」她撇了撇嘴，嘟嘟囔囔愈說愈小聲。

回山上第五年，懷湘終於有了自己的房子，雖然只是個加蓋在弟弟家屋頂上的鐵皮屋，但完全靠的是自己的積蓄，沒有貸款、眞正屬於自己的家。她買了兩頭豬，很認眞的請來部落的長輩親友一起跟她殺豬慶祝新居落成。

　　"wa, lokah balay 懷湘 hya lwah."

　　「啊，這懷湘是眞的厲害了，」親友紛紛豎大拇指稱讚她。

　　"ima ta thoyay tngasal nanak qutux kneril hya la? "

　　「我們哪個女人能像她這樣獨立蓋起來一棟房子的呢？」雖然懷湘經營的檳榔攤總是有各種不同的男客人逗留談笑，但部落的人了解她整個成長和後來的婚姻，對她多了一份體諒，即使感覺不妥也沒有太刻薄的批評。懷湘的堂叔就常常跟親友們說：

　　"mniyaq ni Lesing hya balay qutux slaq nya te snyan nya ngahi qasa hya ki."

　　「原本種著甘藷的那塊田地眞的是磊幸要送給她的啊！」

　　"knan saku nya ru maku kya lk-Pitay uzi, ki'a nya nyux pongan uzi ru, ini saku kbrus."

　　「他跟我說過，而且當時比黛也在場的，她現在應該也正在聽，我沒有胡說。」磊幸的承諾若在過去的泰雅族社會，就像是刻在石板上的盟約，一個字都不會改變，可惜很多新一代的孩子不信這一套，他們受了教育，知道權益是要爭取的，法律上白紙黑字才算數，一切以自己的利益爲準，倫理人情都是骨董，要擺在博物館供人瞻仰了。即使弟弟、妹妹們如此不公

平的對待，懷湘並沒有真正怪罪他們，畢竟，彼此年紀相差太大，懷湘幾乎算是長他們一個輩分了，「晚輩」不懂事，「長輩」是不會直接跟他們計較的，她知道真正的始作俑者是誰。多年來，她的人生起起落落，經過大小風雨，人事恩怨也看淡許多。

在亞大比黛過世滿了六年時，妹妹玉婷跟她說：「姊姊，我們要幫媽媽撿骨了，把她跟爸爸放在一起，這樣以後掃墓也方便。」「嗯！那很好啊！」懷湘說，「所以，我們兄弟姊妹每個人出一萬五，因為同時要整修放爸爸骨罈那個小亭，嘉明說快要壞掉了。」妹妹說得輕鬆，但懷湘心中卻還是有點不滿的，父母過世、分配遺產時清楚的說那是「我們的媽媽」，要出錢的時候就是「兄弟姊妹」了，「嗯！好，我知道了。」懷湘淡淡的答應。對現在的她來說，一萬五可是一筆很大的數目，必須要賣好多天的檳榔才有的收入。

撿骨那天，弟弟、妹妹知道懷湘會去，就一個個偷懶推拖著不上山，「姊姊，有妳看著就好了，工人會全部弄好的。」玉婷說，「等清明節，我們再好好拜媽媽，大家都忙，她會體諒的。」於是，大家工作的工作，頭痛的頭痛，忙孩子的忙孩子，只有嘉明和玉鳳意思意思跟著撿骨工人上山看了看，沒多久各自藉口有事先行離開了。懷湘從頭到尾在場幫忙，最後終於把亞大比黛的骨罈安置在父親骨罈旁邊，工人在墓園旁邊抽菸、喝水休息，等懷湘一起下山。

懷湘把父親的骨罈拿出來仔細擦拭乾淨再放回去，「把拔，我好想念你唷！你在天堂過得好嗎？」她在心中對父親說

著思念，腦海裡想著父親不知道有沒有看到自己這幾年的遭遇，想到這裡，眼淚不斷的掉落下來。

她小心捧起亞大比黛的骨罈，因為是新的所以很乾淨，但她還是仔仔細細的再擦拭一遍。她邊擦邊開口對著骨罈裡的亞大比黛說：「雖然妳以前對我不好，但我還是要謝謝妳，如果不是妳訓練我，我也不會有這麼強的能耐，度過我後來的人生。」她還是像過去一樣直接，沒有喊她「亞大比黛」，「只是，我不明白，我對家裡一直付出，妳還真敢那樣對待我，把我爸爸給我的土地改成弟弟、妹妹的，妳也真敢啊！不過，即使是這樣，我還是感謝妳，因為妳是唯一真正跟我生活過的人，所以我還是來幫妳的骨罈安座，以後也會繼續幫妳掃墓。」說完，恭恭敬敬的將骨罈小心的擺在父親骨罈邊。

懷湘努力工作撫養孩子，很爭氣的幫自己蓋了一間房子，親友鄰居打從心底替她高興。鐵皮屋用的材料很不錯，內部的裝潢也很講究，三個大房間有一間採和式地板的通鋪，那是給其他孩子偶爾來看她的時候睡的。她和女兒各有一間大房間，懷湘的落地窗外面對著太陽升起的山頭，每天一起床拉開窗簾（還是粉紫色的蕾絲窗簾）就是最美的青山旭日迎迓著她。聰明懂事的小竹有了自己的大床、房間、書桌，終於可以好好的專心做功課了。

小竹小學畢業那年暑假，有一天，烏來的舅舅打電話來，很沉重的跟懷湘說：「妳媽媽在醫院病危，去看看她吧！可能

是最後一面了。」「在哪裡？我馬上去。」自從多年前那個被婉
拒的母親節，懷湘已經徹底失望，不再打電話給哈娜了。失望
之外，最底層的心裡還有不少委屈和埋怨，那心總在問，「難
道我是這麼不堪嗎？我見不得人嗎？我真的不好嗎？」多年
沒有聯絡，懷湘的世界早就沒有「媽媽」這樣的人物了，只
是，接到舅舅的通知，母女天生切割不斷的關係又連接上了，
再怎麼不堪，她總是生下自己的媽媽。懷湘立刻跟瓦旦叔叔借
了車，請米內嬸嬸照顧放學後的小竹，匆匆的開了車往台北衝
去。

　　加護病房外的等候區坐著的都是憂容滿面的病人家屬，懷
湘輕手輕腳的走近等候區，一眼就看到舅舅、舅媽和兩個「妹
妹」湘怡和湘晴，她們都長成漂亮的小姐了，雖然疲倦而憂
愁，但她們的穿著和手上提的包包都是富有質感、設計高檔
的名品，懷湘也不知道自己這時候怎麼還有心思看到這些，但
記憶中有一種熟悉的感覺，似乎跟媽媽的女兒以及衣著有關
係，還來不及細想，舅舅就叫她了，「欸！妳來了喔！快要可
以進去探病了。」舅舅揮揮手叫她過去，「送來醫院急救後還
有醒來一下子，但這兩天眼睛都沒有睜開過了，連動都沒動一
下。」舅舅很擔憂。「喔，懷湘來，這是湘怡、湘晴，妳記得
嗎？」三姊妹互相點頭打招呼，"wal nha baqun sa mtswe simu
la." 「她們已經知道妳們是姊妹了。」舅舅用泰雅族語跟懷湘
說，「噢！」懷湘點了點頭表示知道了，「好多年沒見，都快要
認不出來了啊！」懷湘說。其實她看到大妹妹就知道那是湘
怡，因為長得跟自己很像，以前在外婆家的時候，長輩都很愛

把她們抓來站在一起，然後說：「看看，這兩個孩子長得好像唷！真的就像親姊妹哩！」「懷湘姊姊，好多年不見了，妳都沒有變欸！我們小時候在烏來都一起玩的啊！」湘怡當然記得這個「可憐的姊姊」了。

探病的時間到了，等候區的家屬開始騷動，加護病房一次只能進去兩位家屬，懷湘穿上消毒衣、用酒精消毒雙手跟著湘怡走進去，加護病房充滿了各種醫療維生器材的聲音，一排排的病人都是插上呼吸器、或是口鼻上蓋著氧氣罩，一時也認不出哪個是媽媽哈娜。湘怡走近一張病床旁，躺著的瘦小老婦人臉上罩著氧氣罩，身上、手上到處都是維生和監測用的管線，連在床邊的醫療機器上。「媽！懷湘姊姊來看妳了，妳張開眼睛看看她啊！」湘怡在哈娜耳邊說。「我是懷湘！」她也上前去。「唔……唔……」突然間哈娜動了一動，喉嚨發出了「唔……唔……」的聲音，隨即又安靜下來，「媽！妳知道是懷湘姊姊來了，對不對？媽？」湘怡看到媽媽有反應很是振奮，「媽媽！妳如果知道懷湘姊姊來看妳，就握一下我的手，媽媽？」湘怡靠在床邊握著哈娜的手說話，懷湘站在旁邊不知該做什麼才好，「懷湘姊姊，妳看媽媽的手指在動，她知道是妳來了。」湘怡高興得眼眶泛紅，「唔……唔……咳！咳！呵……」哈娜突然激動起來，喉嚨發出「唔唔」聲之外，還咳了起來，胸口劇烈的上下起伏，呼吸愈來愈急促。「媽媽妳不要激動，妳有話要跟懷湘姊姊說是嗎？」湘怡問她，哈娜的手指無力的抓了抓湘怡的手。「呃……是我，我是懷湘，我來看妳了。」懷湘上前俯身在她耳邊說話，她不知道該不該叫哈娜「媽

媽」，但她也不想叫她「阿姨」，所以也像對亞大比黛一樣，乾脆不稱呼名字而直接說話了。「呵……咳……咳……」聽到懷湘的聲音，哈娜更激動了，眼角流下了淚水，「媽媽，不要激動，懷湘姊姊知道妳要說什麼，她知道妳很愛她，懷湘姊姊知道，對不對？」湘怡一手握著哈娜的手，一手用面紙擦拭她的淚水，然後轉頭用求救的眼神望著懷湘，「是，我知道了，我知道妳很愛我。」懷湘順著湘怡的話回答。哈娜聽完整個人放鬆下來，像是瞬間睡著似的，直到她們離開都不再有任何反應了。

「懷湘，妳媽媽走了。」舅舅打電話通知懷湘哈娜的死訊，哈娜在她探視之後的兩天過世。「妳走之後，她就沒有再醒過來了，她是在等妳去看她的。」舅舅哀傷的說。「告訴我她的靈堂在哪裡？我要去給她上香。」經歷了父親的驟逝，亞大比黛的意外，哈娜在醫院病危之後死亡，這件事對她的衝擊就沒有那麼大了。懷湘跟舅舅約好一起到殯儀館為哈娜上香，「亞大（舅媽），這是我孩子們的名字，他們都是外孫輩了。」懷湘拿出一張名單，紙上整整齊齊寫著她自己和孩子們的名字，她想既然舅舅說了大家已經知道自己和哈娜的關係，那麼她應該把孩子的名字寫出來讓他們列在訃聞上。

"ah! Laxi yaqih qsliq su ki，懷湘，名單 qasa ga, nuway qeri ini biqiy 名單 hya la，不方便 ga，懷湘！體諒 cikay ki."

「唉！妳心裡不要覺得難過啊！懷湘，那個名單啊！沒關係，不要給他們名單好了啦！不方便啊！懷湘！體諒一下

啊！」舅媽很為難的說。「喔！沒關係，不要也可以啦！」懷湘收回名單，摺起來默默收進包包裡。

　　哈娜出殯那天，懷湘和舅舅一起站在弔唁的來賓當中。家祭的時候，司儀依照與亡者親疏遠近的關係逐一請上前祭拜，想到舅媽說的「不方便」，懷湘不知道自己該要在什麼時候上前祭拜母親了。一直到了司儀說「請稱呼亡者為姑姑、阿姨輩的上前祭拜」的時候，舅媽把她手肘往前一拉，小聲的說：「妳就跟他們一起去給她上香吧！」懷湘只得跟著哈娜的姪甥輩上前祭拜母親。瞻仰遺容之後，她緩步經過女性遺屬前面，妹妹湘怡伸手拍了拍她，頭靠過來小聲的對她說：「體諒一下啊！姊姊！」霎時「唰！」的一下，懷湘強忍的眼淚忍不住決堤狂瀉而下，她緊緊搗著口鼻轉身快步走出靈堂，「嗚……」滿腹的委屈和悲傷全隨著淚水渲洩出來。「別難過了，懷湘！」舅媽過來安慰她，但誰知道她真正在難過什麼呢？全世界的人都要她「體諒一下」，似乎從出生開始就注定一直要體諒著身邊所有的人，然而誰又曾「體諒」過她這卑微的人呢？她就是不懂，既然她和母親的關係大家都心知肚明了，為什麼自己還是不能在她人世間的最後一程以女兒的身分送別呢？眼淚的防線一旦突破，懷湘不再忍耐，暢快恣意的痛哭一場，反正這是個告別式，傷心斷腸的人也不只有她一個。

　　「媽媽，妳真的應該去上上教堂了。」小竹建議媽媽去教會，「我覺得妳愈來愈不快樂了，去教堂啦！妳看 yaki 米內（米內奶奶）每天都那麼開心，她有信仰所以喜樂啊！」小竹是個

乖巧、聰明又貼心的孩子，亞大米內常常跟懷湘說她是「天主特別恩賜給妳的小天使」。小竹跟一般被父母又哄又騙、威脅利誘才能帶進教堂的孩子很不一樣，媽媽忙著做生意，她從小就乖乖的跟 yaki 米內一起上教堂，喜歡聽法國神父講聖經的故事，喜歡看教堂裡各種精美的聖物器皿和美麗的擺飾，也喜歡唱聖詠讚美天主。

懷湘其實很羨慕亞大米內全家人一起上教堂的畫面，亞大米內也常邀請她一起去，但她始終跨不出腳步，「嗯！等我準備好就會去。」懷湘小時候在烏來受了洗，外婆會帶她上教堂望彌撒，所以她並不反對小竹接受天主教信仰，只是她自己後來因為各種原因沒有繼續進教堂望彌撒，特別是到了基隆在酒店上班之後，潛意識裡認為自己真的是個「不好」的「罪人」，不敢也不願意上教堂，於是就跟信仰生活漸行漸遠了。

這些年，她經歷了太多人世滄桑，在悲歡離合、恩怨情仇、人情冷暖中一路走來，無以名狀的疲憊感從內心深處蔓延全身直透出眼眸。檳榔攤的生意也意興闌珊，她不但懶得再花精力討好客人，也常常關門休息，客人撲空個兩、三次就不太會繼續光顧了，業績下滑是可想而知的。即使如此，她也沒放在心上，最後乾脆關門了事。

結束了檳榔攤的生意，懷湘跟弟弟借了一塊地種菜，菜園旁邊圈了圍籬，搭一座簡單的雞舍在那裡放養土雞。現在，她把所有的時間都花在照顧菜園和土雞上，服務業做了這麼多年，現在可以不必再伺候客人了，雖然經濟上困難一點，但粗茶淡飯的日子，她自己卻是覺得很輕鬆愜意。

「可是，妳這樣也不是辦法啊！」有一天，秀芳來看懷湘，見她整個人黯淡消瘦，家裡物資顯而易見的短缺，很是替她心急，「走走走，我們去竹東。」也不管懷湘穿著鬆垮的居家服和拖鞋，抓了她就往車上塞，開車下山到鎮上去採購生活用品。「我知道這麼多年，妳一定累了，可是，小竹還那麼小……」好姊妹一路上鼓勵懷湘要往前看，小竹還需要媽媽的保護，「我知道，妳放心啦！我會再找個工作來做的。」懷湘從來不是向命運低頭的人，這段時間只是因為身心太過疲乏，暫時沉澱一下罷了。朋友的提醒和關心使她頓時甦醒過來，想想，也該是計畫下一步的時候了。

　　秀芳把車開到大賣場，一進賣場就東抓西抓什麼都往推車上堆，沒一下子大推車上就塞滿了日用品、食物，還幫小竹買了幾件漂亮的衣裙，「秀芳，謝謝妳啦！還好有妳一直在幫助我，我這輩子欠妳的還不完了。」回程的車上，懷湘非常誠懇的對秀芳說，「三八喔？這也沒什麼，謝什麼謝啦！」她被懷湘感謝的話弄得很尷尬，「我一個人，不像妳還要養孩子，自己的姊妹有什麼好客氣的，神經病。」她瞪了懷湘一眼，兩人都笑了起來。「秀芳，還是妳聰明，不結婚就沒有這麼多苦難了。」懷湘感慨的說。「是、是，不結婚妳就沒有夢寒，沒有阿文、阿豪，沒有小竹啦！」她說「嗯，孩子，呵呵！」懷湘遲了一下，還是笑了。

　　「不過，我以後再也不結婚了，男人不比朋友可靠啦！呵呵……」她說，「秀芳，妳可以做我孩子的乾媽，全部都可以給妳當孩子。」懷湘說。「好啊！都是我們兩人的孩子，我來

照顧你們啦!」秀芳左手握方向盤,右手伸過來,用力摟了一下嬌小的她,一股電流似的奇妙感覺由這隻手臂傳了過來;此時,懷湘突然驚覺這手臂竟然是這般令人信賴,一種從未有過的安全感從內心深處悄然升起,「妳本來就是一直在照顧我們的……」她輕輕說著,下意識的將頭微微往左靠過去。事實上,懷湘在基隆那些年,夢寒跟弟弟阿文、阿豪也都靠著秀芳的幫助,才能跟媽媽保持聯絡並接收到支援的。

　　這之後,秀芳每次來山上看懷湘就一定會帶來各種物資,大包、小包的往她家裡搬,小竹放學回家,只要看到冰箱滿滿的就會說:「秀芳阿姨今天有來喔?」秀芳更加照顧她們的生活了。

　　近年,人們重視休閒娛樂,生活在擁擠繁忙的都市人特別渴望親近大自然,在山上的部落,陸續開發了各種休閒農莊、民宿、自助採果的體驗果園,也開設不少溫泉會館。沒多久,拉號附近的山上也開了一家溫泉休閒館,懷湘在那裡找到了櫃檯服務的工作,畢竟她過去的工作經驗豐富,笑臉迎人,接待、安排、解決問題、結帳……這些事情對她來說得心應手,加上她懂事嘴又甜,老闆很肯定她的能力,為她加薪、也升她當組長,她和小竹終於又可以過著安穩無虞的生活了。

　　這期間,卜大偶爾過來看看她,有時也帶著山下的朋友來他們的溫泉館泡湯捧場。他們兩人之間有著很特別的情誼,比一般朋友親密一點,卻又小心翼翼的保持距離,畢竟卜大是有家室的男人,而懷湘是一個離了婚的女人,不得不謹慎,以免

遭部落人們的議論。除此之外，懷湘對於男女之間的交往，過去許多次不愉快的經驗，以及兩次失敗的婚姻，對於愛情這件事，內心有著某種程度的戒慎；她很珍惜他們現在的關係，希望能這樣保持下去就心滿意足了。即使之後卜大的妻子愛上了常在一起玩樂的男人，撇下孩子跟卜大離了婚，懷湘還是與他維持著像親人又像朋友的關係，似乎相信這樣才能長長久久。

　　小竹在山上的國中畢業之後，神父特別幫忙安排她到天主教辦的私立高中念書，那在台北可是所謂的貴族學校，一般收入的家庭是念不起的，但因爲有教會的經費補助，小竹才得以進入這間貴族學校念書。小竹也不辜負神父的苦心，用功讀書，三年後，小竹以全校第二名的成績畢業，如願考上了台大外文系。大學畢業之後，小竹以她優異的外語能力和漂亮的外形打敗眾多競爭者，順利考取了長榮航空的空姐。「小竹，原來我也能養出那麼棒的孩子啊！」確認小竹考上空姐，母女擁抱在一起，兩人同時流下興奮的淚水。
　　懷湘想到夢寒、志文、志豪三個孩子，成長在動盪不安，終致分崩離析的破碎家庭，身心俱創；他們在升學和工作上沒有一個是順利的，甚至連婚姻也不是那麼順遂。夢寒結了婚也離婚了，目前帶著兒子跟人同居；阿文在十幾歲時，跟他「後母」帶來的妹妹有了一個孩子；馬賴年輕時酗酒，健康早已亮了紅燈，再婚後他舊習不改，於是，在一次酒後騎車當中，不幸身亡，山上的家就靠阿文打零工賺錢辛苦的撐著。阿豪高中時輟學，住在家裡整天無所事事，有時跟哥哥一起去打工，但

比較多的時候，不是幾天不見人影，就是到處找人喝酒，好幾次喝酒摔車住院，讓人擔心極了。這三個苦命的孩子，在懷湘為生存奮鬥而自顧不暇的時候，跟酗酒暴力的父親生活在一起，他們靠著自己的本能在困阨的環境中努力成長，終究還是長成這樣令人心疼的模樣。每當想到他們，懷湘只能無奈心痛暗自長歎。

小竹進入了航空公司，經過三個月密集而嚴格的培訓，終於可以開始正式飛了，她穿著空姐漂亮的綠色制服，自信滿滿的拉著登機箱，走向她人生的下一個無限可能。至此，懷湘終於能夠真正鬆一口氣，不需要再為養育子女拚命工作了。她跟溫泉館的老闆辭職，「懷湘阿姐，妳不做了，我要去哪裡找到像妳這樣的人來幫我呢？」這個老闆是懷湘在溫泉館的第三個老闆了，三年前剛頂下這間溫泉館時，懷湘這十幾年的老職員幫助他很快進入狀況，所以他非常捨不得懷湘辭職。「老闆，讓我這把老骨頭休息了吧！沒關係，以後如果大日子忙不過來，跟我說一下，我可以來支援啦！」懷湘說，老闆慰留不成，很感謝的給了她一筆為數不小的「資遣費」。

辭職之後，卜大來幫她在屋旁蓋雞舍，也幫她一起整理了一塊菜園，她又可以開始養雞、種菜、種花草，做自己喜歡的事了。卜大離婚後便常常過來探望懷湘，有時也在她家過夜，雖然曾經表示過兩人可以結婚，攜手作個老來伴，但兩次的婚姻失敗，懷湘已經不再考慮「結婚」這件事了。「我們都有自己的孩子，不需要愈弄愈複雜了。」她說。後來，卜大心中雖然始終還是有著期盼，但知道她的心意，決定默默照顧著她，

沒有再為此開過口了。卜大因為做人實在、勤奮而有禮，在拉號部落的族人眼中是個很好的男人；懷湘坎坷的身世卻能不屈不撓，努力活出自己的一片天空，親族對她也是疼惜又佩服的。

"ana ga, kut qutux bzyuwak simu ki Buta, sqesay ta qu zyuwaw lga, aki blaq cikay...."

「如果可以，妳和卜大就殺一頭豬把事情做個『截斷』（指厄運），應該比較好一點。」有一天，八十歲的米內嬤嬤跟懷湘談到最近某個晚輩騎車摔傷的事，語重心長的跟懷湘提了一下，她的意思是希望懷湘和卜大能夠做一個「贖罪」的儀式，祈求諒解告慰祖靈。這樣，親族才不會受到祖靈的責備而遭到不幸的牽連。

"aw, baqun mu la, kyalaw maku Buta."

「好的，我知道了，我會跟卜大說。」懷湘看著從小照顧她的嬤嬤，八旬老嫗，花白的頭髮、滿臉皺紋，但眼中依然透露她熟悉的溫暖和關懷的光芒，於是她很快就答應了嬤嬤的意見和建議。經過了這麼多年的歷練，有了年紀的懷湘更能夠珍惜部落親人的關懷，即使她心中不見得完全認同嬤嬤話中所指的因果關係，但她願意為了安親人的心而做這樣的儀式。於是，她和卜大殺了一頭豬，做了傳統的告慰儀式，把豬肉分送給同一個祭團（qutux niqan）的親人。從此，卜大可以名正言順時常過來看懷湘了。懷湘除了秀芳之外，多了卜大的陪伴和照顧，感覺自己年近黃昏還得兩位摯友、知交如此疼惜關照，內心常感溫暖幸福。

教堂裡，祭台四周滿滿的鮮花圍繞，是為瓦旦叔叔舉行殯葬彌撒，瓦旦叔叔八十三歲往生，對部落的男人來說是難得高壽的人了。小竹特別請了假趕回山上參加疼愛她的叔公的告別式。懷湘和女兒素衣並肩坐著，回想瓦旦叔叔生前對她的疼愛，父親曾經將她託給叔叔照顧多年，叔叔、嬸嬸很關心她，他們就像是懷湘另外一對父母，在她需要協助的時候，總是伸出援手，從來不曾令她失望。望著棺槨中叔叔安詳的面容，想起這些年一個一個過世的至親，一種被拋棄的悲苦油然而生。「你們都在天鄉重聚了嗎？」她想著，叔叔的面容在淚眼中模糊了。

禮儀開始了，身著深紫色祭披的神父和輔祭們慢慢走上祭台，聖堂飄起悠悠琴聲，聖詠團輕柔的歌聲唱起：

親愛主，牽我手，建立我，引我走；
我疲倦，快軟弱，我愁苦。
經風暴，過黑夜，求領我，進光明；
親愛主，牽我手，到天庭……

隨著懇切傾訴的歌聲，懷湘雖然閉著淚眼，心中卻緩緩開啟了檢視生命風景的視窗，止不住腦海中那一頁頁翻閱的畫面。她想起了過世的外婆，週日牽著小小的她一起上教堂望彌撒、在烏來跟外婆和舅舅們的生活；清流園的漂亮「阿姨媽媽」、被父親帶到拉號部落的第一天、在各親友家輪流寄居的生活、那一年生日的魔鬼蛋糕；未婚懷孕、奉子成婚；後山部落

那只夠生存的艱辛窮困的日子；逃離家暴的那個黑暗夜晚；酒店燈紅酒綠的歲月……。柔和的歌聲中，塵封已久的心漸漸甦醒，此時，她似乎領悟到了在內心深處那個屬於家的鄉愁，正是支持她在重重困境中能夠不畏困難，勇敢往前追求的動力。

多年來，在一次一次的期待追求和受傷失望中，她不斷問，這世上，哪裡才是真正可以讓身心安頓的家呢？聖歌似乎正回答了她的疑惑，她恍然明瞭真正的家鄉其實是在跨越彩虹那端的「天庭」。瓦旦叔叔去了，外婆、父親、「阿姨」、亞大比黛、馬賴……也都去了。想起這些生命中最密切的親人，不管他們生前與自己有什麼樣的愛恨恩怨，那些令她喜樂或痛苦的往事，如今竟像是閉幕的舞台，一切上演過的劇情全隨著漸漸黯淡的燈光安靜歸零，只剩下懷念和祝福。

懷湘低著頭回想，不知過了多久，早已淚流滿面，「媽……」小竹輕喚一聲，遞過來一疊面紙，她接過面紙擦拭著淚水，秀芳拍了拍她的背安慰她。禮儀繼續進行，悠揚的聖詠又起：

上主是我的牧者，我什麼都不缺乏。
祂領導我睡在多草的地上，祂餵養我的靈魂。
祂領導我走上正義的道路，縱使我走過了死蔭的幽谷。
我也不害怕災難，因為祢同我在一起……

懷湘倏然由回憶的窗景中回到現實，這歌彷彿正是她的心聲，在回顧自己乖舛多難的生命旅程當中，此刻，她終於明白

這一路走來，自己並不是孤獨一個人。有一個永遠不離不棄的，愛她的神，就像是牧者細心照顧自己的羊兒一樣的看顧著她，導引她勇敢往前行，在每個關鍵的時刻，總能讓她得著契機化險為夷，否則，她不會有這麼強韌的能量，單獨面對險惡困頓的命運，闖過一個又一個的關卡，走到如今的生命風景。

一旦這樣體會了，對於這一生遭受的一切困阨悲慘，她便能坦然由衷的感恩了。在歌聲中，她從內心深處慢慢的解放自己、接納自己，與過去的自己徹底的和解了。現在，她完全相信自己是獨特、珍貴而美好的人，生命中不幸的事，不是她的錯，也不是自己「不好」，淚水雖是止不住的落下，但心中卻愈來愈釋然、平靜。

「妳就放心去玩吧！菜園和雞都交給我啦！」卜大拿了一個信封袋擺在茶几上，提著一袋食物往廚房走去，「不用啦！這次全部都是小竹招待我們的。」懷湘跟進來，把信封袋塞回卜大口袋。「妳們？秀芳也要去嗎？」卜大把魚和肉一一擺進冰凍庫回頭問。「對啊！小竹說乾媽一直照顧我們，這次一定要好好報答乾媽，招待她去玩。」「真好，可惜我的甜柿就要準備採收了，不然就可以跟妳們一起去玩，可以照顧妳們啊！」他有點失望的說。「有秀芳在，沒問題的。」懷湘說，「是啦！她很會照顧妳們，拿去啦！回來幫我買洋酒啦！」卜大把錢拿出來遞給懷湘，有點酸溜溜的說。

「哇！真的太美了……懷湘，妳看那邊，整片都是彩色的樹葉啦！啊！妳看這裡……」秀芳望著車窗外繽紛絢爛的楓紅

世界，開心的驚呼著，「哇！好漂亮唷！眞沒想到我這一輩子竟然有機會親眼看見這麼美麗的地方。」懷湘也不斷讚歎。這裡是加拿大魁北克的楓葉大道，小竹在航空公司上班第三年的秋天，招待媽媽和秀芳到加拿大來趟賞楓之旅，兩個超過六十歲的老姊妹像小孩子一樣興奮。懷湘想起彷彿一世紀之前，她在深山採樹子時，卜大提到的「像火燒山一樣的楓紅」，沒想到她竟然眞的能夠來到這個地方，人生的故事如何發展，實在是不可思議的奇妙。

「小竹，謝謝妳帶乾媽來玩啊！這裡眞是太美麗了。」秀芳對小竹說，「乾媽，我下次帶妳們去瑞士賞雪，反正媽媽有免費機票。」小竹說。

「啊……」懷湘望著車窗外的風景輕歎一聲，景色就像她人生的窗景一樣不斷的變化，她想到自己這一生可算活得夠精采了，「妳開心嗎？懷湘！」秀芳摟住她的肩膀，「嗯。」她點點頭，兩人一起往窗外望。

「秀芳，我這一生還眞是精采啊！」她幽幽的說，「當過少女媽媽，也當了高齡產婦。」「對呀！早婚過，也晚婚過。」秀芳回她，「呵呵！當過被寵壞的小孩，也曾經是受虐兒。」懷湘說。「喂！妳被男人愛過，也被女人愛。」秀芳把她抓過來在臉頰上親了一下，「哎！我遭受過家暴，也被男人捧在手心愛過啊……」她愈說聲音愈輕，心緒似乎已經陷入回憶，也沒有對秀芳的話有特別的反應。想起在山上那拮据的生活，在煙花紅塵中走闖的日子，許多時候，她以爲已經走投無路了，卻還是安然度過難關。「這要換別人，可以活幾輩子吧！」她想。此

生一路顛簸、風霜雨雪未曾停歇，造成幾許遺憾；然而，早過了知天命，到了耳順之年的此刻，她已然福禍得失看淡，願將一切缺憾還諸天地，交託在上主的手中。悠揚的聖樂和著輕柔的歌聲彷彿又在耳邊響起：

我們曾遍尋各處的山嶺高崗，盼望得知人生的真相；
但是一次一次我們換得失望，知道世事不過是這樣。
直到一天祢來，途中遇見我們，將祢可愛的胸懷敞露，
我們就被吸引歸入甜美的祢，得著人生的真諦實意⋯⋯

此刻，她心中充滿感恩和喜樂，對於過去、現在，和未來，她無怨無悔，並充滿盼望，這一生，再無一絲遺憾。

國家圖書館出版品預行編目資料

懷鄉 / 里慕伊・阿紀作. -- 初版. -- 臺北市 : 麥田, 城邦
　文化出版 : 家庭傳媒城邦分公司發行, 2014.11
　面；　公分. -- (大地原住民；7)

　　ISBN 978-986-344-171-7(平裝)

863.857   103020820

大地原住民 7

懷鄉

作　　　　者	里慕伊・阿紀（Rimuy Aki）	
主　　　編	舞鶴	
責 任 編 輯	林秀梅　賴雯琪	

副 總 編 輯　林秀梅
編 輯 總 監　劉麗眞
總 經 理　陳逸瑛
發 行 人　涂玉雲
出　　　版　麥田出版
　　　　　　城邦文化事業股份有限公司
　　　　　　104台北市中山區民生東路二段141號5樓
　　　　　　電話：（886）2-2500-7696 傳眞：（886）2-2500-1966、2500-1967
　　　　　　E-mail：bwps.service@eite.com.tw
發　　　行　英屬蓋曼群島商家庭傳媒股份有限公司城邦分公司
　　　　　　104台北市中山區民生東路二段141號2樓
　　　　　　書虫客服服務專線：(886)2-2500-7718；2500-7719
　　　　　　24小時傳眞服務：(886)2-2500-1990；2500-1991
　　　　　　服務時間：週一至週五09:30-12:00；13:30-17:00
　　　　　　郵撥帳號：19863813　戶名：書虫股份有限公司
　　　　　　讀者服務信箱E-mail：service@readingclub.com.tw
　　　　　　歡迎光臨城邦讀書花園　網址：www.cite.com.tw
　　　　　　麥田部落格：http://blog.pixnet.net/ryefield
香 港 發 行 所　城邦（香港）出版集團有限公司
　　　　　　香港灣仔駱克道193號東超商業中心1樓
　　　　　　電話：(852)2508-6231　傳眞：(852)2578-9337
　　　　　　E-mail：hkcite@biznetvigator.com
馬 新 發 行 所　城邦(馬新)出版集團【Cite(M)Sdn. Bhd】
　　　　　　41, Jalan Radin Anum, Bandar Baru Sri Petaling,
　　　　　　57000 Kuala Lumpur, Malaysia.
　　　　　　電話：(603)9057-8822　傳眞：(603)9057-6622
　　　　　　E-mail:cite@cite.com.my
封 面 設 計　黃瑪琍
電 腦 排 版　宸遠彩藝有限公司
印　　　刷　前進彩藝有限公司
初 版 一 刷　2014年11月　　　　　Printed in Taiwan.

定價320元
ISBN 978-986-344-171-7

著作權所有・翻印必究　　　　　本書如有缺頁、破損、裝訂錯誤，請寄回更換

城邦讀書花園
www.cite.com.tw

◎本書榮獲財團法人國家文化藝術基金會創作補助。
◎本書榮獲財團法人原住民族文化事業基金會出版補助。